KB272323

미스터 션샤인, 슬픔의 고전이 되다

- 미스터 션샤인으로 읽는 경계인의 존엄

미스터 션샤인, 슬픔의 고전이 되다

1판 1쇄 발행 2026년 3월 20일

지은이 장예원

발행처 | 문학의숲
발행인 | 고찬규

신고번호 | 제2005-000308호
신고일자 | 2005년 10월 14일

주소 | (04029) 서울특별시 마포구 양화로 7길 84 영화빌딩 4층
전화 | 02-325-5676
팩스 | 02-333-5980

값은 표지에 있습니다.
ISBN 979-11-87904-51-9 (93800)

미스터 션샤인, 슬픔의 고전이 되다

- 미스터 션샤인으로 읽는 경계인의 존엄

장예원

문학의숲

유행이 아닌 유산으로:『미스터 션샤인』이 남긴 인문학적 고전의 증명

흔히 우리는 '고전'이라 하면 시간을 초월한 문학작품이나 철학서를 떠올리는 것이 일반적이다. 민음사 고전 시리즈와 같은 유명 출판사의 표지 안에 담겨 쉽게 소비되지 않고 오랜 사유를 요구하는 텍스트가 바로 그 고전의 이름표를 달고 있다. 넷플릭스 시리즈나 드라마 같은 영상 콘텐츠는 그 자체로 '유행'의 영역에 속하며 화려하게 등장했다가 빠르게 소멸하는 일회적 시청물로 여겨지기 마련이다. 고전이 영원한 질문에 대한 답을 찾는 여정이라면 드라마는 잠시 현실을 잊게 하는 오락거리라는 이분법적 사고가 지배적이다.

하지만 만약, 한 편의 드라마가 일회적 유행의 생명주기를 넘어 수많은 시청자에게 '인생의 위로 장소'로 기능하며 반복적으로 소환되고 있다면 우리는 그 작품을 다르게 정의해야 한다. 이 책은 드라마『미스터 션샤인』이 바로 그러한 '유산'의 반열에 올랐음을 인문학적으로 보여주고자 한다. 이는 작품 속 인물들이 겪는 투쟁과 슬픔을 현대적 실존의 문제로 투영하여 그 가치를 인문학적 텍스트로 정립하려는 시도다.

필자가 이 드라마의 무게를 실감한 것은 방영 당시가 아닌, 한참의 시간이 흐른 뒤이다. 2018년의 열광을 무심히 지나친 채, 2023년이 되어서야 교사 커뮤니티의 뜨거웠던 반응을 기억하며 이 작품을 접하게 되었다. 방영 시기의 인기에 무심히 넘겼던 것을 후회하며 필자 역시 왜 그토록 많은 이들이 이 서사에 열광했는지 뒤늦게 깨닫고 깊이 빠져들었다. 그 뒤로 필자의 눈에는 다른 어떤 드라마도 들어오지 않았으며 이 글을 쓰기 위해 꽤 오랜 시간 뜸을 들인 것은 이 작품이 필자에게 남긴 여운이 그만큼 깊었기 때문이다.

이처럼 한 작품에 대한 강렬한 감응은 개인적인 경험을 넘어 집단적인 현상이다. 필자가 뒤늦게 한 커뮤니티에 개인적으로 『미스터 션샤인』이 인생 드라마라는 소회를 올리자 수백 개의 댓글이 뒤따랐다. 중요한 것은 단순한 숫자가 아니었다. 댓글 하나하나에 담긴 감정의 질적 밀도였다. 참여자들은 "다섯 번, 열 번 이상 반복해서 봤다," "매 장면이 시 같고 대사가 명문 그 자체였다," "우울할 때마다 반복해서 본다"는 고백을 쏟아냈다. 작품을 반복해서 본다는 행위는 단순한 오락 소비의 차원이 아니다. 이는 작품이 제공하는 정서적, 미학적 층위가 일상적으로 되새길 만한 가치가 있으며 삶의 한 부분으로 내면화되었음을 의미한다. 이들은 드라마를 통해 자기 삶의 경험과 중첩해서 사유하고 감정적으로 반응하며 다시금 그 감정을 확인받는 방식으로 이 작품과 긴 호흡을 나누고 있었던 것이다.

우리는 왜 이토록 하나의 서사에 매혹되는가? 무엇이 그토록 반복적으로 시청하게 만드는가? 이러한 집단적 감응의 근원을 탐색하기 위해 잠시 우리 사회의 단면을 돌아본다. 넷플릭스 드라마 『더 글로리』의 문동은은 교사라는 제도적 권위를 복수의 무대이자 존엄 회복의 상징으로 삼았다. 배우 송혜교가 연기한 주인공 문동은이 초등학교 교사가 되기까지의 과정은 단순한 개인의 성공 서사가 아니라 한국 사회의 계층 이동 구조, 교육의 계급적 의미, 직업의 상징성을 보여주는 강한 사회학적 메시지를 담고 있다. 문동은은 극단적인 폭력과 가난 속에서 벗어나기 위해 오직 공부만을 붙잡고 살아가는 시간을 견딘다. 그녀가 택한 목표는 초등학교 교사다. 복수를 위해 왜 그녀는 권력이나 힘을 행사할 수 있는 직업 대신 아이들을 가르치는 평범한 교사를 택했을까? 법조계보다는 진입 장벽이 낮아서? 물론 극빈층인 동은에게는 그것도 현실적인 이유일 수도 있다. 하지만 좀 더 본질적인 이유는 학교폭력으로 자신을 망가뜨렸던 연진의 딸 예솔에게 가장 가까이 다가갈 수 있는 유일한 방법이었기 때문이다. 여기에서 교사는 보호자라는 이중적 상징성을 지닌다. 문동은 자신이 받지 못한 보호를 구현하면서 동시에 가해자 가족을 심리적으로 조여간다. 아이를 지키는 듯하면서도 그 아이를 매개로 가해자의 삶을 파괴하는 이중적 역할은 이 드라마 복수극에 특별한 긴장감과 깊이를 더한다. 교사라는 직업은 그녀에게 복수를 실현할 무대이자 훼손된 존엄을 되찾고 계층 상승을 이루어낼 결정적 도구다. 문동은은 교사라는 직업을 발판 삼아 내면의 슬픔을 고통에서 힘으로 변주해 나간다.

반면, 2023년 대한민국 사회를 충격에 빠뜨린 서이초 사건에서 현실의 교사는 고립과 무력감 속에 침몰했다. 해당 교사는 학부모 민원과 교권 침해 속에서 보호받지 못했고 동료에게조차 고통을 말하지 못한 채 학교 안에서 스스로 생을 마감했다. 이는 교사가 더 이상 사회적 존경이나 안정성을 보장받는 직업이 아니라 심리적·제도적으로 방치된 노동자임을 극명하게 보여주는 사건이었다. 이 비극 이후 동료 교사들이 보여준 집단적 슬픔과 연대는 한 인간으로서의 존엄과 권리를 상실했다는 깊은 상실감의 표출이다. 드라마 속 문동은이 '말할 수 있는 자'로서 슬픔을 투쟁으로 바꾸었다면 현실 속 교사는 '말하지 못한 자'로서 슬픔에 잠긴 채 무너진 것이다.

이러한 사회적 상실감 속에서 필자를 포함해 각자의 자리에서 고립된 고통을 견디던 이들에게 하나의 '위로 장소'가 되어준 드라마가 바로 『미스터 선샤인』이다. 이 작품은 거대한 시대적 폭풍 속에서 각기 다른 계급과 상처를 지닌 이들이, 거창한 대의가 아니라 오직 곁에 있는 '사람'을 지키기 위해 기꺼이 서로의 손을 잡는 풍경을 보여준다. 유진 초이, 고애신, 구동매, 쿠도 히나, 김희성… 그들 중 누구도 온전한 삶을 살지 못했다. 그러나 이들은 각자의 내면에 저마다의 폐허를 간직한 채로, 인간으로서의 '존엄'을 증명하기 위해 서로의 빈자리를 채우며 끝내 일어선다.

그들의 고군분투는 현실의 비극 앞에서 무력감을 느끼던 이들에게 슬픔이 결코 고립된 종말이 아님을 역설한다. 『미스터 선샤인』은 슬픔을 개인의 파멸로 방치하지 않고 그것을 타인과 연결되는 가장 깊은 통로로 승화시킨다. 고통을 감내하는 사람들의 삶을 이토록 진솔하게 긍정하는 서사는 무너진 자리에 머물러 있던 수많은 '말하지 못한 자'들에게 다시금 생을 살아낼 힘과 존엄한 위로를 건네는 것이다.

이 책은 바로 그 지점을 파고든다. 왜 지금의 우리는 슬픔을 존엄하게 다루는 태도에 이토록 위로받는 것일까? 어쩌면 우리가 발을 딛고 선 이 시대의 속도가 너무 빠르기 때문일지도 모른다. 눈을 뜨면 새로운 기술이 쏟아지고 효율과 수익의 논리가 삶의 모든 영역을 잠식해간다. 변화에 기민하게 대응하는 감각이 현대인의 필수 소양이 된 세상에서, 우리는 AI 기술이나 재테크 정보 같은 생존의 수단들을 갖추기 위해 매일같이 분투한다. 그러나 외부의 속도에 맞춰 스스로를 단장하는 데 온 마음을 쏟는 사이, 정작 삶의 마디마다 마주하는 근원적인 슬픔을 들여다보는 우리 마음의 지도는 점점 더 건조해져 간다. 생의 고비마다 찾아오는 상실과 허기를 채워주는 것은 정교한 알고리즘이나 숫자의 나열이 아니라, 결국 나의 고통을 누군가 알아보고 있다는 깊은 공명의 감각인데도 말이다.

물론 이 질문은 시대의 불협화음 속에서 가장 먼저 무력감을 체감한 교사들에게 먼저 닿아 있다. 서이초의 비극은 단순히 한 직업군이 겪는 고충의 기록이 아니라 우리 사회가 타인의 고통을 얼마나 기능적으로 소비하고 방치해왔는지를 보여주는 뼈아픈 거울이다. 하지만 그들이 겪는 아픔은 결코 특정한 집단만의 전유물은 아니다. 성과와 결과물로만 스스로를 증명해야 하는 냉담한 시선 속에서 마음의 허기를 누른 채 오늘을 버텨내는 우리 시대 모든 이들이 공유하는 보편적인 통증이기도 하기 때문이다.

그들에게, 그리고 우리에게 진정 필요한 것은 새로운 기술이나 지식만큼이나 그 도구들을 제대로 다루기 위한 온기로서 '사람의 마음'을 먼저 복원하는 일이다. 타인의 고통에 공명하던 감각을 되찾는 일, 그리고 나의 가치를 끊임없이 입증하려 애쓰기 이전에 존재하는, 그 자체로 이미 충분하다는 실존적 확신을 회복하는 시간이 절실하다. 우리에게 필요한 것은 삶을 지탱할 도구적 매뉴얼과 더불어, 자신의 생이 여전히 의미 있고 존엄하다는 사실을 일깨워주는 따스한 긍정, 바로 그것이다.

『미스터 션샤인』은 슬픔을 존엄하게 다스려 생의 의지로 꽃피우고 그 자취를 숭고한 유산으로 남기는 인물들의 삶을 그려낸다. 슬픔을 삶을 지탱하는 힘으로 바꾸는 법을 일깨워준다는 점에서 이 작품은 우리 시대의 진정한 고전이라 불리기에 부족함이 없다. 말하자면 이는 시대의 거센 폭풍 속에서도 자신의 삶을 하나의 예술 작품처럼 숭고하게 빚어낸 사람들의 이야기이기도 하다.

필자는 이 책을 통해 인물들이 마주했던 비극적 선택과 그 속에 담긴 진심을 하나씩 따라가 보려 한다. 국적 없는 자의 고독한 결단(파트 1), 안온한 특권을 뒤로한 여성의 의무와 욕망(파트 2), 천민이라는 굴레 속에서 피워낸 생존과 존엄의 충돌(파트 3), 그리고 현실 내부에서 마주하는 치열한 윤리적 경계(파트 4)를 찬찬히 살피며 이 드라마가 왜 우리 시대에 '슬픔의 고전'으로 기억되어야 하는지를 적어 내려갈 것이다. 더 나아가, 슬픔을 통과해 도달한 이 존엄의 가치를 우리 개개인의 삶에 비추어보며(파트 5), 독자들이 각자의 어둠 속에서도 스스로의 빛을 지켜내는 법을 발견하기를 소망한다.

그 시대의 슬픔이 명작의 반열에 오르는 이유

뛰어난 서사를 가진 작품은 시대의 표면을 넘어 그 심연에 자리한 인간의 근원적 감정을 건드리는 법이다. 『미스터 선샤인』이 일회적인 흥행을 넘어 수많은 독자와 시청자의 '인생 드라마'로 자리매김한 핵심적인 이유는 단순히 격변하는 구한말의 역사를 재현했기 때문이 아니다. 그것은 시대를 관통하며 인물들이 겪는 사랑과 상실, 정체성의 파괴라는 보편적인 '슬픔'을 가장 아름답고 처절하게 형상화했기 때문이다. 이 드라마는 국가적 재난이라는 애도의 가능성이 폐쇄된 시대에서 그 슬픔을 문학의 영역에서 감당해낸 선대 문인들의 정신을 계승하는 현대적 텍스트이다.

김후란 시인은 시집 『그 별 우리 가슴에 빛나고』 서두에서 일제 강점기 시대에 가장 참을 수 없는 폭정은 우리말과 우리글의 말살 작전이었다고 언급한다. 언어는 곧 한 민족의 정체성이자 정신의 뼈대이기 때문이다. 언어의 말살은 단순한 소통의 단절을 넘어, 민족 고유의 정서와 역사를 기록하고 애도할 수 있는 근원적인 수단 자체를 파괴하는 행위이다. 이러한 극심한 고통 속에서도 시인들은 소리 없이 우리 민족 고유의 정서를 보존·유지하고자 고도의 은유법으로 시를 써서 울분을 담아 저항했다고 덧붙인다.

이러한 사유는 일제 식민지라는 국가적 재난과 애도라는 정서가 문학사의 측면에서 상호연관성을 지닌다는 사실을 부각한다. 식민지 일제

강점기는 문인들이 그들의 청춘을 상실과 고통의 강을 건너는 데 보내야
만 했던 정신적 피폐기이기 때문이다. 애도란 근본적으로 이 '상실'에서
발생하는 중추적 정서이다. 마땅히 국권 상실이라는 재난적 상황은 사
회적 차원의 애도 가능성을 일차적으로 폐쇄하고 급진적으로 강제한다.
사회적 차원의 애도란 일제 식민이라는 모순적 현실에서 그 자체로 체제
저항의 이데올로기로 작용할 수 있었던 까닭이다. 일제는 애도와 저항의
고리를 끊기 위해 언어를 탄압했고 이로 인해 대중적인 슬픔의 표출은
불가능한 영역이 되었다.

　그러므로 식민지 문인들에게 이 애도의 폐쇄성과 불가능성을 가능하
게 만드는 일은 시급한 사안이자 주요 책무로 여겨지기 마련이다. 막막
한 식민지 현실의 절망감을 애도의 형식을 빌려 저항 담론으로 승화시
킨 한국 근현대 문학 작품들의 면면은 이러한 사정과 밀접하게 연계되는
것이다. 물론 문학적 영역에서의 애도는 심리학의 그것과 분명, 일정하게
차이가 존재한다. 요컨대 심리학적 애도가 상실을 향하는 감정 자체로
규정될 수 있다면 문학적 영역에서의 애도는 그 상실감의 정서를 보유하
면서도 정상적인 애도가 불가능한 세계의 문제점을 다양하게 형상화하
는 역할을 맡고 있기 때문이다.

　『미스터 션샤인』은 국가적 애도가 불가능했던 시대를 배경으로 삼아
과거 문학이 담당했던 저항의 역할을 화면 위에 재현한다. 그런데 등장
인물들은 '국가'라는 거창한 명분으로 자신의 슬픔을 포장하지 않는다.
대신 개인적인 사랑과 헌신, 비극적 선택이라는 지극히 사적인 형식을 빌
려 시대의 아픔을 증언하고 애도할 뿐이다. 이로써 슬픔은 국가의 비극
을 넘어선 '개인의 폐허'에 대한 이야기가 된다. 이는 황지우 시인의 시
「뼈아픈 후회」에 담긴 자기 성찰과 맥락을 같이하면서도 단순한 회한에
그치지 않고 삶을 향한 또 다른 의지로 나아간다는 점에서 그 한계를 넘
어선다.

슬프다

내가 사랑했던 자리마다

모두 폐허다

완전히 망가지면서
완전히 망가뜨려놓고 가는 것; 그 징표 없이는
진실로 사랑했다 말할 수 없는 건지
나에게 왔던 사람들,
어딘가 몇 군데는 부서진 채
모두 떠났다

내 가슴속엔 언제나 부우옇게 이동하는 사막 신전;
바람의 기둥이 세운 내실에까지 모래가 몰려와 있고
뿌리째 굴러가고 있는 갈퀴나무, 그리고
말라가는 죽은 짐승 귀에 모래 서걱거린다

어떤 연애로도 어떤 광기로도
이 무시무시한 곳에까지 함께 들어오지는
못했다, 내 꿈틀거리는 사막이,
끝내 자아를 버리지 못하는 그 고열의
神像이 벌겋게 달아올라 신음했으므로
내 사랑의 자리는 모두 폐허가 되어 있다

아무도 사랑해본 적이 없다는거;

언제 다시 올지 모를 이 세상을 지나가면서
내 뼈아픈 후회는 바로 그거다
그 누구를 위해 그 누구를
한번도 사랑하지 않았다는 거

젊은 시절, 내가 自請한 고난도
그 누구를 위한 헌신은 아녔다
나를 위한 헌신, 한낱 도덕이 시킨 경쟁심;
(중략)

– 황지우, 「뼈 아픈 후회」 부분, 『어느 날 나는 흐린 주점에 앉아 있을 거다』

황지우 시인은 처절한 자기 고백으로 시를 시작한다. "슬프다 내가 사랑했던 자리마다 모두 폐허다 완전히 망가지면서 완전히 망가뜨려놓고 가는 것; 그 징표 없이는 진실로 사랑했다 말할 수 없는 건지"라고. 이 서늘한 문장들은 『미스터 션샤인』의 인물들이 처한 운명을 압축적으로 대변한다. 당시 조선은 제국주의의 압제 아래 물리적 폐허로 변해가고 있었고 그 속의 인물들은 사랑과 신념을 지키기 위해 자신의 삶을 스스로 '고귀한 폐허'로 몰아넣어야 했기 때문이다.

실제로 이 드라마의 주인공 중 누구도 소위 말하는 '행복한 결말'에 닿지 못한다. 그들의 사랑은 연인이 아닌 동지로 남는 고단한 희생으로, 누군가의 생존은 다른 누군가의 죽음으로, 약속은 지켜지지 못한 이별로 매듭지어진다. 이는 진실한 사랑과 헌신의 징표가 결국 완전히 망가진 폐허 위에서만 성립할 수 있음을 보여주는 비극적 서사다. 하지만 작품은 이 폐허를 직시하는 데서 멈추지 않는다. 오히려 그 고통의 감정을 정제된 미장센과 시적인 대사로 승화하며 보는 이들에게 아프지만 아름다운 카타르시스를 선사한다. 그들의 모든 행위는 사랑과 의무, 정의와 생존이라는 가혹한 선택지 위에서 이루어진 '궁극적인 손실'의 기록인 셈이다.

나아가 황지우의 시가 묘사하는 고독의 감각은 유진 초이, 구동매, 김희성이라는 세 남자가 처한 실존적 위치와 정확히 맞닿는다. "어떤 연애로도 어떤 광기로도 이 무시무시한 곳에까지 함께 들어오지는 못했다"는 시구처럼, 그들의 사랑이 아무리 맹렬했을지언정 결국 각자는 자신의 '사막 신전'에 갇힌 채 고독한 운명을 홀로 감내해야 했다. 타인과 완전히 공유할 수 없는 이 근원적인 고립이야말로, 그들이 각자의 자리에서 존엄을 지키기 위해 치러야 했던 가장 값비싼 비용이었다.

황지우가 노래한 폐허와 고독의 문장들은 『미스터 션샤인』의 인물들이 각자의 자리를 지키기 위해 치러야 했던 실존적 비용을 정교하게 비춘다. 먼저 유진 초이는 조선과 미국, 노비와 미국 시민이라는 두 세계의 경계에 서서 그 어디에도 소속되지 못하는 '국적 없는 자'의 고독을 온몸으로 감내한다. 그에게 조선은 부모의 죽음을 목격했던 트라우마의 땅이었고 미국은 그를 군인으로 길러냈으나 여전히 이방인으로 밀어내는 냉정한 현실의 땅이다. 그러나 고애신을 향한 사랑은 모호한 경계 위를 떠돌던 그를 붙잡아두는 존재의 닻이 된다. 평생을 돌아 마침내 도달한 이 숭고한 귀로에서, 그는 타인을 살려내는 선택으로 자신의 삶을 완성하는 '나를 위한 구원'에 이른다. 이는 타인을 향한 투신이 곧 자기 존재의 확립으로 귀결된다는 시적 역설을 고스란히 증명한다.

유진이 경계인의 고독을 감내한다면, 구동매의 삶은 시 속의 "뿌리째 굴러가고 있는 갈퀴나무"처럼 더욱 거칠고 위태로운 폐허를 떠돈다. 백정이라는 뿌리를 부정하고 일본 낭인 '이시다 쇼'로 살아가는 그에게 애신을 향한 맹목적인 정념은 세상과 관계 맺는 유일하고도 위태로운 통로다. 동매는 자신의 폐허가 그녀의 세계를 오염시킬까 두려워 스스로를 철저히 고립시킨 채, 끝내 닿지 못할 거리에서 그녀를 수호한다. 유진과 마찬가지로 그의 사랑 역시 대상을 지키는 동시에 자신의 존재 가치를 끝내 완결 짓는 비극적 역설을 품는다. 그는 이 고독한 자기 파괴를 통해 천민으로서 상실했던 존엄을 되찾고, "내 사랑의 자리는 모두 폐허"라는 시구에 공명한 끝에 그 폐허 위에서만 도달할 수 있는 가장 찬란한 자기 완성을 보여준다.

이러한 투쟁의 서사 옆에서 김희성은 가장 유쾌한 가면을 쓴 채 시대의 슬픔에 저항한다. 부유한 가문의 업보를 무능력이라는 해학으로 포장하며 고통을 은폐하던 그는, 결국 칼이나 총 대신 펜과 카메라를 들어 시대의 비극을 기록하는 고독한 지식인이 된다. 또한 희성은 사랑하는 여인을 양보하는 '비움의 미학'을 택한다. 이는 자신의 안온함을 포기하고 헌신을 완성하는 비극적인 길이었다. 그의 기록 작업은 유진이나 동매와는 결이 다르지만, 시대를 증언해 스스로의 존재 이유를 찾으려는 "自請한 고난"을 매개로 황지우가 읊조린 '뼈아픈 후회'를 가장 역설적으로 극복해낸다. 결국 이 세 남자가 각자의 '사막 신전'에서 길어 올린 것은 서로 다른 형태의 소멸을 통해 증명해낸 한 인간으로서의 숭고한 존엄이다.

폐허의 미학은 드라마 속 여성 캐릭터인 고애신과 쿠도 히나의 삶에 이르러 한층 더 깊은 실존적 층위를 형성한다. 앞선 세 남자가 자신의 생을 던져 스스로의 존엄을 입증했듯이, 고애신과 쿠도 히나 역시 가부장적 질서가 그어놓은 경계선을 지워내며 자신들만의 투쟁을 이어간다. 다만 그들의 서사는 비극적 소멸에서 멈추지 않고 '남겨진 자의 책임'과 '삶의 지속'이라는 더 넓은 지평으로 확장된다.

먼저 고애신은 모든 것을 가졌으나 가장 고독한 길을 선택한 인물이다. 태생부터 조국을 잃을 위기에 처했다는 시대적 비극과 사랑하는 이들의 죽음을 목격하며 홀로 살아남아야 하는 개인적 슬픔은 그녀의 생위에 겹겹이 쌓인다. 애신은 양반가의 꽃으로 남기를 거부하고 안채의 견고한 담장을 넘어 의병의 험로를 자청한다. 그녀의 투쟁은 단순히 국권 회복이라는 구호를 넘어 조선의 정신과 백성의 존엄을 되찾으려는 능동적 의지에서 비롯된 것이다. 그녀가 목숨을 걸고 지키려 한 가치는 왕권이나 영토가 아니라, 그 땅을 살아가는 사람의 존엄과 조선 고유의 영혼이었기 때문이다. 여기서 애신의 헌신이 지닌 특수한 층위가 드러난다. 유진과 동매, 희성이 그녀를 살리기 위해 기꺼이 자신을 소멸시켰다면, 애신은 그들의 소멸이 남긴 폐허 위에서 자신의 삶을 끝까지 밀고 나가서 그 모든 희생에 의미를 부여한다. 총을 드는 그녀의 행위는 황지우 시인이 노래한 "자청한 고난"과 맥을 같이 하지만, 그 성격은 시인의 것과 확연히 다르다. 그녀의 헌신은 추상적인 대의에 머물지 않고 자신을 살린 구체적인 사람들의 진심을 잊지 않은 채 그들의 몫까지 살아내는 '남겨진 자의 엄중한 예의'에 가깝다.

쿠도 히나(이양화)가 품은 슬픔 역시 앞선 남성들의 투쟁과 궤를 같이하지만 그 속내를 들여다보면 조금 더 복합적인 사연이 읽힌다. 그녀에게 일본인 남편이 남겼던 막대한 유산은 단순히 누리는 안온함의 토대가 아니다. 오히려 그것은 누군가의 미망인이라는 수동적인 위치에서 벗어나 자신의 삶을 스스로 꾸려가기 위한 실존적 밑천이다. 히나는 자신에게 씌워진 부유한 미망인의 외양을 지혜롭게 활용하여 '호텔 글로리'를 시대의 정보와 욕망이 교차하는 거점으로 활용한다. 이 공간은 그녀가 누군가의 딸이나 아내로 머물기를 거부하고 자기 삶의 주인으로서 세상을 마주하고자 하는 의지가 담긴 소중한 영토다. 그녀에게 '호텔 글로리'는 침탈의 역사 속에서 간신히 일궈낸 존엄한 세계 그 자체인 것이다. 그렇기에 일본군이 호텔을 숙소로 강점하고 군대마저 해산하며 조선의 명운을 짓밟는 만행은 그녀가 지켜온 삶의 근간을 뿌리째 흔드는 유린으로 다가온다. 결국, 히나가 택한 호텔 폭파는 침탈의 거점을 지워버리는 결단인 동시에 자신의 온 생애가 응축된 공간을 바쳐 시대의 비극에 온몸으로 응답하는 뜨거운 투쟁이다. 여성에게 허락된 화려한 무대를 스스로 무너뜨리는 이 선택으로 히나는 비로소 그 어떤 억압에도 얽매이지 않는 선명하고도 자유로운 생의 마디를 완성한다.

『미스터 션샤인』이 명작의 반열에 오르는 이유는 이처럼 시대의 비극을 개별 실존의 층위로 확장하여 그려냈기 때문이다. 황지우 시인이 고백했듯, 극 중 인물들 역시 자발적인 고난을 기꺼이 받아들이며 개인의 안락과 행복을 유보한다. 그러나 이들의 종착지는 시인이 머물렀던 '뼈아픈 후회'와는 결정적으로 차원을 달리하는 숭고함에 닿아 있다.

> "아무도 사랑해본 적이 없다는 거 언제 다시 올지 모를 이 세상을 지나가면서 내 뼈아픈 후회는 바로 그거다 그 누구를 위해 그 누구를 한번도 사랑하지 않았다는 거."

시인의 후회는 젊은 시절 '민주화'나 '조국' 같은 거대 서사에 헌신하는 과정에서, 정작 곁에 있는 구체적인 '사람'을 온전히 사랑하지 못했다는 통렬한 자기비판을 담고 있다. 이념을 향한 투신이 자칫 자신의 도덕적 우월감을 확인하는 수단에 머물렀던 것은 아닌가 하는 성찰이다. 대의를 향한 사랑이 사람을 향한 사랑으로 이어지지 못했을 때, 그 헌신은 폐허 위에서 마침내 '후회'로 남는다.

하지만 『미스터 션샤인』의 주인공들은 바로 그 후회의 자리를 가장 뜨거운 사랑으로 채워 나간다. 이들에게 한 사람을 향한 진심은 대의와 분리된 별개의 것이 아니라 그 대의를 비로소 완성하는 실존적 투쟁이다. 시인의 회한이 대의 속에 매몰되어 사람을 놓친 아픔이라면 이들은 가장 사적인 사랑을 통해 사람을 구하며 이념의 한계를 넘어선다. 폐허가 된 시대 한복판에서도 끝내 사람을 지키려 했던 그들의 선택은 시인이 미처 닿지 못한 생의 의지를 보여준다. 가장 가까운 이를 수호하는 것에서부터 다시 시작하는 존엄의 서사, 그것이 바로 이 드라마가 완성하는 지점이다.

유진은 조선이라는 국가 자체를 위해 죽지 않는다. 그는 조선의 희망인 아이들과 그 아이들을 지탱하는 고애신을 위해 죽는다. 그의 투신은 '나'를 지키는 동시에 '그 누구'를 살려내는 지극히 개인적이면서도 숭고한 헌신이다. 고애신 역시 양반의 안락함을 버리고 스스로 험로를 자청하지만, 그녀의 총구는 추상적인 침략자가 아니라 희망을 잃지 않는 다음 세대의 길을 여는 데 놓여 있다. 김희성 또한 독립이라는 거창한 구호 대신, 이름 없이 스러져간 의병들의 행적을 기록하는 길을 택한다. 이는 마지막 순간까지 그들의 이름을 잊지 않으려는 따뜻한 기록자로서 수행하는 마지막 예의다. 인물들이 겪는 슬픔은 곧 그들의 헌신이며 그 헌신은 곧 '사랑했음'을 입증하는 가장 확실한 징표다. 시인이 놓쳤던 '구체적인 한 사람을 향한 사랑'을 이들은 비극적 운명 속에서 끝내 성취해낸다. 비록 그 사랑의 자국은 완전히 망가진 폐허 위에 역설적으로 남겨졌으나, 그 자리는 후회가 아닌 존엄의 증명으로 찬란하게 빛난다.

이처럼 시대적 비극과 개인의 실존적 고뇌, 그리고 숭고함이 교차하는 지점에서 『미스터 션샤인』은 단순한 영상 콘텐츠를 넘어 인문학적 고전의 반열에 오른다. 우리는 이 깊은 슬픔을 통과하며 비로소 깨닫는다. 우리가 평생에 걸쳐 헌신해야 할 유일한 대상은, 바로 곁에 있는 서로의 '존엄'이었다는 사실을 말이다.

| 차례 |

— PART 5. —
슬픔을 넘어선 존엄: 나를 잃지 않고 강하게 사는 법

PART 1.

굴절된 이름과 국적 없음의 슬픔: 구조적 경계인의 탄생

1장
경계인의 숙명:
조선인도 미국인도 아닌 슬픔

『미스터 션샤인』의 주인공 유진 초이는 단순히 국적을 바꾼 인물이 아니다. 그는 봉건사회의 가혹한 모순과 근대적 논리의 틈새에서 태어난 필연적인 경계인이다. 조선은 그를 태어나게 했으나 노비라는 신분으로 그를 버렸고 미국은 그를 살려냈으나 동양인이라는 외양으로 그를 이방인의 자리에 묶어둔다. 그의 삶에는 두 세계 어디에도 온전히 뿌리내릴 수 없다는 실존적 결핍이 짙게 배어있다. 그가 타국에서 피땀 흘려 쟁취한 해군 대위라는 계급과 화려한 업적들은 실은 소속 없는 영혼이 마주해야 했던 근원적인 슬픔을 가리기 위한 처절한 노력이다. 그는 검은 머리의 미국인으로 끝내 지워지지 않는 고향의 상흔을 가슴에 품은 채 다시 조선의 땅을 밟는다.

하늘을 날고 싶었던 검은 새 - 경계인의 숙명을 시작하는 출사표

유진은 자신을 노비로 묶어두었던 조선의 견고한 틀을 깨고 도망치며 비로소 경계인의 길로 들어선다. 조선은 그에게 부모의 비극적인 죽음과 개인의 굴종이 새겨진 상실의 땅이다. 그는 이 땅으로부터 자신의 존재가 존엄과는 거리가 멀다는 사실을 어린 시절부터 체득한다. 특히 어린 유진이 조선의 신분 질서를 시각적으로 인식하는 대목은 그의 처지를 상징적으로 보여준다. 양반의 권위 앞에서 고개를 숙여야 마땅한 시대에, 그가 하늘을 응시하는 행위는 그 자체로 질서에 대한 불온한 도전이 된다. 다음의 대화는 유진에게 허락된 자유의 경계가 조선 내에서 얼마나 위태로운 것이었는지를 드러낸다.

> (어린 유진) 하늘을 봅니다. (중략) 검은 새 한 마리가 온 하늘을 망칠 수도 있구나 싶어서 봅니다. (고사홍) 어느 댁 종놈이냐? (어린 유진) 어찌 그러십니까?
>
> (고사홍) 땅을 보고 살거라. 하늘은 멀다. 종놈 눈길이 멀면 명이 짧은 법이다. (1화)

유진이 내뱉은 이 말은 어린아이의 철없는 관찰이 아니다. 비천한 신분인 유진이 이토록 은유적이고 시적인 언어를 구사한다는 것은, 그의 정신이 이미 계급의 굴레를 넘어섰음을 보여준다. 여기서 '하늘'은 유진의 내면을 지탱하는 두 가지 층위의 상징으로 읽힌다. 첫째는 공간적 해방이다. 하늘은 발이 묶인 땅의 비참한 현실을 벗어난 세계이며, 모든 인간이 마땅히 누려야 할 자유와 가능성이 무한히 펼쳐진 보편적 공간이다. 둘째는 본질적 존엄이다. 신분의 제약이 닿지 않는 하늘 아래에서 유진은 스스로를 누군가의 노비가 아닌, 오직 존엄한 인간으로서 마주할 수 있기 때문이다. 따라서 유진의 시선은 양반이 되어 지배층으로 올라서려는 계급 내의 상승 욕구와는 그 지향이 다르다. 그것은 계급 질서 자체를 부정하고 인간이라는 존재 그 자체로 존재할 수 있는 근원적인 해방을 향해 있다.

하늘은 유진이 속박에서 벗어나 '최유진'이라는 독립된 인간으로 존재하기를 꿈꾸는 유일한 희망의 공간이다. 반면 그가 응시하던 '검은 새'는 노비라는 신분의 굴레가 언젠가 이 자유와 이상에 균열을 낼지 모른다는 비극적 암시를 담고 있다. 이 대화에서 고사홍의 경고는 훈계를 넘어선다. 거기에는 노비의 아들인 유진을 진심으로 걱정하는 어른의 마음과 조선의 냉혹한 질서를 바꿀 수 없다는 체념이 교차한다. 고사홍이 땅을 보고 살라고 충고한 것은 신분 질서의 폭력으로부터 아이를 보호하려는 최소한의 울타리이다. 땅이 굴종과 한계를 상징한다면 하늘은 자유와 가능성, 그리고 검은 새는 권위에 대한 위험한 도전이기 때문이다.

고사홍은 유진의 눈길이 '멀다'는 것을 보고 아이가 신분의 경계를 넘어서려는 실존적 갈망을 품었다는 사실을 직감한다. 그러나 조선에서 그 열망은 곧 '명이 짧아지는' 화근이 될 뿐임을 누구보다 잘 알기에 그토록 단호한 경고를 남긴 것이다. 어린 유진이 고사홍의 말을 완벽히 이해했을 리 만무하다. 다만 그는 이 경고를 듣고 자신이 품은 하늘이 조선에서는 허락되지 않으리라는 사실을 본능적으로 예감했을 것이다. 그리고 이 예감은 훗날 그가 이방인으로 살아가게 되는 결정적인 복선이 된다.

특히 어머니의 죽음은 유진의 서사에서 근원적 상흔이며 그의 망명은 어머니가 마지막으로 부여한 '생존의 임무'였다.

    (유진모) 너라도 살아야 개죽음 안 되는 거야! 멀리, 아주 멀리 가, 유
    진아. (1화)

이 유언은 유진이 짊어진 노비라는 굴레를 벗기기 위한 절박한 몸부림이다. 어머니는 자신의 죽음을 헛되지 않게 할 유일한 길로 유진의 생존을 당부하고 그 비극적인 도망에 실존적 정당성을 부여한다. '멀리, 아주 멀리'가라는 당부는 지리적 이동을 뜻하지 않는다. 그것은 조선의 신분 질서가 닿지 않는 세계로 진입하라는 구원의 설계도다. 유진은 이 유언을 받들기 위해 가슴 속에서 조선을 지워내고 그 빈자리에 미국이라는 새로운 정체성을 채워 넣기 시작한다.

> (어린 유진) 이 조선 팔도에 제가 살 곳이 없습니다. 미국인지 어디인지로 가겠습니다. (1화)

이 대사는 경계인으로서 유진의 숙명이 시작되었음을 알리는 공식적인 출사표다. '살 곳이 없다'는 말은 물리적 터전이 없다는 뜻이 아니다. 인간으로서 존엄을 지키며 설 수 있는 사회적 자리의 부재를 의미한다. 조선의 신분제는 그에게 노비의 자리만을 강요했고 유진은 인간다운 실존을 위해 그 자리를 떠나야만 했다. 이 순간부터 그는 조선을 증오하는 동시에 조국으로부터 버림받은 자로서 살아가야 하는 고독한 운명을 기꺼이 수용한다.

유진의 망명은 황지우의 시 「18」이 보여주는 처절한 고백과 조응한다.

> 棺에다가 쾅쾅 못을 박는다.
> 그대 航路는 멀다.
> 돌아오리라, 언젠가 다시
> 우리나라에, 우리나라여
> 내가 더 젊었을 때는
> 이 지구에서 하고많은 나라들 가운에

– 황지우, 「18」 부분, 『나는 너다』

조선을 떠나는 것은 자신을 억압했던 과거라는 관(棺)에 못을 박는 행위이며 그의 항로는 곧 삶 전체를 재구성해야 하는 아득한 길이었다. 특히 "어쩌면 이런 거지 같은 나라에 태어났는가 억울해했던 적이 있지"라는 구절은 유진이 조선에 대해 가졌던 근원적인 증오와 배신감을 투명하게 드러낸다. 그는 고향을 스스로 떠난 도피자가 아니라 신분제의 폭력에 떠밀려 바다를 건넌 비극적인 밀항자였다. 그의 행선지 역시 자유 의지의 산물이기보다 어머니의 희생과 절망이라는 운명적 힘에 이끌린 반강제적인 선택에 가까웠다. 이 지점은 유진의 귀국이 미군 대위로서의 임무를 넘어 억울했던 과거와 지울 수 없는 고향 사이를 오가는 존재론적 고통의 여정임을 시사한다.

그렇게 죽음을 무릅쓰고 당도한 미국에서 쟁취한 '유진 초이(Eugene Choi)'라는 이름과 군복에 새겨진 계급은 조선의 굴종을 끊어내고 얻어낸 근대적 성취의 상징이다. 제국주의의 논리가 지배하는 세계에서 미군 대위라는 지위는 그에게 비로소 인간다운 인권과 보호받을 수 있는 존엄을 선사한다. 그러나 이 견고해 보이는 미국인이라는 정체성 역시 실상은 온전한 귀속을 허락하지 않는다. 그것은 국가에 대한 유진의 효용성이 다하는 순간 언제든 회수될 수 있는, 지극히 위태로운 조건부 소속감이기 때문이다. 상관인 카일과 나누는 대화는 유진이 자신의 미국인 지위가 얼마나 불안정한 기반 위에 서 있는지 냉정하게 통찰하고 있음을 여실히 보여준다.

(카일) 조선에 가면 자네와 같은 얼굴이 많겠군. 거기선 조금 평범해지나? 아쉽게도 항상 주목받는 삶이었는데. (중략) (유진) 이번 저격이 성공하면 미국인, 실패하면 조선인. 그게 이번 발령의 이유겠지. (2화)

이 대사의 핵심은 "성공하면 미국인, 실패하면 조선인"이라는 유진의 냉소적 통찰이다. 그의 외모와 조선 출신이라는 배경은 미국에게는 효율적인 정보원으로서 전략적 이점을 제공하지만 동시에 실패 시 모든 책임을 전가하고 쉽게 버릴 수 있는 유용한 외부인으로서의 도구적 가치도 지닌다. 유진은 국가라는 거대한 조직이 자신을 어떻게 부품처럼 소비하는지 이미 간파하고 있는 것이다. 그러나 "먼저 한성으로 출발해, 미국인"이라는 카일의 한마디는 유진의 이 자학적인 냉소를 부드럽게 끊어 낸다. 카일은 유진의 트라우마를 가장 가까이서 지켜본 상사이자 동료이며, 무엇보다 영혼의 고독을 이해하는 친구다. 그는 임무의 성패나 효용성을 따지기 전에 유진의 현재적 정체성인 '미국인 대위'를 굳건히 긍정해 준다. 이는 스스로를 의심하던 유진에게 외부 세계가 건네는 가장 진실한 인정이며 고독한 경계인의 삶에 깃든, 짧지만 따뜻한 위안의 순간이다.

이러한 냉소적 통찰을 지닌 채 조선에 돌아온 유진은 그저 고향을 방문한 것이 아니다. 그는 자신을 버린 과거의 시스템을 근대적 힘의 관점에서 재단하고 평가하는 냉정한 관찰자의 시선을 고수한다. 이러한 시선은 그가 오랜 기간 조선의 정서와 단절되었음을 보여주는 가장 명확한 표식이며 고애신과의 첫 대면에서 분명하게 드러난다. 그러나 유진은 자신이 획득한 미국인이라는 정체성의 겉옷이 조선의 전통적 질서 앞에서는 얼마나 무력한지 깨닫는다. 애신은 유진의 언행과 태도를 단번에 꿰뚫어 보고 그가 조선 내부의 질서를 전혀 이해하지 못하는 이방인임을 명확히 규정한다.

　　(유진) 왜 내가 이방인이라 단정하는 거요? (애신) 희귀한 의복, 존대
　　이나 불손한 말투. 무엇보다 살피나 여전히 알아보지 못하는 눈빛. 귀하
　　는 내가 누군지 모르지 않소. 조선에선 그 어떤 사내도 감히 나를 노상
　　에 이리 세워 놓을 순 없거든. (2화)

　애신의 통찰은 유진의 정체성을 해체하는 결정적인 일침이다. 유진은 미국에서 배운 평등한 존대를 사용하지만, 이는 조선의 계급 사회에서는 존중이 아닌 불손으로 해석된다. 그의 말투는 조선의 구질서에 대한 뿌리 깊은 반항심과 근대적 평등 의식이 충돌하는 지점이다. 더욱 결정적인 것은 그의 "살피나 여전히 알아보지 못하는 눈빛"이다. 유진은 고애신이라는 인물을 개별적인 단독자로 대할 뿐, 조선 사회가 부여한 그녀의 신분적 지위나 가문의 권위를 전혀 읽어내지 못한다. 이는 유진이 자신이 버린 조선의 문법을 완전히 잊었기 때문에 발생한 사회적 맹점이다. 애신은 양반 여식인 자신을 노상에 함부로 세워 놓는 그의 행동을 통해 그가 조선 내부의 질서 코드를 알지 못하는 외부인임을 정확히 규정한다. 유진이 획득한 미국인이라는 지위는 조선의 사회적, 정서적 문법이 통용되는 내부 세계로 진입하는 데 전혀 도움이 되지 않는 무용의 옷인 셈이다. 유진은 이방인이라는 애신의 규정으로 자신이 양쪽 세계 모두에 속하지 못하는 경계인임을 다시금 깨닫게 된다.

　유진은 조선에서 버려지고 미국에서는 조건부로 수용된 끝에 어느 세계에도 온전히 발을 딛지 못하는 국적 없는 슬픔에 빠진다. 그의 존재는 조선과 미국 사이, 그 무엇도 아닌 공백의 바다에 떠다니는 외로운 섬과 같다. 그러므로 그의 정체성을 상징하는 호칭 '미스터(Mr.)'는 역설적이게도 그가 처한 슬픔의 깊이를 가장 잘 드러내는 기호일 수 있다. 극이 진행되며 이 호칭에 온기와 친밀함이 스며들기 전까지 '미스터'는 유진을 동양에서 온 낯선 이방인으로 고정하는 차가운 경계선에 불과하다. 이

는 조선의 신분제(노비)와 미국의 시스템(효용성) 그 어디에서도 인간 유진으로서의 온전한 실존을 인정받지 못한 채 오직 규격화된 기호로만 존재해야 했던 경계인의 비애를 뜻한다. 누구에게도 뿌리내리지 못한 한 개인이 익명의 호칭 뒤에 숨어 견뎌야 했던 고독의 시간이 이 '미스터'라는 부름 속에 고스란히 녹아 있는 것이다.

유진의 경계인 숙명은 두 시스템의 논리를 모두 이해하지만, 어느 쪽에도 마음을 주지 못하는 절대적인 정서적 고립을 의미한다. 그는 근대적인 수단인 총과 지식을 손에 넣어 조선의 굴종에서는 벗어났으나, 동시에 고향이 주는 정서적 연대와는 멀어질 수밖에 없었다. 극 초반 유진이 보여주는 차가움과 냉소는 바로 이 소속의 부재를 견디기 위해 스스로 구축한 고독한 생존 방식이다.

되풀이되는 원점과 조건부 성취 - 우리 안의 유진 초이들

유진의 경계인 서사는 역사적 비극을 넘어 태생적 한계를 극복하기 위해 분투하는 모든 현대인에게 투영되는 보편적인 슬픔을 담고 있다. 그의 고독은 오늘날 우리 사회를 관통하는 계급론의 가장 처절한 실존적 반영일지도 모른다. 어린 유진을 옭아맸던 '노비'라는 신분적 굴레는 현대 사회에서 개인이 선택할 수 없는 출발선을 뜻하는 '수저론'의 규정성과 유사하기 때문이다. 유진은 필사적인 노력으로 미국 해병대 대위라는 지위를 쟁취했으나 그의 성공은 오직 '효용성'이라는 냉정한 잣대 위에서만 위태롭게 인정받는다. 마찬가지로, 현대 사회에서 자신의 환경을 극복하기 위해 끊임없이 노력하여 상위 계층으로 진입한 사람들은 성공한 이후에도 각자의 보이지 않는 경계에 서 있다. 이들은 이전 계층에게는 선망인 동시에 이질적인 존재가 되며 새롭게 진입한 계층 내에서는 끊임없이 자격을 검증받아야 하는 '조건부 구성원'으로 취급되기도 한다.

카일이 건넨 진심 어린 인정조차 유진에게 온전한 고향을 찾아주지 못했듯, 타인의 승인만으로 채울 수 없는 근원적 소외감은 현대의 성취자들을 더욱 치열한 분투로 내몬다. 그러나 가시적인 성취는 개인의 뛰어난 능력으로만 분리되어 평가될 뿐, 집단이 공유하는 타고난 소속감으로 치환되기까지는 지난한 시간과 고통이 뒤따른다.

이러한 경계인의 감각은 외면적인 성공에 가려져 주변의 이해를 구하기조차 힘들기에, 이들은 심리적 이중고에 시달린다. 또한, 그들은 시험 점수나 직업적 지표를 통해 계층의 벽을 넘었을지 모르나 태생적으로 주어지는 비가시적 문화 자본까지 완벽하게 승계하지는 못한다. 예를 들어, 명문대에 진학하거나 선망하는 직장에 입사한 후에도 동료들이 공유하는 어릴 적 해외 경험, 특정 사립학교 인맥, 혹은 고급 취미와 같은 '암묵적 코드'를 해독하지 못해 이질감을 느끼는 경우가 빈번하다. 유진이 조선의 문법을 몰라 고애신에게 "알아보지 못하는 눈빛"이라 지적당했듯, 현대의 경계인들 역시 주류 사회의 폐쇄적인 문법에 부딪히며 자신의 성공이 일회적 성취가 아닌 지속적인 자격임을 끊임없이 증명해야 하는 굴레에 갇힌다.

결국, 이들에게 성공이란 안착할 수 있는 영토가 아니라 매일 아침 다시 시작해야 하는 고갈되는 노동의 형태를 띤다. 성취가 높을수록 그 지위를 유지하기 위한 긴장감은 더욱 팽팽해지고 그럴수록 소속되지 못한 자의 근원적인 소외는 깊어만 간다. 유진의 슬픔은 노력으로 환경을 바꿀 수는 있지만, 태생의 그림자까지 완전히 지울 수는 없다는 서글픈 현실을 드러낸다. 우리는 모두 저마다의 원점과 목표하는 지점 사이, 그 어디에도 속하지 못한 채 경계 위를 걷고 있는지도 모른다. 유진의 고독은 바로 이 조건부 삶을 살아가는 현대인이 공유하는 보편적인 실존적 외로움의 다른 이름인 것이다.

2장
시간을 거스르는 치유:
상처를 자존으로 바꾸는 방법

유진의 서사에서 가장 입체적인 지점은 그가 단순히 피해자로 머물지 않고 자신에게 가해진 폭력적 기억을 끊임없이 재해석하며 주체적인 존재로 거듭난다는 데 있다. 그는 부모의 죽음이라는 거대한 폐허 위에서 길을 잃는 대신 그 상처를 응시함으로써 역설적으로 자신의 존엄을 건져 올린다. 정신분석학적 관점에서 볼 때, 인간은 과거의 외상을 단번에 극복할 수 없다. 다만 그 외상의 기억이 현재의 시점에서 새롭게 해석될 때, 즉 '사후성'의 과정을 거칠 때 비로소 상처는 고통을 넘어 자아의 동력이 된다. 그런 의미에서 유진이 조선으로 돌아온 것은 다층적인 의미를 지닌다. 그것은 억눌러왔던 트라우마의 현장으로 되돌아가는 고통을 감내하며, 파편화된 과거의 조각들을 모아 훼손된 자아를 하나로 엮어내려는 치열한 실존적 결단이다. 이 장에서는 유진이 자신의 근원적인 상처인 '신분의 원죄'를 어떻게 대면하고 그것을 자존의 근거로 바꾸어 나가는지를 살피고자 한다. 그 여정의 입구에는 부모의 생명과 맞바꾼,

그리고 유진의 평생을 지배해온 작고 서글픈 물건 하나가 놓여 있다.

노리개에 투영된 외상과 자아 통합

『미스터 선샤인』의 주인공 유진에게 노리개는 단순한 장식품이 아니다. 그것은 그의 존재를 관통하는 '신분의 원죄'이자 그가 벗어나려 발버둥 쳤던 과거의 외상이 시각화된 매개체이다. 유진이 낯선 땅의 글로리 호텔에 짐을 풀고 어머니의 노리개를 꺼내 창밖을 응시하는 장면(2화)은 그가 얼마나 과거의 그림자 아래에서 현재를 살고 있는지를 보여준다. 이 노리개는 유진이 조선 사회라는 거대한 상징적 질서 속에서 겪었던 모욕적인 사건, 즉 부모의 비참한 죽음을 매 순간 되살려내는 '핵심 기표'로 작동한다.

라캉에 의하면 인간의 정신 구조는 본질적으로 통일되어 있지 않다. 우리는 진실한 주체와 외부 세계의 이미지에 기반해 형성된 표면적 자아 사이의 근원적인 틈새를 안고 살아간다.[1)

이 표면적 자아는 유아가 거울 속의 자신을 보며 그것을 '나'라고 착각하며 내면화하는 '거울 단계'를 통해 형성된다. 이 과정에서 아이는 외부에서 투영된 이미지를 자기애적으로 수용하며 정체성을 구축한다. 유진의 자아 형성 또한 이러한 메커니즘을 따르지만, 그에게 거울은 완벽한 자신의 이미지를 비추는 대신 '노비'라는 신분과 부모가 겪은 처참한 모욕을 비추는 왜곡된 장치였다.

그러므로 어린 유진은 자신의 존재 가치를 타인의 멸시와 경멸이라는 외부의 시선을 통해 처음으로 접수한다. 그가 최초로 내면화한 자기 이미지는 사랑받는 주체의 형상이 아니라 도망친 노비의 자식이라는 모욕

---

1) 이수진, 「프로이트와 라캉 불안의 개념화와 정신분석 실천 함의: 불안 행위로의 이행 너머 환상의 횡단으로」, 『현대정신분석』(23), 2021, pp.22-27 참고.

적인 타자성이었다. 유진의 무의식 깊은 곳에 자리 잡은 이 트라우마와
오인은 그의 전 생애를 추동하는 강렬한 동인이 된다. 그가 미국이라는
새로운 세계를 통해 정체성을 획득하려 한 것도, 근본적으로는 최초에
덧입은 모욕적인 자아 이미지를 지워내고 긍정적인 자기애를 회복하려
는 치열한 몸부림이었다. 어머니의 노리개는 이처럼 파편화된 상처와 분
열된 자아를 간신히 묶어두는 끈과 같다.

　유진이 경험한 조선의 신분제 사회는 라캉이 말하는 '대타자'의 가장
냉혹한 예시다. 대타자는 개인의 삶을 규정하고 주체의 욕망이 작동하는
범위를 결정하는 거대한 상징적 질서, 즉 법과 관습, 문화를 의미한다. 유
진은 이 대타자가 허용하는 범주 안에서는 자신의 존재 가치를 찾을 수
없었다. 대타자가 '너는 노비의 자식이며 그 운명에서 벗어날 수 없다'고
낙인찍었을 때, 유진의 주체성은 질식당할 위기에 처한다. 따라서 유진에
게 탈조선은 단순히 지리적 이동을 넘어 자신을 옭아맨 '상징계' ‒ 즉, 노
비라는 이름으로 개인을 규정하고 속박하는 거대한 사회적 질서 자체를
벗어나려는 시도였다.

　그러나 인간의 무의식은 바로 이 대타자의 문법이 지배하는 장소다.
유진의 의식은 미국에서 '미군 대위'라는 성공적인 자아를 구축했지만,
그의 무의식은 여전히 조선이라는 고향 땅과 그곳에서 겪은 수치심이라
는 원초적 대타자의 영향권 아래 있다. 그가 미군 대위가 되어 조선으로
돌아온 것은 표면적으로는 공적 임무 때문이나, 무의식적으로는 자신을
짓눌렀던 거대 질서의 장소로 귀환하여 그 서슬 퍼런 법과 정면으로 마
주하려는 본능적인 충동에 가깝다.

　호텔 창밖을 바라보며 어머니의 노리개를 만지작거리는 행위는 현재
의 성공한 자아와 과거의 상처 입은 자아가 부딪히며 겪는 내적 갈등을
투영한다. 낯선 풍경은 그가 이제 다른 세상에 속해 있음을 속삭이지만,
노리개라는 기표는 '너는 여전히 노비였던 그 아이'라는 무의식적 진실

을 끊임없이 상기시킨다. 다시 말해, 유진의 현재는 무의식 깊숙이 자리 잡은 과거의 질서를 여전히 완전히 떨쳐내지 못한 상태다.

이토록 분열된 유진의 주체가 새로운 가능성을 발견하는 지점은 바로 고애신과의 만남이다. 애신 역시 엄격한 규율에 갇힌 존재이나 스스로 총을 들어 조선을 지키려는 의지를 지닌 주체다. 그녀의 노리개 역시 어머니의 유품이자 조국을 위한 비밀스러운 사명을 상징한다. 유진이 호텔에서 애신의 노리개를 떠올리는 순간, 어머니의 노리개로 촉발된 과거의 상처는 전혀 다른 맥락으로 전환되기 시작한다. 어머니의 노리개가 '치욕적인 과거'의 증거였다면 애신의 노리개는 '스스로 선택한 현재'와 '사랑'이라는 새로운 의미를 부여한다. 그는 애신의 노리개를 마주하며 자신이 평생 쥐고 있던 어머니의 유품이 결코 지울 수 없는 상처의 기록인 동시에 누군가를 간절히 살리고자 했던 지극한 사랑의 증거였을지도 모른다는 새로운 해석의 실마리를 얻는다.

고통의 기표였던 노리개가 사랑의 기표로 치환될 수 있다는 이 낯선 가능성은 유진을 짓눌러온 과거의 문법에 미세한 균열을 내기 시작한다. 물론 이 한 번의 겹쳐짐으로 오랜 망령이 곧장 사라지는 것은 아니다. 하지만 이것은 유진이 거울 속에 갇힌 '노비의 자식'이라는 초라한 형상을 깨뜨리고 나아갈 수 있게 하는 결정적인 심리적 매개가 된다. 그는 애신이라는 거울을 통해 자신이 단순히 과거에 발목 잡힌 피해자에 머물지 않을 수 있다는 희망을 발견한다. 이는 훗날 그가 사랑하는 이를 지키기 위해 위험을 무릅쓰는 주체로, 그리고 조선의 가능성을 지지하는 조력자로 거듭나게 하는 정체성 변화의 시작점이 된다. 타인이 강요한 신분이라는 낡은 옷을 벗어 던지고 스스로 선택한 '사랑'이라는 이름의 새로운 정체성을 입게 되는 긴 여정의 첫 단추가 비로소 채워진 셈이다.

이러한 자각은 유진의 자아 구조에 균열을 일으키고 모욕적이었던 과거의 이미지를 재구성하는 힘으로 나아간다. 동일한 형태의 기표가 두 사람 사이에서 충돌하고 교차하면서 유진은 과거의 대타자가 강제했던 운명을 거부하고 스스로 새로운 삶의 의미를 창조하려 한다. 그가 나루터에서 배를 보며 도망치던 어린 시절을 떠올리면서도, 도망자가 아닌 '돌아온 자'로서 당당히 배를 응시할 수 있게 된 것은 바로 이 자존의 회복 과정 덕분이다.

유진의 삶은 신분이 새겨 넣은 외상으로 시작되었으나 그는 그 상처를 무의식에 묻어두는 대신 노리개라는 매개체를 통해 끊임없이 의식의 영역으로 끌어올려 직면한다. 그리고 마침내 사랑이라는 가장 강렬한 동력을 활용하여 자신을 구속했던 운명을 극복하고 주체적인 생을 쟁취하려는 지난한 여정을 시작한다. 이처럼 노리개는 유진의 일생에 걸쳐 자아의 분열을 드러내는 동시에, 그 상처를 치유하고 새로운 자존을 세우는 핵심적인 기능을 수행하는 것이다.

사후적 완성 - 스스로를 재구성하는 윤리적 주체

정신의 구조와 핵심 정서는 대개 유년기에 형성되며 이는 한 인간이 살아갈 삶의 질과 유형을 상당 부분 결정한다. 이러한 유년의 상흔은 삶을 비관하게 만드는 병리적 징후를 낳기도 하지만, 역설적으로 그 아픔을 직시하는 성숙한 '재해석'의 과정을 거치며 치유와 도약의 동력이 되기도 한다. 즉, 무의식에 잠긴 고통을 현재의 자아가 어떻게 다시 정의하느냐에 따라, 상처는 극복의 서사로 탈바꿈한다. 이 지점에서 우리는 본질적인 질문을 던지게 된다. 과거는 그저 정해진 대로 되돌아오는 것일까, 아니면 미래가 과거를 다시 쓰는 것일까?

이 질문은 시간에 대한 우리의 전통적인 인식을 뒤흔들며 기억과 존재가 맺고 있는 역동적인 관계를 가리킨다. 프로이트는 이 독특한 심리적 시간의 성격을 '사후성'이라는 개념으로 설명한다. 그는 기억이 과거의 어느 한 시점에 고착되는 것이 아니라, 이후에 발생하는 사건들에 의해 끊임없이 다시 쓰이고 재구성된다[2]고 본다. 어떤 감정적 사건은 발생한 그 순간 모든 의미를 드러내지 않는다. 시간이 흐른 뒤 도착한 또 다른 감각이나 경험과 연결될 때 비로소 새로운 의미를 획득하기 때문이다. 유진의 낡은 노리개가 애신의 노리개와 조우하며 비로소 새로운 생명력을 얻는 것과 같은 이치다. 다시 말해 심리적 삶 속에서 원인은 결과보다 먼저 오지 않는다. 오히려 뒤늦게 도착한 결과가 과거의 원인을 다시 조직하고 그 성격을 규정하기도 한다는 것이다. 이러한 시간성은 물리적 세계에서는 불가능하지만, 인간의 내면에서는 늘 작동한다. 과거의 참된 의미는 뒤늦게 도착한 정서적 파동 속에서 비로소 감지되는 법이다.

그러므로 우리는 흔히 과거의 자신을 기억한다고 믿지만, 실상은 '지금-여기'에서 품은 미래의 갈망을 따라 과거의 의미를 새롭게 창조[3]하고 있는 것에 가깝다. 어떤 사건의 중요성은 당대에는 알 수 없으며 미래의 자리에 도달한 주체가 비로소 그 사건의 자리를 규정한다. 이런 의미에서 미래는 과거보다 먼저 도착한다. 주체가 뒤늦게 현실의 진실을 파악했을 때, 비로소 '먼저 온 미래'가 비어있던 과거의 자리를 채우며 온전한 역사가 되기 때문이다. 이러한 언어적 재구성은 단순히 현재를 정리하는 데 그치지 않고 새로운 미래를 설계하는 동력으로 끊임없이 확장된다.

유진의 유년기를 들여다보면, 그는 주체성이 채 형성되기도 전에 '노비의 자식'이라는 멸시의 질서 속에 내던져졌다. 어린 유진에게 이 신분적 규정은 완성되지 않은 자아 앞에 돌연 나타난 왜곡된 거울과 같았다. 그는 자발적으로 정체성을 구축하기보다 타인의 경멸이 투영된 '모욕적인 그림자'를 먼저 내면화했고 이것이 그의 근원적인 외상이 된다. 그러

---

2) 김상환 외, 『니체가 뒤흔든 철학 100년』, 민음사, 2000, p.184.

3) 라캉 역시 프로이트의 사후성 개념을 이어받아 이와 같은 시간 구조를 주체 형성의 핵심으로 재서술하고 있다. 김상환 외, 위의 책, pp.182-190 참조.

나 이 외상은 단순히 절망의 퇴적물로 굳어지지 않는다. 오히려 그것은 의미가 채워지지 않은 상징으로서 무의식 깊이 스며들어, 장차 그가 이룰 '자존'이라는 성취와 연결될 잠재력을 품고 있었다. 어린 유진이 겪은 고통은 단순한 피해의 기록이 아니다. 그것은 훗날 그가 행할 주체적인 선택과 숭고한 삶을 가능하게 한 내적 조건으로서, 이미 그 안에 미래의 의미를 내포하고 있었다.

한편 유진이 이토록 부당한 질서 속에서 끝내 살아남아 자신을 재구성할 수 있었던 바탕에는 생의 초기 단계에서 마주한 우연한 조력자들이 존재한다. 세상의 악의가 한 아이를 집어삼키려 할 때, 도공 황은산이 어린 유진을 자신의 집에 숨겨준 사건은 그에게 최소한의 '인간적 인정'을 경험하게 한 결정적인 계기가 된다. 조선의 시스템은 그를 버렸지만 황은산이라는 구체적인 타자가 내민 손길은 유진의 상처가 파괴적인 분노로 타버리지 않도록 보호하는 심리적 안전망이 되어준다. 훗날 미군 대위로 돌아온 유진을 경계하던 황은산이, 애신을 향한 유진의 진심을 확인하며 그를 다시금 '우리'의 영역으로 받아들이는 과정은 더욱 의미심장하다. 이를 통해 유진은 자신의 행보가 단순한 복수에 머물지 않고 자신을 살려준 은인이나 사랑하는 여인처럼 '내가 지켜야 할 구체적인 존재'들과 연결되어 있음을 자각한다. 과거의 상처가 고통의 기록을 넘어 소중한 이들을 지키려는 현재의 책임감으로 재해석될 기반을 마련한 것이다.

이어지는 미국 선교사와의 관계는 유진에게 더 넓은 차원의 정체성 변주를 가능케 한다. 선교사는 낯선 땅에서 표류하던 소년에게 '유진 초이(Eugene Choi)'라는 새로운 이름을 부여하고 그가 자신을 억압하던 신분 질서에서 벗어나 인간으로서의 주체성을 새로 쓸 수 있는 문을 열어준다. 유진에게 이 선교사의 존재는 조선이 강요한 '노비'라는 낡은 기표를 지우고 '인간'이라는 보편적 가치 아래 자신을 재구성하게 도운 실존적인 구원자였다. 그가 이끈 미국이라는 환경은 그가 이 타자의 배려와 인정을 양분 삼아, 과거의 상흔을 딛고 주체적인 삶을 설계해 나갈 수 있는 해방의 공간이 된다.

하지만 이러한 타자들의 도움과 외적인 성취가 곧장 내면의 완전한 치유로 이어지는 것은 아니다. 유진은 다시는 무력하게 당하지 않겠다는 강박 속에서 과거의 외상을 '복수심'이라는 강력한 방어 기제 아래 갈무리하며 살아간다. 물론 이 복수심은 그가 조선에 막 도착한 극 초반부의 정서를 지배하는 차가운 동력이지만 이는 수십 년간 억눌러온 무의식적 수치심으로부터 스스로를 격리하기 위해 세워둔 고독한 심리적 장벽에 가깝다.

이처럼 유진이 미군 대위라는 지위를 얻어 다시 조선으로 돌아온 것은 타자의 도움으로 간신히 버텨온 자아가 이제는 스스로의 힘으로 과거의 상처를 직시하고 통제하려는 마지막 사투의 시작이다. 그는 자신에게 따뜻한 자리를 내주었던 황은산이나 선교사 같은 이들의 기억을 힘입어, 비로소 가장 아팠던 원점과 대면함으로써 파편화된 자아를 온전한 하나로 엮어내고자 한다. 이 귀환은 유진이 평생을 짊어져 온 외상의 기억들에 새로운 이름을 부여하고 마침내 스스로의 존엄을 완성해 나가는 지난한 여정의 출발점이 된다.

그 모든 고통스러운 대면의 여정 가운데, 고애신과의 만남은 유진의 내면적 상처를 근본적으로 재해석하고 심리적 증상을 치유하는 가장 결정적인 사건으로 다가온다. 애신은 과거 유진의 노비라는 정체성과 현재 미군 대위의 정체성을 넘어서서 오직 그의 주체적 의지와 인간적 가치를 받아들이는 인물이다. 유진은 그녀를 거울삼아 자신이 쟁취한 힘과 능력을 복수의 도구가 아니라 사랑과 헌신을 실현하는 수단으로 전환하기 시작한다. 과거의 무력함이 새겨넣은 외상은 이제 현재의 숭고한 선택과 윤리적 행동을 거치며 전혀 새로운 의미를 부여받는다.

앞서 살폈듯, 유진의 주체성은 과거의 사건이 아닌 미래의 선택을 통해 완성된다. 그의 도망과 생존은 이제 비겁한 노비의 행동이 아니라 억압적 질서를 거부하고 자유와 힘을 획득하여 사랑을 지킬 자격을 갖춘 주체적 투쟁으로 재해석된다. 유진의 자존은 결국 미래의 숭고한 선택으로 과거의 모든 행위에 의미를 부여하는 '사후적 완성'으로 드러나게 되는 것이다. 이러한 주체적 각성은 자신이 노비 출신임을 애신에게 담담하게 고백하는 장면에서 그 절정에 달한다.

> (유진) 조선에서 난 노비였소. 조선은 내 부모를 죽인 나라였고 내가 도망쳐 온 나라였소. (중략) 내 긴 얘기 끝에 그런 표정일 줄 알았으면서도 알고도 마음은 아프오. 귀하가 구하려는 조선에는 누가 사는 거요? 백정은 살 수 있소? 노비는 살 수 있소? (9화)

유진이 자신의 치부를 가감 없이 털어놓는 이 대목은 그의 주체적 자존감을 극명하게 보여준다. 그는 이제 노비 출신이라는 사실을 숨기거나 왜곡할 필요를 느끼지 않기에, 과거의 상처를 있는 그대로 발화한다. 정신분석적 관점에서 볼 때, 이 순간은 자신을 보호하던 견고한 방어 기제가 해체되고 온전한 자아가 발화되는 지점이다. 유진은 유년기의 비극과 부모의 죽음, 미국으로의 망명을 이제는 객관적인 경험으로 정리하여 전달한다. 과거라면 수치심에 의해 왜곡되었을 기억들이, 현재에 이르러서는 어떤 방어적 편집도 없이 투명하게 흐른다. 이는 그가 현실을 있는 그대로 수용하고 사실과 감정을 통합할 수 있는 강력한 현실 검증력을 확보했음을 의미한다.

이러한 사후적 완성의 숭고한 여정은 다른 장면에서도 반복적으로 드러나는데 고종 황제 앞에서 자신의 출신인 '본'을 밝히는 장면(8화)은 유진이 노비라는 과거의 낙인을 어떻게 사후적으로 정당화하는지 보여주는 결정적 대목이다. 그는 자신의 성이 아비의 첫 주인이었던 '최 씨'를 따른 것이며, 어머니는 성조차 없이 죽었다고 고백한다. 임금 앞에서도 당당히 "제 아비와 어미는 노비였습니다"라고 말할 수 있는 용기는 그가 이제는 타인의 시선이나 과거의 굴레에 갇힌 피해자가 아니라 자신의 서사를 직접 집필하는 주인이 되었음을 보여주는 것이다.

유진의 주체적 성장은 도미와의 관계(5화)속에서 한층 깊어진다. 은혜를 갚겠다며 매달리는 도미를 보며 유진은 과거 미국에서 선교사 요셉에게 생존을 구걸하던 어린 시절의 자신을 회상한다. 당시의 유진에게 그 기억은 "내 코가 석 자"였던 요셉에게 생존을 위해 모든 것을 걸고 부탁해야 했던 비참했던 시절의 외상이었을 것이다. 그러나 현재의 유진은 도미의 간절함을 통해 당시 요셉이 느꼈을 "마음 어지러운" 연민과 사랑을 사후적으로 이해하기 시작한다. 이는 과거의 기억을 단순히 '부끄러운 구걸'로 남겨두는 것이 아니라 인간적인 유대와 신뢰의 맥락에서 재해석하는 과정이다. 유진은 도미를 돕는 행위로 과거의 자신과 화해하며 도움을 받던 아이에서 이제는 누군가에게 구원이 될 수 있는 주체로 거듭난다.

이렇듯 유진에게 과거는 고정된 감옥이 아니라 현재의 윤리적 판단에 따라 끊임없이 그 빛깔이 변하는 역동적인 영역이다. 그는 조선을 '부모를 죽인 나라'로 기억하며 냉소적으로 돌아왔으나 사랑하는 여인과 소중한 인연들을 마주하며 그 고통스러운 기억을 조선을 돕는 동력으로 재구성한다. 과거의 상처를 방어적 편집 없이 있는 그대로 발화하고 수용하는 그의 모습은 자아 통합을 이룬 사람만이 보여줄 수 있는 진실된 태도이다. 유진은 미래의 숭고한 선택을 기점으로 과거의 모든 행위에 새로운 의미를 부여함으로써 마침내 사후적 완성에 도달한 주체의 표상이 된다.

사후성을 우리 삶에 적용하기 - 상처를 치유하는 후속 사건

하지만 이러한 심리적 자존의 회복이 단숨에 완성되는 것은 아니다. 유진이 선교사 요셉에게 보내는 편지에는 여전히 지워지지 않은 자기 의심과 고뇌가 고스란히 묻어난다.

> "디어 요셉. (중략) 하나 저는 아직도 그 작은 상자 속을 벗어나지 못한듯싶습니다. 제 긴 이야기 끝에 그 여인의 표정이 그럴 것임을 알았음에도, 그 솔직한 진심에 전 다시 조선을 달려 달아납니다. 조선 밖으로 말입니다."(중략) (10화)

여전히 '작은 상자' 속에 갇혀 있는 것 같다는 그의 고백은 평생을 따라다닌 수치심이 얼마나 견고한 것인지를 역설적으로 보여준다. 그러나 이 대목에서 주목해야 할 점은 유진이 자신의 내면 상태를 이토록 명료하고 객관적으로 서술할 수 있다는 사실 그 자체다. 자신을 옭아매던 신분과 비극적인 가족사를 은폐하지 않고 언어화하는 태도는 과거의 아픔이 현재의 실존적 가치를 이제는 잠식할 수 없음을 입증하는 강력한 지표다. 이는 방어 기제에 휘둘리지 않는 주체만이 보여줄 수 있는 온전한 현실 지각이자 삶 전체를 하나의 통합된 서사로 재구성해가는 성숙의 과정이다.

드라마는 그저 드라마일 뿐이라고 말할 수도 있다. 관계 속에서 반복적으로 상처를 입어온 이들에게 타자를 통해 과거를 재구성하라는 조언은 공허한 울림에 그칠지도 모른다. 하지만 유진의 삶을 향한 이러한 성찰은 상처받은 이들의 고통을 구체적으로 이해하면서 우리 사회에 기꺼이 '친절한 타자'가 되어줄 수 있는 이들의 저변을 넓히고 그 실질적인 수를 늘리는 데 기여할 수 있다.

우리는 살아가며 수많은 좌절과 마주한다. 부당한 평가나 예기치 못한 실패 같은 경험들은 무의식 속에 '미결된 상처'로 남아 현재를 괴롭힌다. 이때 사후성 개념은 우리에게 희망적인 통찰을 제공한다. 과거의 아픔은 그 시점에 고착된 형벌이 아니라 현재 우리가 맺는 관계와 새로운 경험이라는 '후속 사건'을 통해 뒤늦게 그 의미를 바꾸고 치유될 수 있다는 사실이다.

유진에게 황은산과 고애신이 결정적인 후속 사건이었듯 우리 역시 타자와의 관계를 통해 과거를 소급적으로 재작성할 기회를 얻는다. 대부분의 심리적 외상은 발생 당시에는 의미가 확정되지 않은 채 저장되어 있다가 훗날 유사한 경험을 만날 때 비로소 특정한 고통으로 고착된다. 문제는 이 왜곡된 자아의 틀 속에 갇힌 개인이 혼자 힘으로는 상처를 재해석하기 어렵다는 점이다. 나는 사랑받을 자격이 없다고 믿는 무의식은 스스로에게 던지는 긍정적인 암시를 쉽게 수용하지 않기 때문이다.

바로 이 지점에서 '타인의 개입'이 절대적으로 필요해진다. 유진이 애신을 통해 자신의 존엄을 인정받았듯 우리의 상처가 치유되기 위해서는 반드시 따뜻하고 긍정적인 후속 사건이 필요하며 이는 대개 신뢰할 수 있는 관계 속에서 발생한다. 유진의 상처가 시간 순서대로 아문 것이 아니라 황은산의 온정, 선교사의 호명, 애신의 사랑이라는 복합적인 관계망 속에서 비로소 뒤늦게 재해석되었음을 우리는 기억해야 한다. 현실에서 유진과 같은 운명적인 만남을 기대하기 어렵다면 전문적인 상담가나 치료사와의 만남이 가장 신뢰할 수 있는 후속 사건이 될 수 있다. 이들은 중립적이고 윤리적인 타자로서 주관적인 고통을 객관적인 경험으로 바라보도록 돕고 과거의 무력했던 자신에게 새로운 의미를 부여하는 사후적 재구성의 과정을 촉진한다.

나아가 『미스터 션샤인』과 같은 예술적 서사와의 교류 역시 중요한 치유 기제다. 주인공의 고난과 성장을 지켜보며 우리의 외상을 투영하고 그가 쟁취하는 결말을 통해 우리의 과거에도 '미래완료적 희망'을 부여할 수 있기 때문이다. 상처를 주는 주체도 사람이지만 그 상처를 치유하고 과거를 완성하는 것 또한 타인과의 윤리적 교류 속에서 가능하다는 역설을 잊지 말아야 한다. 사후성을 삶에 적용한다는 것은 현재의 관계들을 과거를 치유하는 동력으로 이해하고 능동적으로 활용하는 실천을 의미한다.

3장
존엄의 대가:
힘의 언어와 현실적 수단을 갖춘다는 것

유진이 삶에서 구현한 사후성 개념을 따라가다 보면 『미스터 션샤인』은 격동의 조선 말기를 무대로 근대적 주체성이 어떻게 형성되는가를 탐구하는 작품으로도 읽힌다. 유진은 노비라는 극단적인 사회적 약자의 위치에서 출발하여 세계 최강대국의 군인으로 돌아오기까지의 긴 여정을 거치며 존엄이란 선천적 자질이 아니라 고통과 실존적 투쟁을 통해 얻어지는 결과라는 것을 드러내기 때문이다. 또한, 과거의 상처를 딛고 스스로의 정체성을 다시 쓰는 과정은 개인의 내면적 치유를 넘어 낡은 시대의 문법과 결별하고 새로운 주체의 자리를 선언하는 실천적 행위로 나아간다. 이러한 유진의 서사는 단순한 성공담이 아니라 과거의 고통을 완전히 다른 의미로 재구성하는 사후성의 정치적 드라마라고 할 수 있다.

자신의 과거를 다른 의미로 다시 해석할 힘을 갖기까지

『미스터 션샤인』 초반부에서 어린 유진이 부모가 당하는 모욕과 폭력을 강제로 목격하는 순간은 조선의 신분제가 인간의 존엄을 어떻게 박탈했는지 보여주는 결정적 장면이다. 아버지가 멍석에 말려 심한 매질을 당하다 끝내는 주인의 화살에 맞아 죽음을 맞이할 때 그들의 생명은 어떠한 법적·도덕적 언어로도 보호받지 못할뿐더러 죽음 이후조차 해석의 문장을 얻지 못한다. 바로 이 지점에서 유진은 부모를 잃었다는 상처를 넘어 왜 이 일이 일어났는지 '말할 수 없는 존재'로서의 경험을 한다. 이 경험은 그의 과거가 단순한 트라우마가 아니라 애초에 의미를 부여받지 못한 시간이자 해석될 수 없는 과거임을 뜻한다.

따라서 유진의 도망은 흔히 말하듯 단지 생존을 위한 도피에 머물지 않는다. 그는 해석의 언어가 존재하지 않는 장소를 벗어나 자신의 존재를 규정해줄 새로운 언어와 체계를 찾기 위해 다른 세계로 뛰어든다. 나무 상자 속에 숨어서 배에 실려 미국으로 떠나는 장면은 이러한 절실함을 보여주는 서사적 장치다. 조선에서 그는 철저히 지워진 존재였다. 자신의 고통을 발화할 언어도 삶을 증명할 기록도 허락되지 않았던 그에게 이름이란 단지 양반의 소유물이라는 표식일 뿐, 인간적인 의미를 지니지 못했다. 하지만 미국에서 '유진 초이'라는 이름을 부여받는 순간, 그는 새로운 법적·사회적 질서 속에서 다시 태어난다. 공식적인 이름을 얻는다는 것은 그가 비로소 사회적 언어로 해석될 수 있는 존재가 되었음을 뜻하기 때문이다. 그 이름이 타인의 입을 통해 불릴 때, 유진의 삶은 비로소 고통스러운 도망을 멈추고 고유한 실존의 자리를 잡는다.

(요셉) 너 멋진 이름 가졌네. 이 땅에도 있어. 그 이름 유진. 고귀하고 위대한 자여.

(중략) (유진) 그 땅에서도 내가 유진으로 불릴 수 있게 해 준 이가 이 서신을 보낸 사람이오.

(애신) 멋있소. 귀하와 잘 어울리는 이름이오. 잘 어울리게 크느라 힘들었겠소. 고생했소.

(13화)

이 대화들은 유진의 이름이 누군가에게는 '고귀한 축복'으로 또 누군가에게는 '눈물겨운 인내의 결실'로 읽히고 있음을 보여준다. 특히, 애신의 위로는 '유진'이라는 이름에 걸맞은 인간으로 성장하기 위해 감내해야 했던 시간들을 온전히 긍정해 주는 순간이다. 이름과 "잘 어울리게 크느라 고생했다"는 애신의 한마디는 유진이 홀로 감내해온 투쟁의 세월에 비로소 정당한 서사적 의미를 부여한다. 이제 '유진 초이'라는 이름은 신분제의 폭력으로부터 도망치기 위한 위장이나 타국에서 살아남기 위한 방편에 머물지 않는다. 그것은 과거의 무력했던 아이가 스스로 쟁취해낸 존엄의 증거이자, 사랑하는 타자에게 온전히 이해받음으로 완성되는 실존의 언어가 된다. 이 지점에서 유진의 과거는 이제 수치스러운 도망의 기록이 아니라 이 찬란한 이름을 얻기 위해 통과해야 했던 숭고한 통과의례로 재해석된다. 타자의 진심 어린 호명에 힘입어 비로소 그의 사후적 완성이 심리적 실재로 화하는 것이다.

한편, 조선에서 도망쳐 유진이 미 해병대에 입대하여 남북전쟁과 스페인-미국 전쟁에 참전하는 경험은 그가 스스로를 증명하는 가장 가혹하면서도 유효한 방식이다. 전쟁터는 어느 사회보다 철저하게 능력으로 평가받는 공간이며 출신·신분·혈통은 잠시 의미가 없어지기도 한다. 총과 포성이 뒤섞인 혼돈 속에서 살아남는 능력만이 인간의 가치를 판단하는 냉혹한 기준이 되기 때문이다. 조선의 양반 사회가 집안의 혈통을 근거로 존엄을 인정하던 것과 달리 유진은 바로 이 타국의 전장에서 자신의 능력으로 생존 가치를 증명한다. 그러므로 그가 조선의 거리를 당당히 가로지르며 군복의 무게를 의연하게 감당하는 모습은 각별한 의미를 지닌다. 이는 타인에 의해 강요된 노비라는 비천한 낙인을 벗어던지고 오직 자신의 투쟁으로 얻어낸 계급장을 통해 주체적 존엄을 삶의 현장에서 직접 증명해내는 과정이기 때문이다. 이때 그의 군복은 능력으로 획득한 존엄의 상징물이다.

더욱이 유진이 미 공사관 대리라는 지위를 얻는 순간, 그의 서사는 한 단계 더 도약한다. 이는 표면적인 신분 상승을 넘어선 법적·외교적 권력의 획득이다. 이제 치외법권이라는 견고한 안전지대 안에서 그는 조선의 억압적인 법질서로부터 완전히 해방된다. 조선은 그를 도망친 노비로 가둘 수 없다. 그를 건드리면 그것은 곧 미국을 건드리는 행위가 되기 때문이다. 이로써 그의 존재는 자신을 죽이려 했던 자들의 언어와 질서를 뿌리째 흔드는 역사적 전복이 된다. 쫓기던 노비가 이제는 법의 이름으로 가해자들을 제압하는 심판자가 된 것이다.

하지만 유진이 쟁취한 힘의 실체는 물리적인 전투력이나 법적인 보호망에 그치지 않는다. 그보다 본질적인 힘의 핵심은 자신의 과거를 전혀 다른 의미로 다시 읽어낼 수 있는 권한, 즉 사후적 재구성의 역량에 있다. 이러한 주체적 해석은 생존을 위협받던 과거의 무력한 상태에서는 결코 도달할 수 없는 영역이었다. 어린 시절 그를 지배했던 기억의 파편들은 그저 일방적인 고통의 연속이었으며 억울함이라는 감정의 족쇄로 남아 그의 실존을 옥죄었을 뿐이다. 그러나 정당한 위상을 갖추고 고국에 돌아온 유진은 더 이상 과거에 휘둘리지 않는다. 오히려 그 비극적인 기억들을 객관화하여 삶의 전면에 재배치하고 이를 새로운 정체성을 세우는 동력으로 삼는다. 대표적으로 안평을 대면하여 부모의 유해를 수습한 장소를 추궁하는 장면(5화)은 유진이 기억의 주도권을 완전히 틀어쥐었음을 보여준다. 미국 공사관을 배후에 둔 채 총구를 겨누는 그의 행보는 복수에서 나아가 억압된 기억을 현재의 언어로 다시 써 내려가는 결정적 국면이라 할 수 있다. 이 과정에서 과거의 기억은 여전히 아플 수 있지만, 그 통증이 현재의 삶을 규정하도록 내버려 두지 않는다. 그는 더 이상 과거에 붙잡힌 희생자가 아니라 미군 해병대 대위라는 실체적인 지위를 바탕으로 자신의 역사를 능동적으로 재해석해 나가는 당당한 주체이기 때문이다.

이렇듯 힘을 바탕으로 기억의 주도권을 되찾은 유진의 행보는 희성의 어머니 호선과 대면하는 장면에서 더욱 선명한 정체성의 전환을 드러낸다. 과거 부모를 죽음으로 몰아넣었던 가문의 안주인이자 방관자였던 호선이, 이제는 아들의 안위를 구걸하며 유진 앞에 무릎을 꿇는다. 이 역전된 풍경 속에서 유진은 묻는다. "노비의 아들인 나에게는 지옥을 살게 해놓고, 어찌 당신 아들은 꽃길만 걷기를 바라는 거요?"(15화) 이 차갑고도 묵직한 취조는 오랜 세월 억눌려온 피해자의 자기연민이나 감정적인 토로에 그치지 않는다. 오히려 그 지옥 같은 시간을 견디고 살아남아 가해자 측에 책임을 물을 수 있을 만큼 강력한 존재가 되었음을 선포하는 주권의 행사에 가깝다. 이 장면에서 유진은 과거의 고통을 부정하거나 외면하며 누군가의 동정을 구하지 않는다. 대신 자신이 통과해온 비극의 시간을 당당하고 자신감 넘치는 현재의 선택으로 새롭게 탈바꿈하고 이로써 자신의 서사적 위치를 재배치한다. 가해자 앞에서 위축되던 노비의 아이는 사라지고 자신이 겪은 지옥을 오히려 날카로운 언어로 벼려내는 능동적인 주체만 남는다. 그렇기에 유진에게 과거의 상처는 그를 주저앉히는 장애물이 아니다. 그것은 부조리한 세상을 향해 휘두를 수 있는 실체적인 '생의 힘'이자 가해자들의 허위의식을 무너뜨리는 도덕적 우위의 근거가 된다. 비극의 파편들을 모아 주체적인 삶의 자양분으로 삼는 사후적 재구성의 역량이 이 대면으로 완성되는 것이다.

마침내 유진은 '기록될 수 없던 자'라는 과거의 굴레를 벗어던진다. 그는 이제 세계의 질서 속에서 스스로를 정의하며 자신의 삶을 능동적으로 기록해 나가는 주체가 된다. 그가 획득한 존엄은 혈통이나 제도가 거저 준 선물이 아니다. 그것은 고통의 기억을 새로운 의미로 치환하기 위해 그가 온몸으로 치러낸 '존엄의 대가'다. 그러므로 유진의 귀환은 '자신의 과거를 다시 서술할 권리'를 되찾은 한 인간의 당당한 회귀로 읽어야 마땅하다.

이토록 치열하게 과거를 다시 써 내려간 유진의 행보는 그가 거친 역사의 흐름에 휩쓸리는 구경꾼이 아니라 자신의 삶을 스스로 일궈낸 당당한 주인임을 유감없이 보여준다. 그의 삶은 우리에게 한 가지 질문을 던진다. 과거는 바꿀 수 없지만 그 과거가 나를 어떻게 규정하는지를 바꾸는 힘은 어디에서 오는가? 유진 초이의 대답은 명확하다. 그 힘은 스스로 쟁취한 존엄으로부터 온다.

유진에게서 니체 엿보기: 생성하는 존재와 입법적 도구로서의 총

유진의 삶은 고착된 신분을 탈피하는 성공 서사에 머물지 않고 자신을 규정하던 위치를 끊임없이 갱신하며 과거를 새로운 관점에서 독해해 내는 부단한 운동의 과정이다. 그의 여정이 특별한 까닭은 시대적 폭력 속에서 단지 살아남았기 때문이 아니라 존재의 방향을 부단히 수정하며 자신이 속한 세계의 의미를 새로이 창출해내는 '이행'의 움직임으로 가득 차 있기 때문이다. 이러한 변형의 연속성은 존재를 정지된 것으로 보는 낡은 형이상학의 틀을 깨고 "존재하는 것은 곧 끊임없이 되어가는 것"[1] 이라는 생성의 원리를 삶의 현장에서 오롯이 실증한다. 유진의 전환점들은 우연한 사건의 나열이 아니라 존재 자체가 멈추지 않는 흐름임을 증명하는 필연적 국면들이다.

---

1) 김상환 외, 앞의 책, pp.94-95.

이러한 사유는 유진이 손에 쥔 '총'이라는 사물의 다층적인 변주를 통해 더욱 선명한 실질을 얻는다. 유진에게 총은 처음에는 원초적 공포를 제압하기 위한 생존의 도구이자 미합중국 대위라는 공적 지위를 보위하는 권력의 실체이다. 그러나 애신이라는 절대적 타자를 만나 '러브'라는 미지의 길을 선택하는 순간, 총은 국가적 임무라는 동일성의 논리에서 서서히 이탈하기 시작한다. 유진이 애신에게 소총의 제원과 파지법을 조언하는 행위(3화)는 기술 전수를 넘어 상대를 자신의 욕망으로 포착하거나 관습적 시선으로 재단하지 않고 타자의 독립적인 투쟁 의지를 있는 그대로 수용하는 고도의 윤리적 응시로 나아간다.

바로 이 지점에서 니체의 철학은 유진의 삶 내부에서 작동하던 힘의 구조를 드러내는 투명한 언어가 된다. 유진이 보여주는 주체적 변모는 타인을 지배하려는 권력욕이 아니라 이미 확보된 의미 위에서도 다시 스스로를 넘어서려는 '자기 극복'의 리듬을 뜻하기 때문이다. 유진은 국가가 부여한 무기라는 총의 사회적 용도를 과감히 파기하고 타자를 구원하겠다는 스스로의 법도에 따라 마지막 탄환을 발사한다. 이 과정에서 유진의 총은 파괴적 도구에서 자신의 주권을 선포하는 '입법적 도구'로 변모한다. 이는 고정된 본질에 안주하지 않고 관계와 충돌 속에서 정체성을 끊임없이 재구성해 나가는 '되어감'의 실존을 가감 없이 보여준다. 그에게 총은 자신을 증명하기 위한 무기에서 타자와 함께 써 내려가는 새로운 역사의 기록 도구로 전유되는 셈이다.

하지만 이러한 생성의 의미를 극적인 서사로만 한정 짓는다면 주체적 삶에 관한 통찰을 다소 협소하게 해석하는 결과가 될 것이다. 사실 이러한 변화는 특별한 누군가만의 전유물이 아니라 우리 모두의 일상에서 이미 요동치고 있는 운동이기 때문이다. 여기서 우리는 삶의 의미를 상실한 듯한 순간에도 오히려 그 공허함을 딛고 기존의 가치를 파괴하며 스스로를 세우는 '능동적 허무'의 힘을 상기할 필요가 있다. 일상에서 마주하는 좌절이나 무기력은 우리를 수동적 허무의 늪으로 끌어내리려 하지만, 깨어 있는 주체는 자신을 옥죄던 과거의 틀을 허무라는 필연적 진통 속에서 스스로를 갱신하며 창조적인 삶의 국면으로 나아간다.

피로를 뚫고 다시 아침을 여는 단호함이나 어제의 실패를 딛고 빈 문서 앞에 앉는 용기 같은 사소한 결단들은 그 자체로 숭고한 생성의 증거가 된다. 이는 세상을 뒤흔드는 위대한 업적은 아닐지라도 자기 내면의 정체 상태를 돌파하려는 치열한 실천이라는 점에서 유진이 총구를 돌려 자신의 법도를 세웠던 순간과 본질적으로 맞닿아 있다. 여기에 모든 순간이 무한히 반복된다 해도 기꺼이 "다시 한번!"이라고 외칠 수 있는 영원회귀의 긍정[2]을 덧붙이면 일상적 극복의 가치는 더욱 분명해진다. 매일의 작은 선택들이 모여 존재의 무늬를 만들고 이 반복적 긍정이 삶을 매 순간 신선하게 재창조하기 때문이다.

결국, 이러한 생성의 사유는 비범한 인물의 영웅성을 찬양하기 위한 도구가 아니라, 우리 모두가 매 순간 자신을 다시 빚어내는 창조적 주체임을 일깨워주는 실존의 지침이다. 유진이 능동적 허무를 통과하며 총의 용도를 바꾸어 자신의 주권을 선포했듯, 우리 역시 일상의 타성을 이겨내며 오늘의 삶을 스스로의 법도로 긍정할 때 비로소 자신만의 존엄을 세우게 된다. 존재란 이미 주어진 선물이 아니라 관계와 해석의 변화 속에서 끊임없이 재구성되는 과정이며 그 변화의 흐름을 기꺼이 받아들일 때만 비로소 진짜 자신과 마주할 수 있기 때문이다.

---

2) 배지현, 김재춘, 「니체의 영원회귀의 교육적 함의: '신체-자기'의 변신을 중심으로」, 『교육철학 연구소』(40), 2018, pp.21-44.

4장
돌아올 수 없는 고향: 디아스포라의 실존적 불안

그리움이란 멀리 있는 너를 찾는 것이 아니다.
내 안에 남아 있는 너를 찾는 일이다. 너를, 너와의 추억을
샅샅이 끄집어내 내 가슴을 찢는 일이다.
그리움이란 참 섬뜩한 일이다.

– 소설 『외딴방』 부분

그리움이란 언제나 멀리 있는 무언가를 향해 뻗어가는 동작처럼 보이지만 실은 잃어버린 나 자신의 한 조각을 더듬어 찾는 내면의 노동에 가깝다. 누군가를 그리워한다는 것은 그 사람에게 갇혀 있던 나의 과거와 기억, 그리고 정체성을 다시 마주하는 일이기 때문이다. 그래서 그리움에는 늘 섬뜩함이 뒤따른다. 그것은 단지 타자를 향한 감정이 아니라 익숙했던 장소와 시간이 사라져 버린 뒤에야 비로소 드러나는 '나의 자리 없음'에 대한 자각이기 때문이다.

　그리움이 내면의 결핍을 드러내는 감정이라면 디아스포라의 주체에게 그 결핍은 삶의 구조 자체를 이루는 운명에 가깝다. 『미스터 션샤인』의 주인공 유진은 바로 그 극단적 예다. 그는 고향을 등졌지만, 고향을 그리워하지 못한다. 그에게 조선은 오랜 그리움으로 회복해야 할 장소가 아니라 기억 속에서 삭제하고 싶은 폭력의 공간이었기 때문이다. 그렇기에 그의 삶은 '그리움'조차 허락되지 않는 상태, 즉 그리울 장소도, 돌아갈 자리도 지워진 실존적 무장소성에서 출발한다.

장소애 없이 '뿌리 뽑힌 자'로 살기

　유진은 19세기 말 근대화의 격랑 속에 조선을 떠나 미국으로 건너간 디아스포라의 전형적인 주체이다. 통상적인 디아스포라 서사에서 고향은 '장소애'의 원천으로 묘사된다. 장소애란 인간이 특정 장소와 맺는 깊은 애착이자 그 장소에서 안전과 안락함을 체험하며 얻는 정서적 안정감을 의미한다.[1] 이러한 장소애는 백석 시인의 시에서 나타나듯 고향을 떠나온 이들에게 영원히 회복되어야 할 정신적 고향의 지향점으로 작용한다.

　그러나 유진의 서사는 이 고전적인 장소애의 개념을 정면으로 부정하는 역설에서 출발한다. 아홉 살의 나이에 겪은 폭력과 부모의 비극적인 죽음으로 그에게 조선은 영구적인 장소 혐오의 근원이 된다. 조선은 그에게 사람으로서의 존재 자체가 부정되는 계급적 폭력의 공간이었으며 생명의 안전이 보장되지 않는 트라우마의 땅이다. 따라서 유진의 귀환은 일반적인 고향으로의 복귀가 아니라 오히려 트라우마를 유발한 공간을 타자의 시선으로 냉철하게 재조명하고 과거의 고통을 청산하기 위해 돌아오는 특수한 형태의 회귀로 이해되어야 한다.

　그는 노비 최유진이라는 과거의 그림자를 지우기 위해 미군 대위 유

---

1) 에드워드 렐프, 김덕현 외 역, 『장소와 장소상실』, 논형, 2005, p.251-252.

진 초이라는 완벽하게 구축된 가면을 쓰고 조선 땅을 밟는다. 이 가면은 조선 사회의 억압적인 계급으로부터 자신을 방어하는 수단이자 자신이 속했던 장소와의 근원적 결별을 선언하는 경계 그 자체이다. 유진의 비극적 숙명은 바로 그리워할 고향의 의미가 애초에 제거된 채 살아야 하는 장소 상실의 상태에서 비롯되는 것이다.

유진이 미국에서 획득한 미국 시민이라는 정체성은 그를 근대 자본주의의 논리가 만들어낸 무장소성의 존재로 만든다. 근대 자본주의가 공간이나 장소에 대한 가치를 물질성과 효율성의 척도로 획일화할 때 인간의 삶은 장소성을 상실한 단조롭고 기능적인 공간 속에 위치하게 된다.[2] 이 과정에서 인간은 자신이 속한 공간에 정서적 애착을 갖지 못하고 심리적 공허함을 느끼는 무장소성 상태에 놓인다. 그의 화려한 신분은 타인의 욕망이 투사되는 겉옷일 뿐이다. 그 옷은 유진이 짊어온 개인의 고통을 교묘히 가리고 오로지 매혹적인 이방인의 이미지로만 그를 조선의 거리에 내세운다. 이때 그의 본질적인 서사는 그럴듯한 겉모습 뒤로 자취를 감춘다.

그가 조선에서 발을 딛고 서 있는 방식은 공동체에 뿌리내리는 거주의 방식이 아니라 미군의 권력을 등에 업고 조선 땅을 점유하고 기계적으로 운용하는 방식에 가깝다. 그는 극 초반에는 조선의 비참한 현실이나 독립운동의 대의에 감정을 이입하지 않으려 필사적 노력한다. 오히려 자신의 정체성(미군 대위)과 행동(외교 및 군사 임무)을 철저히 공리적 경계[3] 안에 가두려고 한다. 이 공리적 경계는 유진이 노비 최유진이라는 과거와 미국인 유진 초이라는 현재의 기능적 역할 사이에서 발생하는 내

---

2) 정병언, 「공간의 자본화와 장소상실」, 『문학과 영상』(12), 2011, p.545.

3) 이명수, 「공간, 장소 그리고 경계에 관한 노장철학적 접근」, 『동아시아문화연구』(51), 2012, pp.223-239. 여기에서 공리적 경계란 인간이 자신의 욕망이나 이익을 도모하며 형성하는 공간 경계를 의미한다. 이 논문에서는 인간의 의지가 만드는 경계 중 가장 강력한 힘을 발휘하며, 자신의 이익을 위해 타자의 존재론적 공간 경계를 잠식한다는 점을 지적하고 있다. 근대성의 메커니즘(자본, 화폐 등)과 결합하여 공간을 획일화하고 무장소성을 초래하는 주된 원인으로 설명한다.

면의 균열을 막기 위한 자기 방어 기제이다. 그러나 이 경계는 그를 궁극적으로 그 어느 곳에도 온전히 속하지 못하게 만드는 고립의 벽이 된다. 그는 미국에서는 까만 머리에 까만 눈동자를 지닌 이방인이며 조선에서는 자신들을 침탈하러 온 제국주의의 첨병이라는 이중적 시선에 갇히게 된다. 그의 삶은 두 개의 세계가 충돌하는 경계 위에 위태롭게 서 있는 고독한 존재 그 자체다.

이처럼 타자의 욕망이 투영된 공리적 경계가 삶의 자리를 잠식할 때, 주체의 실존은 정박할 곳을 잃고 무장소성의 황무지로 내몰리게 된다. 유진이 겪어온 고달픈 자취는 바로 이 지점에서 '존재의 토폴로지'[4], 즉 인간의 존재가 장소와 맺는 근원적인 관계망에 대해 묵직한 질문을 던진다. 토폴로지란 인간이 특정 장소에 의미를 아로새기고 그곳에 뿌리를 내림으로써 자신의 존재를 세계 속에 개시하는 방식 전체를 포괄하기 때문이다. 그러므로 거주한다는 것은 단순히 공간적 체류를 뜻하지 않는다. 그것은 세계 속에 자신의 고유한 자리를 확보하고 현존재의 실질을 증명해내는 실존적 결단이다. 인간은 장소와의 관계를 통해 비로소 '있음'의 의미를 확보하며 안정된 삶의 터전을 가꾼다는 것은 곧 자신의 존재론적 지반을 단단히 다지는 일과 같다. 따라서 유진의 여정은 결국 타자의 이익을 위해 획일화된 공간의 논리에서 벗어나 장소와 존재가 유기적으로 공명하는 자신만의 주체적 지형을 회복해 나가는 과정으로도 읽힌다.

그러나 유진의 삶은 이 거주가 불가능한 존재론적 결함을 보여준다. 조선에서 도망쳐 미국으로 향한 유진의 삶은 정착 대신 끊임없이 새로운 장소로 향하는 '탈주'의 과정이었기 때문이다. 그는 항상 다음 장소를 향해 떠날 준비를 하는 '뿌리 뽑힌 자'의 생을 지속해 왔다. 이러한 연속

---

4) 강학순, 「하이데거에 있어서 '존재의 토폴로지'에 관하여」, 『현대유럽철학연구』(23), 2010, p.25-27.

적인 탈주는 곧 진정한 의미에서의 거주, 즉 존재가 자리할 터의 부재를 의미한다. 그러므로 그는 타인과의 관계를 통해 안정성을 얻는 대신 고독을 내면화하고 세계를 도구적으로 이용하는 방식만을 학습할 수밖에 없다.

이러한 거주 불가능성은 유진에게 깊은 실존적 불안을 수반했을 것이다. 장소란 인간이 자신을 둘러싼 세계와 의미를 교환하며 안정성을 얻는 심리적 공간인데 유진은 조선과 미국, 그 어느 쪽에서도 안정성을 확보하지 못했다. 그의 존재는 항상 혼란과 고독 속에 놓여 있었다. 그가 의지하는 유일한 물건인 권총과 군복은 그가 선택한 폭력적 근대성과 그가 내면화한 개인의 고독을 표상하는 중요한 이미지이다. 직무로서 손에 쥐는 권총은 그에게 무장소성을 해소하는 장소가 될 수 없으며 오히려 경계 위를 부유하는 존재의 불안을 극대화하는 도구에 불과하다. 이렇듯 유진은 진정한 장소를 얻지 못한 채 경계 위에서 바람처럼 흔들리는 이방인의 운명을 짊어진다.

타자와의 관계를 통해 존재론적 장소를 창조하기

유진의 경계가 무너지고 무장소성이 해소되기 시작하는 지점은 고애신과의 사랑이라는 강력한 관계성에서 찾을 수 있다. 고애신과의 관계는 유진이 이제껏 지키려 했던 공리적 경계, 즉 사적 이익과 기능적 역할을 규정하는 차가운 논리를 해체하고 인문학적 상상력과 관계성의 공간이 개입하는 결정적인 계기이다. 그는 타자(고애신)와의 깊은 유대를 통해 비로소 자신이 밟고 서 있는 공간이 단순한 임무 수행의 공간이 아니라 살아 있는 역사의 장소임을 자각한다. 유진의 무장소성은 애신과의 관계 속에서 정체성의 장소를 찾아가는 지난하고 고통스러운 실존적 여정으로 전환된다.

그러므로 조선의 희망을 위해 의병들을 돕고 스스로 비극적인 죽음을 맞는 행위는 고향으로 돌아갈 수 없음을 깨달은 자의 마지막 응답이다. 그는 죽음으로 존재의 의미를 확보할 자신만의 장소를 구축한다. 그의 선택은 자신이 평생 지키려 했던 공리적 경계를 버리고 고애신과 의병들이 상징하는 참된 관계성의 공간을 선택하는 것을 의미한다. 이는 노장철학적 시각에서 근대적 합리성과 사적 이익의 경계를 넘어 "천하만물이 하나로 통하는 자리"에서 인간 본연의 모습을 회복하려는 시도와 맞닿아 있다.[5] 그는 이제 조선의 노비도, 미국의 장교도 아닌, '조선을 지키는 자'라는 새로운 신념의 경계 속에 자신을 놓는다. 유진은 경계의 존재로서 끝내 두 나라 중 그 어느 곳에도 속하지 못했지만, 그의 희생은 조선이라는 장소의 의미를 희망으로 재정의하는 데 결정적인 역할을 한다. 비극으로 완성된 그의 서사는 돌아올 수 없는 고향의 운명을 초월하여 그 자신을 역사의 증인이자 숭고한 희생의 장소로 영원히 아로새기기 때문이다.

유진의 서사는 현대의 수많은 디아스포라의 주체, 즉 물리적·문화적 경계 위에서 정체성의 혼란을 겪는 이들에게 중요한 함의를 던진다. 진정한 장소성이란 물리적인 고향에 대한 수동적인 회귀가 아니다. 그것은 고독을 딛고 타인과의 관계 속에서 스스로의 거주의 터를 일구는 윤리적 과제이다. 그의 마지막 희생은 가장 낯선 곳에서 가장 진실된 자신을 발견하는 디아스포라의 역설적 승리라고 할 수 있다.

오늘날 일상이 된 무장소성

유진이 짊어졌던 '무장소성'의 고독은 한 개인의 비극적인 운명에 국한되지 않는다. 그의 삶은 고향을 상실한 19세기 말 디아스포라 주체의

---

5) 이명수, 앞의 논문, p.243.

실존적 불안을 극명하게 드러낸다. 그러나 21세기를 살아가는 현대인에게 이러한 뿌리 뽑힌 존재의 감각은 더욱 보편적이고 일상적인 경험이 되어가고 있다. 유진이 겪었던 장소 상실의 근원이 계급적 폭력과 시대의 격변이었다면 오늘날 현대인이 느끼는 장소와 정착의 어려움은 무한 경쟁과 효율성을 강요하는 근대 자본주의의 논리가 훨씬 강력하게 작동한 결과이다.

이러한 무한 경쟁의 장인 한국 사회 현실을 집약해서 보여주는 대표적인 지표인 아파트는 현대인의 장소 상실을 더욱 부추긴다. 90년대 초반 신도시가 세워지면서부터 아파트는 우리의 대표적인 주거 공간이 되었고 실제로 다수의 사람들이 아파트에 살고 싶어 한다. 특히, 아파트는 시간이 흘러 낡으면 고쳐서 산다는 개념보다는 완전히 허물어뜨리고 갈아엎어 항상 새것인 상태를 지향하는 주거 문화다. 최근 신조어인 '얼죽신'은 얼어 죽어도 신축이라는 의미로 이러한 사유와 유행을 반영한 어휘이다. 더욱이 계속해서 상급지로 갈아타야 뒤처지지 않는다는 경쟁·경제적 사고의 만연은 '정착'이라는 단어를 낡은 개념으로 만들었다. 자본의 관점에서는 더 나은 곳으로 갈아타는 자만이 승리자가 된다. 어떤 면에서 우리는 끊임없이 이동하는 유목민이 되라고 권유받는 사회에 살고 있다고 해도 과언이 아니다.

그러므로 유진의 서사를 통해 드러난 무장소성의 실존은 단지 19세기 격변기의 디아스포라 조건 안에서만 발생한 특수한 비극이 아니다. 오히려 그것은 오늘을 살아가는 우리가 일상 속에서 은밀하게 체감하고 있는 감각과 깊이 이어져 있다. 어느 날 문득 자신이, 한 자리에 뿌리내리지 못하고 떠다니는 존재처럼 느껴질 때, 혹은 내가 속한 관계와 공간이 어느새 낯설게 느껴질 때, 우리는 이미 유진이 겪었던 무장소성의 현대적 형태를 경험하고 있는 셈이다.

앞서 말했듯 오늘의 사회는 머무름을 실패로 간주하고 이동을 성공의 척도로 삼는다. 오래된 것을 보존하기보다는 파괴 후 새로 짓는 방식을 자연스러운 진보로 받아들이고 정착의 가치를 긍정적인 의미로 여기지 않는다. 새로움은 그것이 '무엇을 대체했는가'를 묻지 않은 채 절대적인 기준이 된다. 빠르게 바뀌는 공간, 순식간에 교체되는 관계, 끊임없이 이동하는 삶 속에서 인간은 어느 순간 자신이 쌓았던 기억의 자리들을 잃어버리고 결국 어느 곳에도 속하지 못한 자처럼 느끼는 것이다.

이러한 경험은 단순한 도시적 현상이 아니라 우리 사회가 오랫동안 축적해 온 '보존에 대한 무감각'에서 기인한다. 우리는 근대화를 이루는 과정에서 실존적 질문을 유예하는 법을 배웠다. 당시는 생존의 당위가 모든 가치에 우선하던 시기였고 그 속에서 효율은 부정할 수 없는 시대적 명분으로 군림했다. 자연히 속도에 편승하지 못하는 느린 호흡이나 과거의 흔적을 머금은 낡은 것들은 성장을 저해하는 가로막으로 치부되기 일쑤였다. 그러는 사이 우리의 삶은 '멈춤의 순간'을 잃었다. 기억이 쌓이고 관계가 깊어지는 데 필요한 시간과 공간은 축소되었고 존재는 점점 더 얇아졌다. 이 얇아진 존재의 감각은 결국 유진이 겪었던 무장소성과 구조적으로 다르지 않다.

유진이 미국에서 획득한 정체성은 기능적이고 실용적인 역할로만 규정된 것이었다. 그는 특정한 공간에 뿌리내린 사람이 아니라 기능을 수행하기 위해 어디든 이동하는 기계적 주체였고 오늘의 인간 역시 이와 크게 다르지 않다. 직장, 주거, 관계 모두가 '효율'과 '선택'이라는 이름으로 쉽게 교체되고 재배치된다. 지속되지 않는 관계와 쉽게 소멸하는 기억 속에서 장소는 우리의 일부가 아니라 필요할 때 임시로 사용하는 소비재가 된다. 이처럼 장소가 기능으로 환원되는 순간, 인간 역시 기능적 존재로 축소될 가능성이 커진다.

그러나 인간은 도구적인 기능만으로 자신의 실존을 온전하게 지탱할 수 없다. 효율의 논리에 매몰되어 앞만 보고 달리는 사이, 주체의 내면에는 원인 모를 공허가 쌓여가기 때문이다. 그리하여 거침없이 흘러가는 시대의 속도에 발을 맞추면서도 문득 발밑을 내려다 보게 될 때, 우리는 닻을 잃고 표류하는 삶을 비로소 자각한다. 그 순간, 주체는 본능적으로 자신을 지탱해줄 단단한 지점을 갈구하게 된다. 이때 우리가 무의식적으로 길어 올리는 것은 세련된 도심의 기능적 공간보다는 낡은 골목의 정취나 깊은 유대를 간직한 풍경처럼 존재의 온기가 남아 있는 장소들이다. 그곳에 머물렀던 기억을 소환하는 행위만으로도 우리는 부유하던 삶을 다시 안착시키는 묘한 위안을 얻는다. 그것은 단순한 향수나 감정적 회귀가 아니다. 변화의 속도와 효율의 압력 속에서 여전히 '남아 있는 것'이 있다는 사실을 확인하고자 하는 실존적 몸짓이다. 우리가 기억하고 있는 장면들이 계속해서 떠오르는 이유는 그것들이 우리의 존재를 구성하던 자리였고 그 자리에서 비로소 세계와 관계를 맺을 수 있었다는 사실을 내면이 알고 있기 때문이다. 이러한 맥락에서 '장소'는 물리적 공간 그 자체보다 훨씬 넓은 범주가 된다. 장소란 결국 인간이 세계와 의미를 교환하는 접점이자 자신이 살아 있다는 감각을 획득하는 근거가 되는 것이다.

유진이 무장소성의 부유 상태를 끝내고 존재의 닻을 내리는 순간은 특정 국가에 귀속되거나 견고한 건축물을 점유하는 일로 완성되지 않는다. 그보다는 한 타자와 맺는 깊은 관계의 결을 따라 비로소 시작된다고 보아야 한다. 타자와 함께 숨 쉬는 찰나를 공유하며 그는 비로소 자신이 딛고 선 장소를 낯선 풍경이 아닌 생동하는 세계로 다시 감각한다. 주목할 점은 이 관계가 서로의 결핍을 단순히 상쇄하는 기능적 구원에 머물지 않는다는 사실이다. 이들의 연대는 차라리 서로의 고독과 침묵을 오롯이 긍정하며 견뎌내는 방식에 가깝다. 상대의 실존을 침범하거나 소유하려 들지 않고 각자의 고유함을 유지한 채 나란히 존재할 수 있는 거리감을 확보하는 것. 이러한 관계적 경험은 장소의 의미를 근본적으로 재구성한다. 이로써 장소란 물리적 공간의 문제를 넘어, 누구와 함께 그 시간의 행적을 그려냈는가에 따라 그 본질이 결정되는 '실존의 지형'임을 유진의 여정은 여실히 증명한다.

이러한 유진의 자취는 무장소성의 시대를 살아가는 현대인에게도 실존적인 시사점을 던진다. 우리가 더 넓은 집을 소유하거나 선망하는 지역으로 거처를 옮긴다고 해서, 상실된 '자기 자리'가 저절로 회복되는 것은 아니기 때문이다. 인간의 자리는 물리적 구획이나 소유의 면적 위에 세워지는 것이 아니라 타인과 맺는 따스한 관계의 결속에서 비로소 그 형체를 드러낸다. 장소에 생명력을 불어넣는 것은 그곳에 켜켜이 쌓인 온기 어린 기억과 경험의 축적이다. 타인과의 정서적 유대가 거세된 공간은 주체가 온 마음을 기대어 머물기 어려운 법이며, 기억의 온도가 느껴지지 않는 장소는 언제든 대체 가능한 기능적 공간으로 전락하여 쉽게 소멸하고 만다. 이처럼 진정한 의미의 정주는 공간의 외형을 바꾸는 일이기에 앞서, 타자와의 깊은 교감을 통해 고립된 공간을 다정한 삶의 지형으로 탈바꿈시키는 존재론적 이행이라 할 수 있다.

그렇다면 무장소성의 시대를 살아가는 우리가 스스로의 자리를 회복하기 위해 붙잡아야 할 것은 무엇인가. 그것은 유진의 마지막 선택이 선명하게 증명해 보이듯 세계와 관계를 맺는 '시선의 전회'에 있다. 우리는 빠르게 소비되고 허망하게 사라지는 공간의 파편들 속에서 사소하지만 온기 어린 진실된 유대를 건져 올릴 수 있어야 한다. 그 작고 다정한 연결을 매개 삼아 메마른 세계를 다시금 생동하는 장소로 감각해내는 능력이 우리에게는 절실하다. 나아가 우리는 이미 떠나버린 것들, 혹은 자본의 논리에 밀려 사라지고 잊힌 흔적들 속에 여전히 맥동하는 실존적 의미를 발굴하려는 노력을 멈추지 말아야 한다. 이러한 시선의 회복은 결코 과거로의 무력한 회귀를 뜻하지 않는다. 오히려 그것은 파편화된 삶의 지속성을 복원하고 인간다운 실존의 자리를 끝내 사수하려는 가장 치열한 사유의 과정이다. 유진이 황무지 같던 이방인의 삶 끝에 조선이라는 뜨거운 장소를 얻었듯 우리 역시 타자와의 온기 어린 관계를 통해 비로소 흔들리지 않는 삶의 좌표를 얻게 될 것이다.

결국, 장소란 타인 그 자체이며 세계와 관계를 맺는 주체의 역량이다. 우리가 서로에게 기꺼이 시간을 내어주고 각자의 고독을 나란히 감당하며 사소한 순간조차 정성껏 기억하려 할 때, 우리는 비로소 서로에게 '머무를 자리'를 내어주게 된다. 유진이 그러했듯, 그리고 우리가 삶의 갈피마다 경험해왔듯, 인간은 서로에게 장소가 되어줄 때 비로소 세계라는 거친 지반 위에 온전히 설 수 있다.

무장소성은 피할 수 없는 시대적 운명이 아니다. 그것은 우리가 어떤 관계 속에서 어떤 기억을 품고 살아갈 것인가에 따라 언제든 새로운 의미로 전환될 수 있다. 장소를 잃는다는 것은 곧 관계를 잃는 것이며 관계가 회복되는 순간 우리는 새로운 장소를 만든다. 이 시대의 중요한 과제는 더 좋은 곳으로 이동하는 것이 아니라 누군가에게 장소가 되는 방식으로 존재하는 것이다. 그 사실을 깨닫는 순간, 우리의 삶은 경계위를 떠도는 부유를 멈추고 세계는 다시 우리에게 자리를 내어줄 것이다.

5장

선택하는 자의 고독:
국가 없는 사람의 마지막 결단

유진은 19세기 말 격변하는 조선을 배경으로 가장 비극적이고 동시에 가장 숭고한 선택을 내리는 인물이다. 조선의 노비로 태어나 부모의 참혹한 죽음을 목도하고 미국으로 도피한 그는, 미합중국 해병대 대위라는 완벽한 이방인의 신분으로 고국에 돌아온다. 그의 삶은 어디에도 온전히 닻을 내리지 못한 경계인의 고독으로 촘촘히 얽혀 있다. 미군으로서의 임무완수 겸 복수라는 이중적인 목적에서 시작된 그의 귀환은 고애신이라는 한 여인과의 지고지순한 사랑을 만나면서 급격히 변모한다.

본 장은 유진이 마침내 자신의 마지막 길을 결정하는 과정을 심층적으로 분석한다. 이는 국가 없는 사람이 짊어진 사랑의 정치학이자, 헛된 희망일지라도 목숨을 걸고 지키는 자가 되기로 한 최후의 결단이었다. 유진의 마지막 선택은 '히스토리'와 '러브 스토리'가 교차하는 지점에서 한 개인이 거대한 역사의 폭풍 속에서 어떻게 자신의 존엄과 존재 이유를 확립하는지를 보여주는 숭고한 기록이다.

고귀하고 위대한 자, 유진- 신의 존재를 증명하다

그는 조선의 주권이나 독립이라는 국가적 대의에 속할 수 없는 사람이었다. 그에게 조선은 배신과 천대, 부모의 죽음이라는 상흔만 남긴 곳이었기 때문이다. 따라서 그가 고애신, 그리고 자신에게 인간적인 연민을 베풀었던 황은산, 요셉 등 은인들을 지키려는 행위는 철저히 사적인 구원의 영역이다. 그러나 이 사적인 영역이 조선의 멸망이라는 공적인 역사의 현장에서 발현되면서 유진은 자신의 의지와 무관하게 역사적 인물이 되어간다.

『미스터 선샤인』에서 유진이 홀로 하는 기도는 그의 내면을 관통하는 고독한 절규이자 자신을 바치는 맹세이다. "요셉의 아버지이신 하느님. 내 남은 생을 다 쓰겠습니다. 그 모든 걸음을 오직 헛된 희망에 의지하였으니 살아만 있게 하십시오. 그 이유 하나면 전 나는 듯이 가겠습니다"(22화) 이 기도의 핵심은 '헛된 희망'이라는 단어에 있다. 그는 자신의 노력이 조선의 앞날을 바꿀 수 없다는 것과 사랑하는 이들이 안전해지길 바라는 기대가 사실상 실현되기 어렵다는 사실을 이미 알고 있다. 그러나 그는 그 실현 불가능한 희망을 유일한 동력으로 삼아 자신의 모든 생을 바치겠다고 결심한다. 이는 냉철한 계산이 아닌 지극한 사랑에서 비롯된 파토스의 결단이다.

이러한 유진의 파토스적 면모는 그가 이정문 대감을 찾아가 역관의 거짓 통변을 알리는 장면(8화)에서 이미 드러난 바 있다. 이 순간 유진은 자신의 고백이 가져올 정치적 파장이나 실용적 이득을 계산하지 않는다. 뒤늦게 사실을 알리는 이유를 묻는 정문에게 유진은 단지 그때와는 마음이 달라져서라고 답할 뿐이다. 그는 "출신이 노비여서 나라를 떠난 자의 말을 자네라면 믿겠는가"라며 자신의 과거를 냉소하는 정문 앞에서 자신의 발걸음이 "총 쏘는 것보다 어렵고 그보다 더 위험하고 그보다 조금은 뜨거운 마음"이었음을 강조한다. 여기서 '뜨거운 마음'이란 앞서 언급한 공리적 경계의 계산법으로는 설명할 수 없는 영역이다. 유진은 무엇인가를 결정할 때 정치적 역학 관계나 개인의 안위라는 실용적 이유를 따지지 않는다. 대신 그는 자신의 진심이 이끄는 방향 혹은 타인을 향한 연민과 정의라는 파토스적 가치에 온몸을 던진다. 이러한 뜨거운 마음은 훗날 그가 조선을 위해 자신의 남은 생을 다 쓰겠다고 바치는 기도로 이어지는 주체적 변화의 씨앗이 된다. 그러므로 "살아만 있게 하십시오"라는 유진의 간절함은 고애신과 은인들의 생존을 원하는 절대적인 마음이다. 이 간절함이 충족된다면 그는 "나는 듯이 가겠다"고 말한다. 여기서 유진은 이제 미군 대위로서의 의무나 복수심에 얽매이지 않는다. 그는 오직 '지키는 자'라는 새로운 정체성을 형성하고 그의 모든 행동은 이 맹세에 종속된다. 이 순간, 유진은 국가나 대의가 아닌 사랑과 연민이라는 인류 보편의 가치를 자신의 유일한 국가로 삼는다.

이러한 유진의 주체적 완성은 일찍이 그를 구원했던 요셉의 말, "고귀하고 위대한 자여, 네가 조선에 왔다니 환영한다. 네가 있다는 게 신의 존재를 증명한다"(6화)라는 찬사와 맞닿아 있다. 요셉에게 유진은 단순히 살아남은 아이가 아니라 존재 자체로 신의 섭리를 증명하는 고귀한 생명이었다. 그러므로 유진이 22화에서 바치는 기도는 요셉이 부여했던 이 고귀함을 스스로 증명해내는 과정이다. 그는 출생의 비천함이나 국가의 외면에 휘둘리는 존재가 아니다. 타인의 생존을 위해 자신의 남은 생을 다 쓰겠다는 그의 결단은 요셉이 보았던 그 위대함이 비로소 유진의 내면에서 주체적으로 발현된 순간이라 할 수 있다. 결국, 유진은 헛된 희망에 기대어 자신을 던짐으로써 요셉의 말대로 자신의 삶이 얼마나 고귀한 가치를 지니는지를 역설적으로 드러내며 생의 마지막을 완성한다.

그럼에도 유진은 자신의 행위를 끝까지 의병의 길과 분리하려 노력한다. 23화에서 황은산에게 한 그의 고백은 이 이중적인 정체성을 가장 잘 보여준다. "여전히 조선의 주권이 어디 있든 관심 없습니다. 전 그저 그 여인이, 제 은인들이 안 죽기만을 바랄 뿐입니다. 그래서 계속 멀리 가보는데 그 길이 자꾸 겹칩니다. 의병이랑"(23화). 유진의 의도는 사적 구원이었으나 조선을 침탈하는 일본 제국이라는 공동의 적에 맞서 싸우는 한, 그의 총구는 의병의 총구와 같은 방향을 가리킬 수밖에 없었다. 유진이 아무리 의병으로부터 '멀리 가려' 해도 사랑하는 이들을 지키는 행위 자체가 조선을 지키는 행위가 되었기 때문이다. 이러한 겹침의 인식은 유진을 거부할 수 없는 숙명으로 이끈다. 황은산은 유진에게 "비껴가거라. 총 맞기 싫으면"라고 충고하지만 유진은 "그랬어야 했지만, 끝끝내 비껴가게 될 걸 알면서도 온 생을 걸고 오고 있었습니다."라는 응답으로 자신의 선택이 이미 거대한 운명의 흐름 속에 놓여 있었음을 인정한다. 그의 고독한 선택은 결국 조선 의병이라는 공적인 대의와 자신의 목숨이라는 가장 무거운 무게로 합쳐진다.

유진과 황은산은 결코 낭만적인 이상주의자가 아니었다. 오히려 그들은 누구보다 냉철하게 조선의 현실을 직시하고 있었으며 이러한 현실 감각은 유진의 마지막 결단에 깊은 비극적 무게를 더한다. 조선이 멸망으로 치닫는 속도를 목격하며 유진이 내뱉은 "짐작했던 것보다 더 빠르게 저물었습니다, 조선은."이라는 절망적인 고백은 그 시작에 불과하다. 이에 대해 황은산은 "우리가 하나를 보태 갈 때마다 그들은 열을 보태 간다. 지키려는 이가 백 명이면 나라를 팔겠다는 이는 천 명이다."라고 응수하는데, 이 대사는 현실의 압도적인 불리함을 가감 없이 시인하는 뼈아픈 기록이다. 지키려는 숭고한 의지보다 나라를 팔아넘기는 이들의 배신과 탐욕이 훨씬 강력하고 빠르게 작동하고 있다는 냉혹한 인식인 것이다. 이렇듯 자신들의 모든 노력이 거대한 파도 앞의 작은 물방울에 불과함을 처절하게 인정하는 바로 그 순간, 역설적으로 유진이 선택한 다음 행보는 그 무엇보다 강렬한 실존적 의미를 획득한다.

절망적인 상황 인식에도 불구하고 유진은 희망의 역설을 발견하고 그곳에 자신의 모든 것을 건다. 황은산이 "하나 그들이 보탠 열은 쉬이 무너질 것이다. 나라를 파는 이는 목숨 걸고 하지 않으나 우리는 목숨을 걸고 지키니까."라고 덧붙였기 때문이다. 유진은 나라를 파는 이들과 지키려는 자들이 지닌 무게의 차이를 짚어낸다. 나라를 파는 행위는 사익에 기반하여 가벼우므로 쉽게 무너질 수 있지만 지키려고 목숨을 거는 행위는 계산 너머의 영역, 즉 인간으로서 도달할 수 있는 궁극의 경계에 닿아 있기에 그 어떤 시련 앞에서도 무너지지 않는다. 유진의 마지막 결단은 이 인식에서 비롯된다. 자신의 생을 던져 붙잡아둔 그 시린 불꽃의 순간, 고애신과 의병들이 지켜낸 작은 불씨는 미래의 역사를 담보할 가장 무거운 증거가 된다.

그러므로 유진의 대사 "조선이 조금 늦게 망하는 쪽으로 걷는 중이오. 조금만 버티시오. 곧 터널이 나올 거요."(24화)는 유진의 행동이 멸망을 막는 것이 아닌 터널을 지나는 것, 즉 희망을 품고 후일을 기약할 시간을 벌어주는 것이었음을 명확히 제시한다. 유진의 희생은 이 터널을 버티기 위한 마지막 시도인 것이다. 이러한 유진의 최종적인 희생은 가장 정치적이면서도 가장 숭고한 결말이다. 마지막 열차 위에서 유진은 고애신에게 자신의 일생을 정리하여 고백한다. "울지 마시오. 이건 나의 히스토리이자, 나의 러브 스토리요. 그래서 가는 거요."(24회) 유진에게 히스토리는 노비로 태어나 도망친 과거와 미국인으로 돌아온 현재까지의 자신이 겪어온 역사이며, 러브 스토리는 고애신을 향한 모든 감정이다. 그는 이 두 축이 이제 분리되지 않고 하나의 숭고한 결말로 수렴되었음을 알린다. 그의 개인사는 고애신을 지키려 했던 사적인 분투가 역사의 비극과 맞물리며 의도치 않았으나 끝내 숭고한 대의의 한복판에서 완성된다. 사랑은 이제 개인적인 감정에 머물지 않고 한 시대를 버텨내게 하는 가장 강력한 역사의 동력이 된 것이다.

유진은 이 고백을 통해 스스로에게 존재의 의미를 부여한다. 이는 국가가 외면하고 버렸던 한 개인이 마지막 순간에 사랑하는 이와 은인들을 위해 목숨을 바치는 행위로 자신의 히스토리를 가장 명예롭게 기록하는 행위이기 때문이다. 그는 비로소 '국가 없는 이방인'에서 '가장 고결한 선택을 한 사람'으로 거듭난다. 유진의 마지막 행보는 비극적 자기희생을 넘어 존재의 소멸로 승리를 완성하려는 치밀하고도 전략적인 실존적 결단이다. 그는 고애신을 향해 "당신의 승리를 빌며 그대는 나아가시오. 난 한 걸음 물러나니"(24화)라고 말하며 사랑하는 이를 역사적 전진의 주체로 호명하는 동시에 자신은 그 전진을 가능케 할 최후의 보루로 남기를 자처한다. 여기서 유진이 택한 '한 걸음 물러남'은 패배가 아니라 그에게 허락된 유일하고도 장엄한 승리의 방식이다. 열차 후미에서 고립을 자처하며 일본군을 막아선 그의 투신은 고애신이 열차 앞쪽 터널이라는 해방의 공간으로 나아갈 수 있도록 물리적인 시간과 실존적 여백을 동시에 열어준 것이기 때문이다. 그는 자신의 생을 방패 삼아 조선 독립의 희망이자 자신의 사랑인 고애신이 다시금 총구를 겨눌 수 있는 미래, 그 찬연한 '다음'을 기어이 만들어낸다.

유진이 피 흘리는 손에 낀 반지를 응시하는 장면은 이 모든 투쟁의 근원을 상기시킨다. 그의 고독과 복수, 그리고 마지막 결단은 결국 그 반지가 상징하는 사랑이라는 가장 사적인 약속에서 길어 올린 것이다. 그는 미국인도 조선인도 아닌, 오직 사랑하는 사람을 지키기 위해 살다 간 한 단독자로서 생을 마감한다. 이 순간은 국가 없는 이방인이자 경계인이 도달할 수 있는 가장 높은 지점이며, 집단적 정체성을 초월하여 사랑과 연대라는 인간 본연의 가치로 제 삶을 정의하는 주체적 완성의 시간이다.

여기서 유진이 마지막으로 남긴 "이건 나의 히스토리이자, 나의 러브 스토리요"라는 대사는 단순히 두 영역의 나열이 아니다. 이 문장에서 반복되는 '나의'라는 소유격에는 보편적인 역사의 흐름 속에 자신의 삶이 함몰되지 않도록 스스로 경계를 세우는 실존적 결단이 서려 있다. 그는 자신의 선택이 '조선의 독립'이나 '숭고한 희생' 같은 거대 서사의 부속물로 환원되어 의미가 희석되는 것을 거부한다. 이는 홀로 남겨질 애신을 향한 지극한 배려이기도 하다. 만약 그의 죽음이 오직 타인과 조국만을 위한 희생으로 기록된다면 애신은 그 헌신의 무게에 짓눌려 평생 부채감과 슬픔의 그늘에서 벗어나지 못할 것이기 때문이다. 유진은 자신의 투쟁을 철저히 '나의 것'으로 명명함으로써 행위의 동기와 목적을 오직 자기 내면으로 귀속시킨다. 이로써 그의 죽음은 타자를 향한 일방적인 수혜를 넘어 자신의 삶을 스스로 결정하고 책임지는 명예로운 마침표가 된다. 이러한 선언은 애신을 부채의 역사로부터 해방시키고 그녀가 상실의 고통에 매몰되는 대신 단독자로서 자신의 길을 당당히 걸어갈 수 있는 '존엄한 자유'를 선사한다. 자신의 행위가 전형적인 애국주의의 틀에 갇히는 것을 경계하고 끝까지 자기 삶의 입법자로서 존엄을 지키려 한 그의 의지는 바로 이 지점에서 가장 눈부신 빛을 발한다.

그의 선택은 조선의 멸망을 막지는 못했으나 그 과정 속에서 지키려는 자들의 투쟁이 결코 허무한 몸짓이 아님을 자신의 생으로 증명한다. 황은산의 말처럼 나라를 파는 이들의 행위는 쉬이 무너질 것이나 그들이 목숨 걸고 지켜낸 터널의 시간은 살아남은 애신의 삶 위에서 미래의 역사를 가능케 한다. 유진의 희생은 공식적인 사료의 틀에 고착되지 않는 '나의 히스토리이자 러브 스토리'로 영원히 흐른다. '그의 역사'는 조선 독립이라는 대서사의 토양이 되는 동시에, 그 서사를 압도하는 가장 아름답고 고독한 불꽃으로 우리 곁에 머문다.

유진의 결단이 오늘 우리의 일상에 남기는 실존적 윤리

겉으로 보기에 유진의 선택은 대의를 수호하는 영웅 서사로 읽히기 쉽지만 그 이면에는 고독한 단독자가 새긴 고유한 생의 무늬가 있다. 그는 세상을 구원하려 한 투사이기보다는 사랑하는 이의 곁을 지키기 위해 기꺼이 제 자리를 비워낸 사람이다. 요란한 약속이나 소유의 집착 대신, "그대가 가야 할 길이 있다면 나의 자리는 뒤다"라고 말하는 그의 뒷모습은 관계가 곧 점유나 거리 두기로 변질된 오늘날의 우리에게 근원적인 화두를 건넨다. 감정이 손익으로 환산되는 시대에 누군가를 사랑한다는 것은 진정 상대가 자기 자신의 길을 온전히 걸어가도록 '장소'를 열어주는 일임을 유진은 온몸으로 보여주기 때문이다.

유진의 희생은 대의를 위한 기능적 소멸이 아니라 세상이 허락하지 않았던 존엄을 스스로 빚어낸 주체적 선택이다. 조선과 미국 그 어디에도 속하지 못했던 그는 고애신이라는 한 사람에게 '의존'을 요구하지 않는 사랑, 즉 상대가 단독자로서 제 삶을 수호하도록 돕는 사랑을 건넨다. 사랑이 종종 '붙잡아 둠'으로 변질되고 상대의 자유를 허락하는 것이 관계의 약화로 치부되는 일상 속에서, 유진의 결단은 그와 선명히 대비되는 윤리적 실체를 가리킨다. 누군가를 진심으로 아낀다면 그가 나 없이도 설 수 있는 미래를 허락하는 것, 그것이 오히려 가장 깊은 관계의 완성일 수 있다는 역설이다.

또한, 유진의 선택은 계산 없는 행위가 지닌 실존적 가치를 환기한다. 그는 자신의 기도가 "헛된 희망을 위해서"라고 고백한다. 이는 효율과 합리의 잣대로는 철저한 실패에 가깝지만 바로 그 지점에서 유진의 결단은 빛을 발한다. 살면서 반드시 '남는 것'만 해야 하는 것은 아니며 때로는 무모해 보이는 선택이 인간을 인간답게 지탱한다는 사실을 보여주기 때문이다. 이익이 없어도 마음이 움직이는 쪽을 택하고 아무도 알아주지 않아도 스스로 납득되는 길을 걷는 태도. '헛된 희망에 기대어서라도' 움직일 수 있는 마음이야말로 무장소성의 시대를 건너는 우리에게 남겨진 마지막 윤리다.

이러한 마음의 윤리는 결국 나를 넘어선 타자의 삶을 향하며 유진이 남긴 질문 -'나의 사랑이 누군가의 미래를 가로막고 있지는 않은가'라는 지극히 사적인 성찰로 수렴될 수 있다. "그대는 나아가시오, 나는 한 걸음 물러나니"라는 선언은 자본과 경쟁이 관계의 기본값이 된 시대에 더 날카로운 울림을 남긴다. 내가 사랑이라 믿었던 방식이 혹여 타인의 가능성을 좁히고 있지는 않은지 곁에 머물고자 하는 욕망이 상대의 발목을 잡는 무게가 되지는 않는지 묻게 하기 때문이다. 이 질문은 거창한 구호가 아니라 일상의 가장 작고 은밀한 순간에서 작동하는 마음의 입법이다.

유진의 결단은 관계의 근본적인 단순함을 복원한다. 사랑은 붙잡는 것이 아니라 열어주는 것이며, 함께 가는 것을 넘어 서로의 길을 묵묵히 지켜보는 일이라는 것. 그리고 무엇보다 상대가 자기 인생의 주체가 되도록 뒤에서 받쳐주는 조용한 배려라는 사실을 말이다. 계산되지 않는 마음, 소유하지 않는 사랑, 자신을 내세우지 않는 연대. 우리가 일상에서 부단히 잃어버리는 이 마음의 이면들을 떠올리게 한다는 점에서, 유진의 결단은 오늘날에도 여전히 유효한 실존적 울림으로 우리 곁에 머문다.

대의는 거창한 마음에서만 생기지 않는다
– 유진의 결단이 오늘의 사회에 남긴 사유

앞서 말했듯, 유진의 마지막 선택을 '대의에 헌신한 영웅적 애국심'으로만 읽는 것은 그의 삶을 지나치게 단순화하는 일이 된다. 그는 조선의 주권이 어디 있든 관심 없었다. 복수와 생존으로 시작된 삶, 국가로부터 외면받은 과거, 그리고 그를 지켜준 몇몇 은인들에 대한 연민. 그의 발걸음을 움직인 것은 거대한 이념이 아니라 철저히 사적인 감정의 잔물결이었다. 그러나 바로 그 사적인 움직임이 역사의 한 흐름을 붙잡아 준 결정적 순간이 되었다. 이 지점이 중요하다. 우리는 보통 '대의'가 대의를 위해 생각하고 결심한 자의 마음에서 나온다고 생각하지만, 실제 역사 속 많은 장면은 그렇지 않다. 누군가의 사소한 선택, 사랑하는 이를 지키려는 마음, "헛된 희망"에라도 기대어 움직인 발걸음이 예상치 못한 공적 성취로 이어지는 경우가 적지 않다. 유진의 기도, "내 남은 생을 다 쓰겠사오니 살아만 있게 하십시오. 헛된 희망에 의지했으니"라는 말처럼, 헛된 시도처럼 보이는 것들이 큰 대의를 붙잡아주는 경우가 있는 것이다.

이는 우연성과 사적 동기의 힘을 인정하는 사유이다. 대의는 계산 위에서만 작동하지 않는다. 역사를 자세히 들여다보면 위대한 성취의 동기들이 사실은 대의보다 사적 이유에서 비롯된 경우가 많다. 어떤 이는 가족, 어떤 이는 사랑, 어떤 이는 억울함이나 분노 때문이다. 이런 사적 동기를 우리는 흔히 '동기 부여가 부족하다', '정치적 깊이가 없다', '우연적이다'라고 평가절하하지만, 유진의 선택은 그것들이 지닌 다른 가치를 말해준다. 그는 의병이 되겠다는 의지를 가진 사람이 아니었다. 오히려 그는 "의병과는 멀어지려 했으나 자꾸 겹친다"(23화)고 했다. 그 겹침은 그의 의지가 아니라 상황과 감정, 사람에 대한 애정이 만든 우연성이다. 그러나 역사는 그 우연이 만든 겹침을 대의의 일부로 기록한다. 이런 관점에서 보면 대의는 반드시 영웅의 거대한 명분에서만 탄생하는 것이 아니라 누군가의 사적인 선의가 겹치고 때로는 비합리적일 정도로 누군가를 향한 마음이 발휘될 때 이루어질 수도 있다. 그렇다면 오늘 우리의 사회에서도 대의를 바라보는 시각을 조금 더 부드럽게 바꿀 필요가 있지 않을까?

앞선 논의를 종합해 볼 때, 애국심은 거창한 승리로 완성되는 결과물이 아니라 곁에 있는 존재들과 맺는 관계에서 비롯되는 실천에 가깝다. 유진의 행보가 깊은 울림을 남기는 이유 역시 그가 어떤 거창한 성취를 거두었기 때문이 아니다. 오히려 그는 조선의 몰락을 예견하며 "조선이 조금 늦게 망하는 쪽으로 걷는 중"이라고 덤덤히 고백할 만큼, 자신의 투신이 역사의 물줄기를 바꾸지 못할 것임을 잘 알고 있었다. 그럼에도 유진은 멈춰 서지 않는다. 이는 거창한 국가적 대의를 위해서라기보다는 단지 사랑하는 애신이 살아야 했고 자신을 품어준 은인들의 생명이 소중했기 때문이다. 여기서 우리는 애국심의 본질을 다시 발견한다. 그것은 '국가'라는 추상적 대상을 향한 막연한 감정이 아니라 그 땅에 발을 붙이고 살아가는 '누군가'를 지켜내려는 구체적인 사랑에서 발원한다. 국가라는 거대 구조 자체를 사랑하기란 지난한 일이지만 내가 아끼는 이가 발을 딛고 선 그 땅을 지키고 싶다는 마음은 누구나 경험할 수 있는 실존적 감정이기 때문이다. 이러한 사적인 마음의 파동이 모여 역사의 대의를 형성하는 것이라면 이제 교육과 정책의 영역에서도 애국심의 새로운 정의를 고민해야 한다. 즉, "애국심은 애국심을 가르친다고 해서 생겨나는 것이 아니다"라는 사실을 겸허히 인정하고 타인을 향한 존중과 관계의 윤리가 어떻게 공적인 가치로 확장될 수 있는지를 먼저 살펴야 할 것이다.

그러므로 우리는 이제 사회가 설정한 가치의 기준을 근본적으로 재고해야 한다. 대의를 향한 엄격하고 경직된 잣대는 역설적으로 그 '대의의 씨앗'이 틔울 싹을 말려버릴 수 있기 때문이다. 성취와 효율만이 사람을 평가하는 유일한 척도가 된 오늘날, '국가에 기여하는 인재'나 '공공의 역무를 수행할 자'라는 언어는 늘 외적 능력과 성과 중심으로만 설계된다. 그러나 유진의 선택이 증명하듯, 숭고한 결단은 거창한 성과의 산물이 아닐 수 있다. 위대한 일을 해내는 이는 미리 준비된 영웅이 아니라 곁에 있는 누군가를 위해 사소한 희생을 기꺼이 선택할 줄 아는 평범한 단독자일 수 있다는 것이다. 이런 관점에서 볼 때, 현재 우리의 정책과 교육, 사회 시스템이 견지하는 태도는 지나치게 계산적이다. 체제에 유용한 시민을 길러내기 위해 규범만을 주입할 것이 아니라 타인과 깊이 연결되고 서로를 존중하며 사적인 배려를 실천할 줄 아는 인간을 길러내는 일이 우선되어야 한다. 타인의 삶을 자신의 장소 안으로 받아들이는 이 사적 윤리야말로 장기적으로는 그 어떤 규범보다 강력한 공적 기여의 토대가 될 수 있다는 관대함이 필요하다. 유진이 보여준 희생은 추상적인 국가가 아닌 구체적인 '사람'을 향한 것이었으며 그 지독히 사적인 마음이 비로소 공적인 숭고함으로 확장된 결과다. 이는 우리가 대의를 바라보는 방식에 질문을 던진다. 혹시 우리가 의무와 공적 성과만을 강요한 나머지, 대의를 지탱할 수 있는 이 작고 소중한 마음들을 오히려 질책하고 소멸시키고 있는 것은 아닌가.

이제 우리는 효율의 논리가 외면해온 '헛된 시도'들이 어떻게 미래를 잉태하는지 주목해야 한다. 유진의 기도에서 가장 핵심적인 대목은 그가 스스로의 투신을 "헛된 희망"이라 명명했다는 사실이다. 그는 성과가 부재할 것을 예견하면서도 움직였다. 성취와 결과만을 정답으로 가르치는 오늘날의 교육과 정책은 이러한 '헛된 시도'를 자원과 시간의 낭비로 치부하곤 한다. 그러나 정작 역사와 인간의 삶을 추동해온 것은 낭비처럼 보였던 수많은 시도가 쌓여 만든 거대한 함량의 변화였다. 누구도 알아주지 않는 사소한 노력, 타인의 고통을 묵묵히 경청하는 행위, 결과가 불투명함에도 기어이 한 걸음을 더 내딛는 의지. 나아가 세상이 바뀌지 않을 것을 알면서도 '조금만 늦게 무너지게 하려는' 그 절박한 움직임들이 모여 비로소 하나의 문화가 되고 공동체가 되며 종국에는 견고한 사회적 대의를 형성한다. 정책과 교육이 오직 목표 달성에만 매몰될 때, 이 과정적이고 미시적인 인간의 분투는 가치 없는 소음으로 전락하기 쉽다. 하지만 유진의 선택은 그 이면의 가능성을 보여준다. 지극히 사소하고 개인적인 선택이 오히려 가장 거대한 공적 의미로 이어질 수 있다는 역설 말이다. 대의는 그 자체를 목표로 설정한다고 해서 탄생하지 않는다. 누군가를 사랑하고 지키며 존중하는 작은 마음들이 실핏줄처럼 이어질 때, 그 숭고한 우연들이 층층이 쌓여 자연스럽게 발현되는 결실이다. 유진의 고독한 불꽃이 조선의 터널을 비추었듯, 우리 사회의 대의 역시 효율 너머에서 누군가의 삶을 지탱하려는 그 '사소한 진심'들로부터 비로소 시작될 수 있다.

PART 2.
불가능한 사랑의 슬픔: 의무와 욕망의 교차로

6장
양반 여성의 딜레마:
특권이라는 감옥과 젠더 경계 넘기

"어제는 멀고 오늘은 낯설며 내일은 두려운 격변의 시간이었다. 우리 모두는 그렇게 각자의 방법으로 격변하는 조선을 지나는 중이었다." (1화)

드라마 속 양반 여성, 고애신의 이 독백은 구한말 조선의 격변하는 풍경을 담아냄과 동시에 그녀의 삶이 짊어진 모순의 무게를 응축하고 있다. 나라의 운명이 요동치는 시대, 수많은 양반 여성들은 누구보다 첨예하고 복잡한 딜레마에 직면한다. 그들의 사회적 지위는 안정을 약속했지만 동시에 가장 강력한 젠더적 제약 아래 갇혀 있었기 때문이다. 바로 이것이 양반 여성의 '특권이라는 감옥'을 구성하는 핵심적인 역설이다. 이 글은 애신의 삶을 거울삼아 양반 여성의 지위에 내재된 폐쇄적인 질서를 분석한다. 또한, 그녀가 이 장벽 속에서 어떻게 자신만의 목소리를 찾고 성별의 경계를 넘어 시대의 주체로 우뚝 서게 되었는지를 집중적으로 고찰한다.

젠더 프레임을 넘어서기 위해

양반 여성의 삶은 조선 사회에서 가장 극명하게 특권과 제약이 교차하는 지점에 위치했다. 그들은 가문의 명성과 경제적 부를 공유하며 상민이나 천민 여성은 누릴 수 없었던 최고 수준의 삶을 보장받았다. 이 특권은 단순한 물질적 안정을 넘어 지적인 자원까지 포함하는 것이었다. 명문 사대부가 여성으로서 한글 교육을 비롯한 높은 수준의 교양을 습득할 수 있었고 이는 문해력과 정보 접근성 면에서 당시 여성 중 최상위 계층에 있었음을 의미한다. 이러한 능력은 가문의 안살림을 총괄하는 권위와 맞물려 집안 내에서 상당한 실권을 확보하는 기반이 된다. 이들은 사실상 대규모 가문의 살림과 경제를 움직이는 핵심 경영 주체였다. 그러나 이 모든 혜택은 바깥세상과 단절된 공간 안에서만 유효했다. 조선의 지배 이데올로기는 여성의 공적 활동 영역을 엄격히 제한했으며 세상사에 눈을 돌리는 것을 금한 채 오직 가문의 규범을 지키는 데 전념하기를 요구한다. 바로 이 지점에서 양반 여성의 생활 공간은 특권을 제공하는 보호막인 동시에 자유를 앗아가는 감옥이라는 양가성을 지닌다. 이 격리는 사회적 지위를 유지하기 위한 필수조건이었으나 동시에 여성의 시야와 경험을 협소하게 만드는 치명적인 제약으로 남는다.

고사홍이 기별지(신문)를 읽는 애신에게 드러내는 노여움은 양반 여성에게 요구되던 젠더 규범의 엄격함을 보여준다. "내 세상사에 눈 돌리지 말라 그렇게 일렀거늘!"(2화)이라는 외침은 여성의 지성과 관심이 공적 영역으로 확장되는 것을 막는 사회적 규제다. 여성의 지적 특권은 자기 주관을 펼치는 도구가 아니라 집안을 유지하고 자녀를 가르치는 보조적인 역할에만 갇혀 있었다. 이처럼 사대부가 여성의 지위는 보장되었지만, 그 대가로 바깥세상에 대한 접근과 자율성을 희생해야만 했다.

양반 사회가 여성에게 기대하는 이상적인 모습은 수동성과 정숙함이라는 젠더적 프레임에 갇혀 있었다. 고사홍의 요구는 이러한 기대를 명료하게 보여준다. "단정히 있다가 혼인하여 지아비 그늘에서 꽃처럼 살란 말이다. 나비나 수놓으며 살아. 화초나 수놓으며 살아. 그게 그리도 어렵단 말이냐?"(2화) 가문의 명예를 위해 꽃과 나비로 살아야 한다는 것은 엄격한 규율에 묶인 채 그 어떤 공적인 역할도 맡지 않는 '정적인 존재'로 남으라는 무언의 압박과 같다. 이렇듯 여성의 노동과 지성은 수를 놓는 행위처럼 집안 내부의 고요하고 비공개적인 활동으로 한정되었다. 공적 권력을 가진 남성들을 배출하는 가문일수록 여성에게 요구되는 순종의 기준은 더욱 높아졌고 이는 명예와 제약이 정비례하는 모순을 낳았다.

이러한 규범적 압력은 여성의 정체성 자체를 미성숙한 대상으로 고착시킨다. 유모가 애신을 "그림 같다고예", "아무것도 모르는 애기라예, 애기"(2화)로 표현하는 장면은 이 대상화의 심각성을 드러낸다. 양반 여성은 그림처럼 완벽하게 통제된 아름다움을 유지하고 아무것도 모르는 애기처럼 외부의 위험한 지식이나 세상사에 오염되지 않을 때, 비로소 순수하고 고귀한 존재로 인정받는다. 이러한 인정의 이면에는 그들의 성장을 멈추고 영원히 미성숙한 존재로 머물기를 요구하는 사회적 압력이 자리한다. 지아비의 그늘은 그들을 보호하는 안전지대였지만 그 보호는 여성의 자율성과 주체성을 희생해야만 얻어지는 것이었으며 이것이 바로 특권적 지위가 부여하는 규범의 폭력이었다.

하지만 조선의 국운이 기우는 격변의 시대는 이러한 집안 내부의 규범을 유지하기 어렵게 만든다. "조선은 변하고 있는 것이 아니라 망하고 있는 것이다"(2화)라는 고사홍의 탄식은 시대적 재앙을 함축한다. 이러한 위협 앞에서 양반 여성들은 가문의 울타리 안에 안주하던 삶을 넘어 자신의 사회적 배경을 어떤 가치를 위해 사용해야 할지 치열하게 고민하기 시작한다. 애신은 "천민도 신학문을 배워 벼슬을 하는 세상"(2화)이라며 고사홍에게 맞서고 급변하는 시대를 정면으로 응시한다. 여성이라는 이유로 쓰일 곳이 없겠냐는 그녀의 반문은 자신들이 가진 역량을 나라의 위기를 극복하는 데 쏟아붓고 싶어 했던 당대 여성들의 뜨거운 열망을 대변하기에 충분하다. 하지만 이에 대한 고사홍의 대답은 "쓰이지 마라 아무 곳에도 쓰이지 말라"며 단호하게 선을 긋는 것이었다. 망해가는 조선을 지키려는 조부의 방식이 '전통의 고수'라면 애신의 방식은 '변화로의 투신'이었다. "쓰이지 말라"는 조부의 엄명은 자신을 필요로 하는 시대를 향해 나아가려는 애신의 주체적 의지와 정면으로 충돌하며 새로운 서사의 서막을 알린다.

총포를 든 양반 여식

애신은 이 딜레마를 돌파하는 가장 극적이고 혁명적인 방식을 선택한다. "글은 힘이 없습니다. 저는 총포로 할 것입니다."(2화) 이는 양반 여성에게 허용되었던 유일한 주체적 표현 수단인 '글'을 넘어서 남성의 전유물로 여겨지던 '행동'과 '공적 책임(의병 활동)'에 참여하는 젠더 경계를 무너뜨리는 행위이다. 글이 집안 내에서 은밀하게 이루어지던 소극적인 저항이었다면 총포는 바깥세상을 향해 자신의 생명을 걸고 투신하는 주체적인 해방이었다. 그녀는 특권을 누리거나 제약에 순응하는 길을 택하지 않는다. 오히려 그 견고한 벽을 무너뜨리는 도약대로 삼아 비로소 한 인간으로서의 진정한 쓰임을 발견한다.

또한, 그녀가 총포를 선택하는 행위는 신분과 젠더의 경계를 허물며 '아픈 이들의 연대'를 가능하게 한다. 애신과 장포수는 출생과 살아온 길이 전혀 다르지만 자신을 억누르는 세계의 모순을 '총'이라는 실천적 수단으로 돌파하려 했다는 점에서 서사적 동행을 이룬다. 신미양요에서 아버지를 잃고 국가의 무능을 목격한 장포수는 어린 시절 황은산에게 "절대로 아버지처럼 죽지 않을거요. 그래서 총을 잡는 겁니다. 자기 백성도 버리는 이딴 나라 내 손으로 탕탕 다 부숴 버릴라고. 아재요 나는 역적이 되렵니다."(1화)라고 항변한다. 그에게 총은 자신을 버린 나라를 향한 저항이자 무력하게 죽어간 아버지를 대신해 스스로를 지키려는 절박한 생존의 도구이다. 반면 애신에게 총은 가문의 영광이라는 이름 아래 강요된 '수동적 삶'을 거부하고 시대의 한복판으로 나아가는 해방의 상징이다. 장포수가 파괴를 통해 새로운 길을 내고자 했다면 애신은 수호를 위해 금기를 깨뜨린 셈이다. 이처럼 각기 다른 결핍에서 출발한 두 사람은 구체적인 파괴와 수호의 현장에서 '총구의 방향'이 일치함을 발견한다. 마침내 양반 영애와 천민 포수라는 극단적인 신분 차이는 기존 조선의 질서가 감당하지 못한 두 인물의 주체적인 의지 속에서 희석되며 깊은 정신적 유대로 이어진다.

한편 애신은 양반 여성의 지위를 단순히 억압의 도구만이 아니라 위험을 회피하고 목적을 달성하는 전략적인 무기로 활용한다. 그녀는 특권과 규범의 양면성을 철저히 이해하고 있었다. 유진과의 대면 장면에서 애신은 자신의 지위를 활용하여 상대방을 통제한다. "조선에선 그 어떤 사내도 감히 나를 노상에 이리 세워 놓을 순 없거든."(2화) 이 말은 그녀가 사대부가 여성의 지위와 그를 보호하는 엄격한 규범의 보호를 받는 최고 계층 여성임을 드러낸다. 그녀의 양반 지위는 외간 남자와의 노상 대면이라는 금기를 깨는 순간조차 그녀에게 유리한 발언권과 안전을 보장한다. 애신은 때때로 자신의 지위를 당당히 드러내 상대를 압도하는데 이는 자신을 가두었던 사회적 규범을 오히려 안전을 보장받는 방패로 역이용하는 영리한 전략이다. 이처럼 그녀는 규범을 준수하는 '척'하면서 규범을 무너뜨리는 행위를 은폐하는 고도의 전략을 구사한다.

그러므로 '그림 같은 애기씨', '아무것도 모르는 애기'라는 여성적 대상화는 그녀에게 완벽한 보호색을 제공한다. 누구도 최고 명문가의 정숙한 아가씨가 총포를 들고 밤거리를 누비는 의병이라고 의심하지 않기 때문이다. 이처럼 양반 여성의 지위는 외부 세계의 감시로부터 그녀의 위험한 행동을 은폐하는 역할을 한다. 결국 애신은 젠더 규범을 파괴하는 행위를 규범의 그림자 속에서 수행하는 이중적 삶으로 특권과 감옥이라는 딜레마를 전략적으로 이용하는 것이다.

이렇듯 모든 양반 여성이 애신처럼 총을 들고 행동하지는 않았겠지만 애신은 그들 모두가 직면했던 딜레마의 가장 급진적인 해결책을 제시한다. 그녀의 삶은 양반 여성이 가진 사회적 특권(교육, 지위)이 어떻게 젠더적 제약이라는 감옥을 만들었는지 보여주는 동시에 그 특권을 역이용하여 주체적인 해방을 쟁취하는 과정을 보여준다. 그녀는 수동적이고 예쁘기만 한 꽃이기를 거부하고 총을 들어 자신의 지위와 교양을 국난 극복이라는 더 큰 쓰임에 투사하는 것이다. 그러므로 그녀의 딜레마는 특권 속에서의 자기 해방이라는 역설을 낳는다. 애신은 젠더 규범에 순응하는 대신 규범과 자원을 전략적으로 활용하여 젠더 경계를 넘어선다. 그 과정에서 격변하는 조선을 지나는 가장 진취적이고 주체적인 인물형으로 자리매김하며 동시대 다른 여성들에게 새로운 가능성의 빛을 던지는 역사적 의미를 만들어낸다.

그러나 이처럼 빛나는 주체성의 획득 과정은 결코 순탄하거나 환영받는 길은 아니었다. 그녀의 여정은 단지 비범한 해방의 이야기로만 채워지지 않으며 오히려 자신이 가진 특권에 대한 외부의 비판과 수많은 시행착오 속에서 발생하는 정체성의 혼란으로 가득하다. 젠더의 경계를 넘어선 이후에도 그녀는 신분, 이념, 그리고 윤리의 복잡한 교차로에서 길을 찾아야 하는 고통스러운 과정을 감수해야 했다. 그녀가 주체로 서기 위해 치러야 했던 대가와 그 과정에서 드러난 정체성의 혼란을 세 가지 층위에서 구체적으로 돌아보고자 한다.

첫째, 신분적 특권에 대한 비판과 콤플렉스이다. 애신이 구하려는 조선은 그녀가 누려온 특권의 토대 위에서 고통받아온 이들의 시선으로 가득했다. 그녀는 최고 계층 여성으로서 지적인 자원을 누렸지만, 이 지위 자체가 그녀의 진정성을 의심하는 근거가 된다. 유진의 예리한 질문은 애신이 외면할 수 없는 진실을 파고든다. "귀하가 구하려는 조선에는 누가 사는 거요? 백정은 살 수 있소? 노비는 살 수 있소?"(3화) 이 질문은 애신의 활동이 과연 누구를 위한 것인지 그녀가 누려온 특권이 면죄부가 될 수 있는지를 묻는 날카로운 물음이다. 마찬가지로, 어린 시절 구동매의 입을 통해 무심코 던져진 "호강에 겨운 양반 계집"(10화)이라는 말은 애신이 평생 벗어날 수 없는 윤리적 굴레로 남는다. 그러므로 애신에게 젠더 경계를 넘어선 공적 활동은 단순히 용기가 아니라 자신이 누려온 특권의 빚을 갚으려는 도덕적 의무감의 발현이다. 그러나 이러한 의무감은 그녀에게 특권 콤플렉스를 안겨준다. 이렇듯 그녀는 구제적인 행동으로 자신의 진정성을 끊임없이 증명해야 하는 숙명을 안고 있다.

둘째, 법도와 세간의 시선이 주는 위협이다. 애신의 젠더 경계 넘기는 그녀의 주변, 특히 낮은 계급의 조력자들에게는 치명적인 위험을 초래한다. 스승 장승구와의 대화는 신분과 젠더의 법도가 얼마나 강고하며 파괴적인지를 보여준다. 애신이 자신과 스승을 동등한 입장에서 이해하려 했음에도 불구하고 승구는 "내가 처음에 널 여기 데려왔을 때 하대를 한 이유는 이 험한 길을 며칠 오가다 제풀에 나가떨어지겠지 해서였다. 근데 넌 10년을 오갔다. 네가 무슨 질문을 어떻게 받았든 넌 그 10년으로 이미 답해 왔다."(10화)고 그녀의 노력을 인정한다. 그러나 곧바로 현실의 벽이 선명해진다. "하나 애기씨, 소인이 애기씨와 이리 지내는 것이 세간에 알려지면 소인은 반상의 법도를 능멸한 죄인입니다. 강상죄로 소인은 죽음을 면치 못합니다."(10화) 애신의 순수한 의도나 노력과는 상관없이 조선의 법은 낮은 계급의 사람이 높은 계급의 사람에게 하대하며 지식이나 기술을 전수하는 행위를 '강상죄'로 처벌할 수 있는 위험한 행위로 규정한다. 그러므로 애신이 자유를 향해 나아갈수록 주변 사람들은 오히려 그녀를 지키기 위해 더 깊은 억압 속으로 침잠하는 역설이 발생한다. 이러한 뒤틀린 희생의 구조는 애신이 평생 짊어져야 했던 고독이자 그녀가 감당해야 할 책임감의 무게였다. "애기씨의 뜻과는 상관이 없지요. 법이 그러합니다. 세상이 그러합니다. 하니 안 될 일입니다. 그자와의 인연도 그만 놓으셔야 합니다."(10화)라는 스승의 말은 젠더 경계를 넘어선 뒤에도 신분의 벽은 여전히 개인의 선택을 압도하는 강력한 힘임을 깨닫게 한다.

셋째, 이념의 혼란과 정체성의 부유이다. 젠더 경계를 넘어섰다고 해서 명확한 세계관이 주어지는 것은 아니었다. 제물포에서 유진이 미군임을 알게 된 순간, 애신은 정체성의 심각한 혼란에 빠진다. 유진의 충고, "주목받지 마시오. 미군의 총은 양반 상놈 안 가리니까 민주적이라."(3화)는 말은 그녀가 구하려던 조선의 전통적인 질서(양반과 상놈)를 무너뜨리는 새로운 힘의 냉혹한 본질을 깨닫게 한다. "나는 그의 이름조차 읽을 수 없다. 동지인 줄 알았으나 그 모든 순간 이방인이었던 그는 적인가 아군인가"(3화)라는 애신의 독백은 그녀가 발을 디딘 세계가 얼마나 복잡하고 불확실한지를 보여준다. 젠더적 제약에서는 벗어났지만 이제 그녀는 국가와 이념, 적과 아군이라는 더 거대한 경계 앞에서 외롭게 방향을 찾아야 하는 고통스러운 존재가 된 것이다.

이 모든 고난 속에서도 애신의 경계 넘기가 완전한 파국에 이르지 않고 시대의 주체로 자리매김할 수 있었던 것은 김희성과 쿠도 히나 같은 주변 인물들의 조력이 있었기 때문이다. 히나가 애신을 제대로 알기 전 "기껏해야 비단옷 휘감은 화초 같은 계집일 뿐"(11화)이라 여겼듯, 세상의 편견은 역설적으로 애신에게 가장 강력한 보호색이 되어주었다. 앞서 말했듯 누구도 이 '그림 같은 애기씨'의 치마 속에서 의병의 총구가 나올 것이라 의심하지 않았기 때문이다. 김희성이 "그대의 그림자가 될 것이니 위험하면 달려와 숨으라"(11화)고 제안한 것 역시, 양반 남성의 권력을 스스로 헌납하여 애신의 공적 활동을 비호하는 '그림자 연대'의 전형을 보여준다. 그는 자신의 특권을 애신이 젠더 경계를 넘나들 수 있는 안전 공간으로 변모시킨다. 히나가 차후에 애신을 두고 "제법이네 총을 든 양반 댁 여식이라"(12화)며 인식을 전환했듯 애신의 고통스러운 경계 넘기는 결국 가장 냉소적이던 이들조차 그녀를 새로운 주체로 인정하게 만드는 힘이 된다.

특권과 제약 사이, 현대의 '애신'에게 보내는

오늘을 사는 여성들에게 고애신의 서사는 그저 지나간 시대의 기록에 머물지 않는다. 반상제와 규방의 규율은 역사의 뒤안길로 사라졌으나 현대 여성들이 발을 딛고 선 지형은 여전히 특권과 제약이 얽힌 모순 위에 있다. 애신이 '양반 영애'라는 안온한 감옥을 깨고 자신의 쓰임을 찾아 나섰듯 오늘날의 여성들 또한 보이지 않는 유리벽을 넘나들며 자신만의 지도를 그려나간다.

어쩌면 현대 여성들에게 가장 익숙한 감정은 '이중성'일지도 모른다. 안정과 억압이 공존하고 선택권의 확대가 곧 비판의 표적이 되는 기묘한 균형 상태 말이다. 사회는 여전히 여성들에게 '화려하되 시들지 않고 향기로우되 눈에 띄지 않는' 현대판 꽃이 되기를 요구한다. "독립적이되 너무 강하지 않게"나 "능력은 있되 가정도 완벽하게"라는 모순된 기준선은 고사홍이 애신에게 건넸던 "꽃으로 살라"는 말의 현대적 변주에 불과하다. 하지만 타인의 정원에 머무는 '꽃'은 감상의 대상일 뿐, 자기 삶의 입법자가 될 수는 없다.

애신이 자신의 지위를 '총포'라는 실천적 도구로 재해석했듯 오늘날의 여성들도 각자의 자리에서 '쓰임'의 정의를 고쳐 쓰는 중이다. 조직의 방향을 결정하는 리더로 나아가는 결단, 경력의 공백을 메우기 위해 매일 단단한 근육을 기르는 인내, 그리고 기존의 생애 주기를 거부하고 자신만의 답을 써 내려가는 모든 시도는 애신의 여정과 본질적으로 닮아 있다. 이 모든 과정은 두려움과 고독을 동반하지만 '쓰임'은 타인의 허락이 아니라 스스로의 자각 속에서 비로소 완성된다.

애신의 양반 신분이 숨 막히는 족쇄인 동시에 투쟁을 비호하는 방패였듯 현대 여성들에게 주어지는 자원 또한 양가적이다. 학력, 직업, 경제적 배경 등은 삶을 지탱하는 기반이 되기도 하지만 때로는 "그만큼 가졌으면 고민은 사치 아니냐"는 무언의 압박으로 돌아온다. 그러나 애신이 그러했듯 중요한 것은 자신이 가진 자원을 숨기거나 부끄러워하는 것이 아니라 그 조건을 어떻게 '나와 우리'를 위한 동력으로 전환할지 고민하는 일이다. 보호막이 굴레가 될 때, 그것을 끊어내 도구로 삼는 지혜가 우리에게도 필요하다.

또한, 애신이 홀로 경계를 넘지 않았듯 우리의 시도 또한 혼자만의 것으로 끝나서는 안 된다. 곁에서 묵묵히 선택을 지지해 주는 가족, 피로한 하루를 온몸으로 어루만져 주는 친구, 그리고 서로의 성과를 인정하는 동료들은 이 시대의 '그림자 연대'다. 직접적인 구원의 손길이 아니더라도 단지 존재 자체로 서로를 버티게 하는 시기들이 있다. 서로의 그림자가 되어 함께 걷는 일, 그 느슨하지만 단단한 연대가 우리를 고립의 심연으로부터 건져 올린다.

우리는 모두 저마다의 경계 위에 서 있다. 애신의 손에 들렸던 총포는 오늘날 마이크로, 키보드로, 혹은 누군가의 손을 맞잡은 온기로 치환되었을 뿐이다. 유리천장과 돌봄의 부담, 성별화된 기대라는 거친 파도 앞에서 우리는 무너지고 일어서기를 반복하며 자신을 완성해 간다. 경계는 넘기 위해 존재하며 하나의 벽을 넘으면 또 다른 장벽이 나타나겠지만 우리는 멈추지 않을 것이다. 걷는 행위 자체가 곧 성장이자 존재의 확장임을 알기 때문이다.

그러므로 지금 이 순간, 선택의 갈림길에서 상처 입고 흔들리는 서로에게 말해주고 싶다. 당신은 이미 당신만의 방식으로 경계를 넘고 있으며 그 모든 고군분투는 결코 사소하지 않다고. 애신이 우리에게 남긴 메시지는 "누구도 허락하지 않아도, 스스로에게는 허락할 수 있다"는 용기다. 당신의 목소리를 내는 일, 당신의 삶을 다시 써 내려가는 일은 당신만이 가진 고유한 가능성의 이름이다. 오늘의 삶이 유독 무겁게 느껴진다면 잠시 숨을 고르고 읊조려도 좋다. "나는 지금, 나만의 경계를 넘어가는 중이다"라고. 그 자각만으로도 당신은 이미 충분히 선명하다.

7장
낭만과 혁명 사이:
사랑에 빠진 여자와 의병 여성 전사의 양립 가능성

『미스터 션샤인』의 고애신은 구한말 조선의 위태로운 운명 그 자체를 보여준 인물이다. 그녀는 조선의 최고 명문가에서 태어난 고귀한 '애기씨'와 나라를 구하기 위해 총을 드는 '의병'이라는 숨겨진 사명을 동시에 수행하는 이중적 정체성을 지니고 있다. 그녀의 삶은 이미 죽음의 무게를 짊어진 혁명가의 길로 규정된다. 그러나 미국의 군인이자 조선계 이방인인 유진의 등장으로 애신은 이전에는 상상할 수 없었던 낭만적인 감정의 영역, 즉 '러브'의 세계에 발을 들여놓는다.

우리가 주목해야 할 것은 바로 이 지점이다. 본 글은 애신이 유진과 주고받는 대화의 미묘한 순간들을 섬세하게 포착하여 그녀가 한 남자에게 매료되는 과정과 자신이 짊어진 의병 여성 전사로서의 역할 사이에서 얼마나 첨예한 내면적 갈등을 겪었는지 탐색하고자 한다. 특히, 개인적인 설렘과 낭만이라는 사적인 감정과 나라를 위한 공적인 사명이라는 두 가치가 애신의 정신 속에서 어떻게 서로를 밀어내고 충돌했는지, 그리고 궁극적으로는 어떻게 서로를 더욱 고귀한 형태로 승화시켰는지에 초점을 맞추어 고찰할 것이다. 애신의 이야기는 격동의 시대에 놓인 한 인간의 존재론적 선택과 사랑의 힘을 증명하는 서사다.

'불꽃'으로 소멸하기와 '다음'을 희망하기의 사이

애신과 유진의 관계는 보편적인 연애문법을 따르는 대신 조선을 침탈하려는 열강의 군인과 조선을 지키려는 의병의 대치 상황에서 출발한다. 애신은 산중에서 유진과 마주친 후 "내 스승의 뒤를 캐는 거요? 아니면 내 뒤를 캐는 건가?"(5화)라며 유진의 의도를 묻는 날카로운 질문으로 관계의 경계를 설정한다. 하지만 유진의 대답은 이성적인 경계심의 벽을 무너뜨리는 묘한 감정적 울림을 준다. 유진은 이미 애신의 정체(의병)를 알고 있지만 그녀를 체포하거나 고발하는 대신 방관하고 편들었다고 고백한다.

> (유진) 처음에는 호기심이었고 그 후에는 방관이었고 지금은 수습이오. 그랬어야 했는데 호기심이 생겼소. 조선이 변한 것인지 내가 본 저 여인이 이상한 것인지 잡아넣지 않는 걸로 방관했고 총을 찾지 않는 것으로 편들었소. 지금 그걸 수습 중이고. (5화)

필사적으로 감추려 했던 의병의 정체성이 역설적으로 적군인 유진에게 포착되고 승인받는 순간, 애신은 그에게 단순한 타인 이상의 정서적 기대를 품는다. 자신을 '이상한 여인'이라 부르는 이 특별한 시선은 애신이 유진에게 끌리는 가장 강력한 동력이 된다. 더 나아가 유진이 애신과 같은 방향으로 걷겠다고 선언했을 때, 애신은 그에게서 국적을 초월한 가치관의 동반자적 가능성을 발견한다. 극 초반에서 보이는 철저한 배척의 논리가 유진의 '옳은 걸음'에 의해 무너져 내리면서 의병의 사명감은 비로소 한 남자를 향한 애틋한 연정으로 녹아든다.

하지만 사랑의 감정이 피어오르는 와중에도 애신은 자신의 정체성을 확고히 지키려는 강한 의지를 보인다. 유진이 그녀에게 전통적인 여성의 삶을 권유할 때 애신은 자신의 존재 이유를 "불꽃"으로 분명하게 전달한다.

> (애신) 나도 그렇소. 나도 꽃으로 살고 있소. 다만 나는 불꽃이오. (중략) 불꽃으로 죽는 것은 두려우나 난 그리 선택했소. (9화)

일반적인 꽃이 수동적 아름다움을 상징한다면 불꽃은 능동적인 연소와 소멸을 상징한다. 이 말은 유진과의 평범한 '러브'가 이성적인 사명과 현실적으로 양립할 수 없다는 그녀의 냉철한 인식을 반영한다. 사랑에 빠진 여인의 마음 한구석에 간절한 낭만이 자리하지만, 혁명가로서의 단단한 사명감은 그 낭만적인 열망을 억누른다. 그녀는 사랑을 위해 약속된 운명을 저버리는 대신 불꽃처럼 뜨겁게 타오르다 지는 비장한 결말을 자신의 숙명으로 기꺼이 받아들이려 한다.

유진은 이러한 애신의 '뜨거움과 잔인함' 사이에서 길을 잃으며 그녀의 선택이 자신을 어디로 이끌지 예감한다. "다 왔다고 생각했는데 더 가야 할지도 모르겠습니다. 불꽃 속으로 한 걸음 더"(9화)라는 그의 독백은 애신의 사명감이 낭만을 좌절시키는 것이 아니라 오히려 유진을 그녀의 위태롭고도 숭고한 삶 속으로 기꺼이 발을 들이게 만드는 거부할 수 없는 이끌림이 되었음을 보여준다. 이렇듯 애신의 혁명적 사명은 유진과의 관계를 단절시키기보다 더욱 운명적이고 비극적인 결합으로 이끄는 아이러니를 창출한다.

시간이 흐르면서 애신은 유진을 향한 감정이 이제는 되돌릴 수 없는 지경에 이르렀다고 스승 승구에게 털어놓는다. 그녀는 그에게 가졌던 마음들이 후회되지 않는 이유를 유진의 행동에서 찾는다.

> (애신) 그의 선택들은 늘 조용했고 무거웠고 이기적으로 보였고 차갑게도 보였는데 그의 걸음은 언제나 옳은 쪽으로 걷고 있었습니다. (12화)

애신은 유진의 옳은 걸음을 신뢰함으로써 자신의 사명과 맞닿아 있는 가치 있는 감정으로 승화시킨다. 이 사랑은 여전히 그녀의 의병 활동에 대한 가치관을 무너뜨리지 않는다. 그러나 "놓치지 않으면 전 아주 많은 것을 걸게 될 것 같습니다"라는 고백에는 이 사랑으로 감당해야 할 삶의 무게를 직시하면서도 끝내 혁명가로서의 이성을 부여잡으려 했던 그녀의 번민이 담겨 있다.

하지만 바닷가에서 유진과의 대화는 이 이성적인 절제가 얼마나 간절한 낭만적 염원으로 무너져 내리는지를 보여준다. 유진과의 만남은 그녀의 삶에 전례 없는 달콤한 가배의 맛을 선사했고 그녀는 이제 운명으로 정해진 '소멸' 대신 '다음'을 갈망한다.

> (애신) 나는 내 일생에서 처음으로 이리 멀리까지 와 봤소. 다음에는 더 멀리까지 가보고 싶다는 그런 다음이 있을지도 모른다는 그런 희망 말이오. (13화)

이 '더 멀리'는 지리적 거리의 확장에 그치지 않는다. 그것은 의병에게 예정된 죽음의 행로를 벗어나, 유진과 함께 호흡할 수 있는 생의 미래를 상상하려는 실존적 갈망이다. 이는 혁명가의 필연적인 소멸을 거부하고 삶의 낭만적인 가능성을 열망하는 한 여성의 가장 깊고 은밀한 소망인 것이다. 이 희망은 그녀의 혁명 정신과 충돌하며 내적 갈등을 일으키지만 동시에 그녀를 살아 있게 만드는 원동력이 된다.

애신이 의병으로서의 역할을 잠시 유보하고 사랑을 최종적으로 선택하는 순간은 유진이 가장 고통받는 순간에 찾아온다. 유진이 정신적 지주이자 아버지와도 같았던 요셉 선교사의 죽음으로 깊은 상실감에 빠졌을 때, 애신은 주저 없이 그에게 가고자 한다. 이 결정은 애신의 내면적 갈등이 마침내 종지부를 찍고 사랑의 힘이 사명을 일시적으로 압도하는 순간을 극적으로 보여준다. 그녀에게 유진이 있는 곳은 이제 의병 활동을 위한 근거지가 아니라 자신의 삶과 혁명적 사명보다 더 중요해진 감정의 목적지가 된다. 염려도 질타도 후에 달게 받겠다는 그녀의 고백(11화)은 이 선택이 의병으로서의 임무에 얼마나 큰 위험을 초래할지 알면서도 사랑하는 이의 고통을 외면할 수 없는 한 인간의 모습을 드러낸다.

애신은 이로써 의병의 사명이라는 거대한 외투 아래 감춰두었던 한 여자로서의 자기 자신을 해방시킨다. 그녀의 사랑은 조직과 대의의 논리를 잠시 접고 가장 순수하고 근원적인 인간의 연민과 감정을 따른다. 스승 승구가 이를 승인하는 것은 타자의 고통에 응답하는 것이야말로 그녀가 지키고자 했던 '조선(인간)'의 본질이었음을 깨닫는 과정이자, 인간으로서 마땅히 지켜야 할 가장 숭고한 가치임을 간접적으로 인정하는 순간이다.

애신에게 유진과의 사랑은 자신의 삶을 불꽃으로 지는 소멸로 규정했던 운명에 대한 가장 아름답고 절박한 낭만적인 저항이다. 그녀는 유진을 통해 다음이라는 미래의 희망을 꿈꾸고 의병의 이성적 사명과 여인의 낭만적 열망 사이에서 끊임없이 갈등하며 성장한다. 궁극적으로 애신의 사랑은 그녀의 혁명 정신을 무너뜨리지 않았다. 오히려 유진을 향한 그녀의 걸음은 조선의 독립이라는 거대 담론을 넘어 한 인간이 사랑과 위로를 거쳐 존엄성을 지키려는 가장 치열한 개인 혁명의 기록으로 승화되었다. 애신은 불꽃처럼 뜨거운 혁명가인 동시에 사랑하는 이의 고통에 기꺼이 자신의 모든 것을 거는 숭고한 여인이었다. 그녀의 낭만적인 선택은 격변하는 시대 속에서 사랑이 곧 삶의 이유가 될 수 있음을 명확히 보여준다.

"폭포 주위로 날아다니는 물방울"을 소망하기

이처럼 애신이 유진을 향해 내디딘 '더 먼 곳'으로의 발걸음은 단순한 신분을 초월하는 연애를 넘어선다. 그것은 격변하는 시대의 한복판에서 한 인간이 자신의 존엄을 지키기 위해 감행한, 가장 치열하고도 고독한 개인 혁명의 기록이다. 그러나 이 아름답고 숭고한 선택의 이면에는 양립 불가능해 보이는 두 세계, 공적인 사명과 사적인 낭만 사이에서 끊임없이 흔들리고 고뇌하는 복잡한 심리가 자리한다. 그녀의 내면 풍경은 황지우 시인의 시, 「等雨量線 1」의 한 구절을 통해 더욱 깊이 있게 조명될 수 있다.

> 나는 폭포의 삶을 살았다, 고는 말할 수 없지만
> 폭포 주위로 날아다니는 물방울처럼 살 수는 없었을까
> 쏟아지는 힘을 비켜갈 때 방울을 떠 있게 하는 무지개;
> 떠 있을 수만 있다면 空을 붙든 膜(막)이 저리도록 이쁜 것을
> (중략)
> 나는 언제나 한계에 있었고 내 자신이 한계이다.
> — 「等雨量線(등우량선) 1」 부분, 『어느 날 나는 흐린 주점에 앉아 있을 거다』

애신에게 폭포의 삶은 이미 태어날 때부터 규정된 혹은 스스로 선택한 비장한 운명이다. 이는 가문을 짊어진 애기씨로서의 엄격한 역할이거나 혹은 죽음의 무게를 짊어진 불꽃처럼 뜨겁게 타오르다 소멸해야 하

는 의병의 숙명과 같다. 폭포는 아래로 쏟아지는 거대하고 거침없는 강력한 힘을 상징한다. 애신은 의병으로서 이러한 폭포처럼 명징하고 순수한 애국의 길을 걷고자 했지만 현실적으로 그녀의 삶은 애기씨라는 이중적 정체성으로 결코 순수한 폭포일 수 없었다.

바로 이 지점에서 그녀의 갈망은 "폭포 주위로 날아다니는 물방울"의 삶으로 향한다. "물방울"은 폭포의 물이 분리되어 잠시나마 얻는 개별성과 자유, 그리고 순간적인 아름다움을 나타낸다. 이것은 바로 유진과의 '러브'를 통해 애신이 발견한 개인적인 삶과 낭만적인 행복에 대한 갈망이다. 의병의 길은 소멸을 향하지만, 유진과 함께라면 다음이 있을지도 모른다는 희망이 생긴다. 그녀가 바랐던 "더 멀리"는 바로 이 폭포의 흐름에서 잠시 이탈하여 주위에서 자유로이 떠도는 물방울의 삶이었던 것이다. 사명은 공동체에 속하지만, 낭만은 개인의 자유에 속하는 영역이기 때문이다.

시 속의 물방울이 쏟아지는 힘-애신에게는 조선의 망국이라는 거대한 파국과 의병의 필연적 희생-을 비켜갈 때, 물방울을 떠 있을 수 있게하는 것은 바로 "무지개"이다. 이 무지개는 유진과의 만남이 선사한 전례 없는 달콤한 가배의 맛, 곧 희망과 낭만을 상징한다. 무지개는 영원하지 않지만, 그 순간의 아름다움은 물방울의 존재 이유를 정당화한다.

애신은 유진이 걷는 옳은 쪽으로의 걸음에 대한 신뢰로 그녀의 낭만을 합리화하고 이 사랑이 자신의 혁명 정신을 무너뜨리지 않는다는 확신을 무지개로 확인했을 것이다. 그러므로 그녀의 사랑은 공적인 사명과 사적인 낭만이라는 양극단 사이에서 찰나의 순간을 부여잡고 있는 바로 "空을 붙든 膜(막)"과 같다. "떠 있을 수만 있다면 空을 붙든 膜(막)이 저리도록 이쁜 것을". 이 "막"은 물방울의 연약하고 투명한 표면이다. 이는 곧 애신이 경험했던 애기씨와 의병 사이의 위태로운 이중적 경계이자 유진과의 사랑을 지키려는 섬세하고도 취약한 개인적 행복의 울타리를 의미한다. 그녀가 이 행복에 많은 것을 걸게 될 것 같다고 두려워하면서도 포기하지 못하는 이유는 이 덧없고 불안정한 막이야말로 그녀의 삶을 그토록 "이쁘게" 만드는 유일한 공간이기 때문이다. 혁명은 비장하지만 사랑은 아름답다. 애신은 이 아름다운 덧없음을 위해 순간이지만 모든 것을 걸고자 한다.

시의 마지막은 애신의 가장 깊은 심리적 고뇌를 관통한다. "나는 언제나 한계에 있었고 내 자신이 한계이다." 고애신은 항상 한계에 서 있었다. 조선과 미국, 전통과 근대, 사대부와 의병, 그리고 사명과 사랑이라는 양립 불가능한 가치들의 교차점이었다. 그녀는 이 경계선 위에서 한쪽으로 완전히 넘어가지 않으려고 발버둥 쳤다. "폭포"의 힘에 휩쓸려 죽음으로 돌진할 수도 있었지만 "물방울"처럼 떠 있으려는 고독한 투쟁역시 포기하지 않는다. 마침내 그녀가 내린 결론, "내 자신이 한계이다"는 그녀의 존재론적 자각이다. 애신의 삶을 분열시키는 두 힘, 불꽃의 숙명과 러브의 희망은 그녀의 내부에서 끊임없이 충돌하며 그녀를 고뇌하게 만든다. 그녀는 이 갈등을 해결하거나 해체할 수 없다. 그녀 자신이 이 모든 모순을 껴안고 있는, "꽃을 붙든 막"과 같은 모순 그 자체였기 때문이다.

고애신의 이야기는 격변하는 시대에 사명과 사랑이 진정으로 양립할 수 있는가에 대한 고뇌이다. 그녀는 의병으로서의 숙명을 지키려 했으나 유진과의 사랑으로 자신이 진정으로 살고 싶은 삶 – 폭포의 소멸이 아닌, 물방울의 찰나적 아름다움 – 을 발견했다. 그녀의 불꽃은 결국 꺼지지 않았고 그 불꽃 주위에는 유진과의 사랑이라는 가장 아름다운 무지개가 떠 있었다. 한계 속에 갇혀 있던 애신의 삶은 사랑이라는 주체적인 의지를 통과하며 비로소 온전한 빛을 발한다. 격변하는 시대의 한복판에서 그녀가 보여준 낭만적인 분투는 사랑이 곧 삶의 본질임을 보여주는 타오르는 불꽃인 동시에 절망의 끝에서 피어난 영원한 희망의 무지개가 된다.

폭포의 힘을 벗어나 물방울과 무지개를 만들기

고애신이 유진과의 사랑 앞에서 자신의 모든 것을 걸었던 비장한 이야기는 100여 년이 지난 지금, 우리에게도 깊은 질문을 던진다. 나라의 운명을 건 거대한 선택은 아닐지라도 우리 각자의 삶에는 늘 '해야 하는 일'과 '하고 싶은 일' 사이의 팽팽한 줄다리기가 존재하기 때문이다.

황지우 시인은 자신의 삶을 두고 "나는 폭포의 삶을 살았다, 고는 말할 수 없지만"이라고 고백한다. 이는 우리 현대인들에게도 동일하게 적용된다. 우리는 스스로를 거대한 "폭포" 그 자체라고 정의할 수는 없지만 그러한 '쏟아지는 힘'의 영향권 안에 살고 있다. 이 폭포의 힘은 멈출 수 없는 업무의 마감 기한, 끊임없이 관리해야 할 인간관계, 혹은 노후를 준비해야 한다는 경제적 압박일 수 있다. 우리는 이 피할 수 없는 시대적 무게 속에서 자신의 존재를 증명하려 애쓴다.

하지만 고애신이 "불꽃"의 숙명 속에서도 유진과의 "러브"를 통해 '다음'을 갈망했듯이 우리 역시 그 폭포의 곁에서 잠시 떨어져 나간 '물방울처럼' 살기를 꿈꾼다. 물방울은 폭포의 궤도에서 벗어나 얻는 찰나의 개별성과 자유이다. 애신에게 유진과의 만남이 달콤해진 가배의 맛을 선사했듯 우리에게도 일상 속에서 잠시 폭포를 비켜가는 낭만적인 순간들이 존재한다. 퇴근 후의 1시간, 여행지의 낯선 풍경, 소중한 이와의 대화, 잠시 모든 책임감을 내려놓고 역할이나 책임이 아닌 순수한 '나'로 인정받는 순간이다. 이 순간들은 영원하지 않아 덧없지만 쏟아지는 힘을 비켜 갈 때 물방울을 떠있게 하는 무지개처럼 우리를 지치지 않게 하는 에너지원이 된다. 이것이 바로 고애신이 "아주 많은 것을 걸게 될 것 같다"고 두려워하면서도 포기하지 못했던, "空을 붙든 膜(막)이 저리도록 이쁜" 개인적인 행복의 울타리이다.

결국, 우리는 고애신처럼 해야 하는 일과 하고 싶은 일이라는 양립 불가능한 가치들의 한계에 서 있다. 우리는 이 한계에서 매번 고통스러운 선택을 반복한다. 하지만 중요한 것은 애신이 요셉 선교사의 죽음 앞에서 스승에게 "염려도 질타도 후에 달게 받겠습니다. 지금은 그에게 가야겠습니다"라고 선언했던 용기이다. 이는 잠시 의병의 임무라는 거대 담론을 내려놓고 인간으로서의 연민과 사랑이라는 가장 순수한 가치를 선택한 '개인 혁명'이었다.

우리의 일상에서도 마찬가지이다. 조직의 요구와 건강 사이에서 건강을 택하는 것, 경력의 안정성보다 가슴 뛰는 도전을 택하는 것은 모두 애신이 '바다보다 먼 곳'으로 향하고자 했던 낭만적인 선택이다. 오늘 하루, 당신의 삶을 지배하는 폭포의 힘은 무엇인가? 그리고 당신을 잠시나마 자유롭게 떠 있게 만드는 물방울과 무지개는 무엇인가? 고애신의 이야기처럼 가장 아름다운 삶은 그 두 가치 사이의 위태롭지만 숭고한 균형 속에서 완성될 것이다.

8장
슬픔의 윤리학:
사랑의 본질은 소유가 아닌 존중과 자유

고애신과 유진의 사랑은 흔한 드라마처럼 낭만적인 결말을 약속하지 않는다. 하지만 그 사랑은 더 깊고 복잡한 의미를 담고 있다. 우리는 이들이 당시 조선 사회의 숨 막히는 신분 질서와 운명의 굴레 속에서도 어떻게 서로의 정체성과 사명을 인정하며 흔들리지 않는 연인 관계를 만들어 갔는지 살펴볼 것이다. 애신과 유진의 관계는 곧 사랑의 윤리학에 대한 하나의 답이 된다. 이들의 서사는 진정한 사랑이 상대를 내 곁에 묶어두려는 소유의 욕망이 아니라 각자의 고독한 길을 기꺼이 긍정하며 그 발걸음에 자신의 운명을 포개는 일임을 보여준다. 자신의 생을 걸고 연인의 길을 비추는 이들의 행보는 사랑이 한 인간의 사명과 하나로 녹아들어 얼마나 찬란한 빛을 낼 수 있는지 드러낸다.

타오르는 불꽃이 당도할 '다음'이라는 희망

사랑하는 이의 고백은 때로 달콤한 밀어로 다가오기보다 감당하기 버거운 진실이 되어 날아온다. 『미스터 션샤인』 11화에서 유진은 조선에서 가장 낮은 자의 자식으로 태어나 참혹한 비극을 겪은 뒤 미국인이 될 수밖에 없었던 사연을 담담히 꺼내 놓는다. 이 고백은 애신에게 신분적 차이를 확인시키는 데 그치지 않는다. 오히려 그녀가 평생 지키고자 했던 '조선'이 누군가에게는 지옥이었음을 폭로하며, 애신의 세계관을 밑바닥부터 뒤흔든다. 이 순간 두 사람의 관계는 서로가 발을 딛고 선 세계관이 격렬하게 부딪히는 지점에 도달한다. 애신은 자신이 사랑한 남자가 조선의 질서로부터 철저히 배제된 존재였음을 깨닫고 깊은 혼란에 빠진다. 그러나 여기서 유진은 성숙한 태도로 이 위기를 다룬다. 그는 자신의 상처를 무기로 애신을 비난하거나 동정을 구하는 길을 택하지 않는다. 대신 그녀가 충격을 추스르고 스스로 판단할 수 있도록 묵묵히 거리를 두며 기다려 준다. 이러한 존중은 애신이 낡은 편견에서 벗어날 시간을 마련해준다. 이 과정은 그들의 사랑이 진정한 이해로 나아갈 수 있을지를 가늠하는 결정적인 시험대가 된다.

애신은 유진의 이야기를 듣고 자신이 품었던 세상이 다 무너졌다고 고백한다. 이는 단순한 배신감이 아니다. 그녀는 자신이 신분을 염두에 두지 않았다고 여겼으나 무의식중에 유진 역시 양반일 거라 막연히 생각했던 자신의 위선과 모순을 직면했기 때문이다. 그녀는 스스로를 "가마 안에서 한 걸음도 나아가지 못한 호강에 겨운 양반 계집일 뿐"(11화)이라며 극도로 자책한다. 애신이 유진에게 미안하다고 상처받지 말라고 당부하는 것은 신분의 차이보다 자신이 가진 무의식적 편견으로 인해 유진에게 주었을 상처에 대한 진정한 사과이자 그의 고통을 깊이 공감하는 마음의 표현이다. 이 선택은 애신이 낡은 세계의 울타리 밖으로 걸어 나왔음을 보여준다. 그녀는 이제 유진이라는 아픈 진실을 통과하며 이전과는 전혀 다른 눈으로 자신을 둘러싼 세계와 대면한다

이에 대한 유진의 대답은 그들 관계의 윤리학적 토대를 명확히 제시한다. 유진은 애신의 자책을 다독이며 그녀가 겪는 혼란을 나아가던 중에 한 번 덜컹인 것으로 위로한다. 여기서 중요한 것은 유진이 애신에게 계속 나아가라고 권하며 그녀의 투사로서의 정체성과 사명을 독려한다는 점이다. 그는 애신이 가진 신분의 벽이나 사회적 제약을 누구의 잘못으로 돌리지 않는다. 그저 그런 세상에서 우리가 만나진 것뿐이라고 담담히 수용한다. 이는 유진이 애신을 개인적 욕망으로 묶어두려 하지 않고 그녀의 대의와 투사로서의 삶을 우선적으로 존중하고 지지함을 드러낸다.

더 나아가 유진은 자신은 한 걸음 물러난다고 대응한다. 이는 사랑의 포기가 아니라 애신을 향한 가장 숭고한 배려이다. "침묵이나 무시를 선택해도 됐을 텐데 이리 울고 있으니 물러나는 것"(11화)이라는 그의 고백은 애신이 겪는 내적 통증에 대한 깊은 공감을 담고 있다. 유진의 물러남은 애신의 정체성과 사명을 보호하고 그녀의 자유로운 선택을 위해 공간을 내어주는 헌신적인 존중의 몸짓이다. 그는 심지어 애신에게 "투사로 사시오.", "애기씨로도 살아야 하오."라는 영리하고 안전한 선택을 당부하며 "부디 살아남으시오. 오래오래 살아남아서 당신의 조선을 지키시오"(11화)라고 자신의 염원을 전한다. 유진에게 애신은 자신의 연인 이전에 살아서 조선을 지켜야 할 사명과 자유를 가진 귀한 존재인 것이다. 그는 자신의 사랑보다 애신의 생존과 사명을 더 중요한 가치로 둔다.

특히 유진이 애신에게 러시아제 볼트액션 총을 선물하는 12화의 장면은 이들이 어떤 종류의 관계를 맺고 있는지를 확연히 보여준다. 이 총은 단순한 물건이 아니라 애신의 독립적인 정체성과 투사로서의 사명을 뜻한다. 유진이 무심한 듯 건넨 이 선물은 그가 애신의 삶의 방식과 목표

를 전적으로 수용한다는 것을 보여주는 행위이다.

> (유진) 난 귀하가 이 총과 함께 계속 나아가서 어딘가에 가 닿기를 바라오. 그곳이 어디든 그 길 끝에 누구와 함께든.(12화)

유진의 이 대사는 그들의 관계에서 핵심 가치인 자유와 존중을 가장 극명하게 드러낸다. 그는 애신이 "어딘가에 가 닿기를 바라"며, 그 목적지가 어디든 심지어 그 길 끝에 누구와 함께든 상관하지 않겠다고 한다. 이는 애신이 자신의 삶을 스스로의 의지로 개척해 나갈 완전한 자유를 유진이 인정하고 응원한다는 의미이다. 일반적인 연인 관계에서 연인의 미래에 다른 누군가가 함께하는 것을 용인하는 일은 소유의 본능에 정면으로 반하지만, 유진은 애신의 자유라는 가치를 자신의 소유 욕망보다 위에 둔다. 그의 사랑은 애신을 자신의 곁에 묶어두는 소유의 사랑이 아니라 그녀를 해방시키고 날아오르도록 격려하는 존중의 사랑인 것이다.

그러나 애신은 이에 대한 응답으로 그들 관계의 현실적 제약을 명확히 한다. "난 죽는 순간까지 고가 애신일 거요"는 투사로서의 정체성을 "귀하와 도모할 수 있는 그 어떤 미래도 없을 거요"라는 말은 그에 대한 호감과 사명감의 충돌로 인한 현실적 한계를 재확인하는 것이다. 물론 유진은 이 말 역시 담담히 수용한다.

> (유진) 어제는 귀하가 내 삶에 없었는데 오늘은 있고 그걸로 됐소. (12화)

이 대사는 두 사람의 사랑이 영원한 미래나 완벽한 결합이라는 낭만적 이상에 얽매이지 않고 오직 현재에 집중하고 있음을 보여준다. 그들은 함께할 수 없는 비극적인 미래를 알고도 지금, 이 순간 서로의 존재를 긍정하며 그 '오늘'의 만남만으로 충분하다고 말한다. 이는 미래를 소유하려 하지 않는 가장 성숙한 형태의 사랑과 존중이다. 그들의 사랑은 '지금, 여기'에서 피어나는 슬프도록 아름다운 꽃인 것이다. 유진은 애신이 총을 배우는 동안 조선에 더 머물겠다고 제안하고 그녀의 성장을 돕는 조력자이자 동지로서의 역할에 충실하려 노력한다.

하지만 애신이 유진에게 "이쪽이오 내 쪽으로 걸으시오"(15화)라고 말하는 장면은 사랑의 결정적 순간이 된다. 이 짧은 문장에는 모든 것을 감수하겠다는 애신의 강력한 의지가 담겨있기 때문이다. 유진은 "날 쏘려던 여인의 손을 잡으란 말이오?"라고 농담처럼 대응하지만, 이 질문에 대한 애신의 대답은 두 사람의 관계가 깊은 이해와 존중을 바탕으로 한 것임을 보여준다.

> (애신) 그걸 알면서도 내 총구 속으로 들어온 사내의 손을 내가 잡는 거요.(15화)

"내 총구 속으로 들어온 사내"는 애신이 추구하는 사명의 위험성을 알고도 그녀의 삶과 운명 안으로 자발적으로 들어온 유진을 인정하는 표현이다. 애신은 유진의 용기와 위험한 선택을 존중하고 이제 자신의 "쪽", 즉 조선과 의병의 길로 그를 불러세운다. 그리고 그의 위험을 기꺼이 감수하겠다는 의지를 내비친다. 이 '손을 잡는 행위'는 서로의 정체성(의병과 미군 대위)과 사명(조선과 미국)을 인정하면서도 그 모든 위험과 차이에도 불구하고 하나의 동행자가 되겠다는 윤리적 결단인 것이다.

유진은 조선과 미국, 그 어느 쪽에서도 완전히 인정받지 못하는 외로운 존재였다. 그의 고백, "난 익숙해서 조선에서도 미국에서도 늘 그랬소. 늘 당신들은 날 어느 쪽도 아니라고 하니까."(15화)는 그의 평생의 고독을 집약한다. 이때 애신의 "이쪽이오. 내 쪽으로 걸으시오."라는 말은 세상이 그를 그들의 시각으로 규정하려 들 때, 애신만큼은 그를 온전히 인정하고 지지하겠다는 의미이다. 이렇듯 애신은 유진에게 새로운 소속감을 제공하는 것이 아니라 그의 존재 자체를 아무런 조건 없이 수용하는 자유의 공간을 열어준다.

애신과 유진의 사랑은 '슬픔의 윤리학'이라는 틀 안에서 비로소 온전히 이해된다. 이들의 로맨스는 계급을 초월해 낙관적 결말에 도달하는 여느 동화와 달리, 시작되는 순간 이미 서로의 파국을 예감하고 있었기 때문이다. 두 사람이 품었던 슬픔은 바로 함께하는 미래를 가질 수 없다는 운명적 비극이다. 하지만 이들은 이 슬픔을 회피하거나 부정하지 않고 정면으로 받아들인다. 유진은 자신의 희생이 애신의 사명을 완성하는 길임을 직시했고 애신은 유진과의 순간순간이 영원이 아닌 오늘로 끝날 수밖에 없음을 인지했다. 이처럼 비극을 인지하고도 사랑을 선택하는 의지는 이들의 관계를 흔한 멜로에 가두지 않고 하나의 숭고한 서사로 완성한다. 유진이 애신에게 "부디 살아남으시오"라고 말한 것은 자신의 연인을 소유하는 것보다 그녀의 사명이 존속되는 것이 더 고귀한 가치임을 인정한 숭고한 사랑의 윤리다.

이렇듯 이들은 서로를 세상의 차이와 모순 속에서 만난 가장 소중한 존재로 인정한다. 애신은 유진을 조선의 신분 제도에 갇힌 채 재단하지 않고 유진은 애신을 자신의 아내나 소유물로 국한하지 않는다. 그들의 사랑은 상대방이 선택한 길을 응원하고 그 길의 고독과 위험을 기꺼이 함께 짊어지려는 존중과 자유의 윤리학 위에 세워진 것이다. 애신과 유진의 관계는 다시 한번 우리에게 묻는다. 진정한 사랑이란 무엇인가? 그것은 상대방이 세상에서 가장 빛나는 곳으로 나아가도록 그의 모든 가능성과 자유를 지지하는 헌신이다. 그들의 슬프지만 아름다운 사랑은 우리 시대에도 여전히 유효한 가장 성숙하고 숭고한 사랑의 정의를 제시한다.

소유욕에서 사랑의 본질로 가기까지의 시행착오

애신과 유진의 관계가 상호 존중과 자유를 바탕으로 구축되었다면 구동매와의 관계는 사랑의 본질에 닿기까지 겪어야 하는 시행착오의 과정을 보여준다. 동매의 사랑은 애정이라는 이름 아래 자행될 수 있는 가장 비극적이고 파괴적인 면모를 지닌다. 백정의 아들이라는 천출의 굴레를 벗고 무신회 수장으로 돌아온 동매에게 애신은 연모의 대상인 동시에 사지로 뛰어드는 그녀를 지켜봐야만 하는 고통의 근원이다. 그는 애신에게 '마지막 기회'를 준다며 그녀의 삶을 통째로 부정하기에 이른다.

> (동매) 하니 아무것도 하지 마십시오. 학당에도 가지 마십시오. 서양 말 같은 거 배우지 마십시오. 날아오르지 마십시오. 세상에 어떤 질문도 하지 마십시오. (18화)

동매가 요구하는 것은 애신의 '멈춤'이다. 이는 투사로서의 사명뿐 아니라 그녀의 주체적인 정체성 자체를 포기하라는 압박이다. 유진이 애신에게 계속 나아가라고 독려하며 날개를 달아주려 했다면 동매는 그녀가 수동적인 '양반 애기씨'의 틀 안에 갇혀야만 비로소 안전하다고 믿는다. 동매의 집착은 애신의 머리카락을 잘라버리는 극단적인 파괴 행위에서 정점에 달한다. "세상 모두가 적이 되어도 상관없겠다 싶어졌거든요. 그게 애기씨여도 말입니다."(18화)라는 말은 상대를 지키겠다는 명분 아래 상대의 영혼을 훼손하는 폭력적 소유욕의 민낯을 드러낸다. 그는 자신의 뒤틀린 희망과 좌절의 책임을 애신에게 전가하며 사랑을 통제와 동일시하는 윤리적 오류를 범한다.

그러나 애신은 동매의 폭력적 언동에 위축되거나 그의 뒤틀린 논리에 휘말리지 않는다. 그녀는 "다시 그 순간이 온다고 해도 나는 네놈을 살릴 것이다"라는 응답으로 동매가 휘두른 칼날보다 더 날카로운 인간애를 증명한다. 이는 과거의 선행을 반복하겠다는 다짐이 아니다. 동매가 자신을 원망하고 파괴하려 할지라도 상대의 생명을 존중하는 자신의 가치 체계를 결코 훼손당하지 않겠다는 단독자로서의 선언이다. 동매의 사랑이 상대를 가두어 소유하려는 '폐쇄적 집착'이라면 애신의 인간애는 상대가 자신을 해치려 할 때조차 그의 생명 그 자체를 긍정하는 '개방적 숭고'에 가깝다. 이어지는 "감히 내 염려 따위 하지 마라"는 차가운 경고 또한 단순한 거절을 넘어선다. 그것은 염려라는 명분으로 자신의 주체적인 삶과 투쟁을 모독하는 침해에 단호히 선을 그은 것이다. 애신은 동매가 씌운 '보호받아야 할 연약한 존재'라는 프레임을 거부한다. 오히려 고통과 위험을 기꺼이 감수하겠다는 자신의 선택이야말로 누구도 침범할 수 없는 존엄의 영역임을 분명히 한 것이다. 이렇듯 애신은 동매의 폭력을 도덕적 우위로 압도하며 강함의 의미를 다시 쓴다. 강함은 상대를 꺾는 힘이 아니라 어떤 상황에서도 자기 신념을 포기하지 않는 단단한 의지 그 자체다.

비극적인 소유욕에 사로잡혔던 동매는 죽음이 임박한 순간에 이르러서야 유진이 보여주었던 '지지하는 사랑'으로 선회한다. 애신의 도움을 거절하며 홀로 죽음의 길로 나아가는 동매의 마지막 결단은 자신의 생존보다 애신의 안위를 우선순위에 둔 숭고한 선택이다. 날아오르지 말라고 당부하던 과거의 자신을 부정하고 마지막 순간에 건넨 "이제 날아오르십시오"(23화)라는 독려는 그가 도달한 사랑의 최종 목적지를 보여준다. 이로써 동매 역시 사랑의 본질은 소유라는 감옥에 상대를 가두는 것이 아니라 상대의 자유로운 비행을 위해 자신의 욕망을 기꺼이 버리는 데 있음을 깨닫는다. 애신에게 동매의 사랑은 한때 견디기 힘든 고통이자 짐이었으나 그가 자신의 욕망을 내려놓은 순간, 비로소 두 사람 사이에는 신분을 초월한 인간적인 이해와 해방의 공간이 열린다.

낭만적인 비움의 사랑

유진과 구동매가 관계의 과정에서 지지와 소유라는 상반된 사랑의 방식을 보여주었다면 김희성의 사랑은 이 두 극단을 피하고 낭만적 희생이라는 형태로 애신의 자유를 존중하는 길을 택한다. 그는 애신의 삶에 가장 강력한 사회적 족쇄(정혼)를 채울 수 있는 합법적 권리자였으나 그 권리를 스스로 포기함으로써 존중의 윤리학을 완성한다.

김희성은 애신이 이미 유진에게 마음이 가 있고 투사로서의 사명을 지니고 있다는 사실을 알면서도 처음에는 자신의 정혼자라는 지위를 이용해 그녀를 보호하려 한다. 그는 애신의 모든 선택을 인정하고 지지하되 자신은 그저 그녀의 그림자처럼 존재하겠다고 자처한다. 이는 애신의 사명을 억압하지 않고 자신의 신분과 존재를 애신의 자유를 위한 도구로 내어주는 숭고한 방식이다. 그러나 여전히 이 사랑은 애신에게 정혼자라는 사회적 의무를 남기는 부담이었다. 하지만 김희성은 자신의 집안이 유진의 부모에게 저지른 업보를 알게 되면서 자신이 애신의 방패가 될 자격이 없으며 오히려 족쇄라는 사실을 깨닫는다. 이 깨달음은 그가 애신을 합법적으로 소유할 수 있는 유일한 권리(정혼)를 포기하게 만드는 결정적인 계기가 된다.

『미스터 션샤인』 16화에서 김희성은 사랑하기에 스스로 '남'이 되기로 결심하고 가장 이타적인 사랑의 형태를 보여준다. 그는 애신을 "꺾어서 화병에 꽂으려는 소유욕"을 거두어내고 '꽃을 만나러 길을 나서는' 방식을 택한다. 김희성의 사랑은 집착이 아닌 '비움'으로 완성된다. 그는 상대를 소유하려는 모든 시도를 멈춤으로써 비로소 진정한 사랑의 자리를 마련한다. 애신을 묶어둘 수 있었던 유일한 끈을 제 손으로 끊어낸 희성의 결단은 권리의 포기가 어떻게 가장 뜨거운 사랑의 증거가 될 수 있는지를 여실히 보여준다. 그는 애신을 사랑하는 개인적 욕망보다 그녀가 가야 할 길을 막지 않으려는 존중의 의무를 우선시한다. 그는 자신의 업보가 애신의 발목을 잡는 부채가 되기 전에 스스로 정혼을 해지하여 유진을 사랑하는 애신에게 완전한 자유를 선물한다.

이후 김희성은 애신을 소유하려는 대신 그녀를 비롯한 의병들의 투쟁을 기록하는 언론인로서 자신의 사명을 찾는다. 그의 사랑은 애신을 곁에 두고자 하는 개인적 욕망을 포기하고 그녀의 의무(조선의 기록)를 영원히 남기려는 숭고한 헌신으로 변모한다. 김희성의 이 낭만적이고 비극적인 희생과 비움의 사랑은 애신이 유진의 존중과 사랑을 받아들일 수 있도록 그녀의 사회적 배경을 정화해 주었다. 이러한 행위는 애신을 향한 모든 사랑의 결산 과정에서 중요한 윤리적 자산으로 남는다.

독립적인 주체로 살 수 있도록 돕는 교육적인 사랑

고사홍은 고애신이라는 한 인간의 독립적인 주체성을 완성시키는 데 가장 큰 영향을 미친 인물이다. 그는 애신에게 세속적 사랑을 가르치기보다 독립된 주체로 삶을 설계할 자기 입법의 자유를 심어준 근본적인 스승이다. 구한말의 완고한 유교적 질서를 대변하는 인물임에도 불구하고, 고사홍이 손녀를 대하는 방식에는 시대를 앞지르는 깊은 통찰과 사랑이 담겨 있다.

고사홍이 애신을 엄하게 단속했던 것은 부모와 같은 비극적 운명에 손녀를 내어줄 수 없다는 두려움 때문이었다. 그러나 끝내 굽히지 않는 애신의 의지를 마주하며 그는 손녀의 투쟁을 막아서는 대신 그 가시밭길을 비추는 등불이 되기로 결심한다. 그는 승구에게 애신을 부탁하며 자신의 깊은 속마음을 드러낸다. "지켜달라고는 안 하겠네. 자기 몸 하나 지킬 수만 있게 해주게."(2화) 이 고백 속에는 손녀를 곁에 묶어두기보다 거친 세상에 맞설 실력을 갖추도록 돕는 할아버지의 깊은 배려가 담겨 있다. 손녀의 손에 직접 총을 들려준 그의 행보는 소유를 넘어선 진정한 성장의 지지가 무엇인지 의연하게 그려낸다. 그는 애신에게 수동적인 삶을 강요하지 않는다. 오히려 더는 막을 수가 없다면 '살길'을 가르쳐야 한다며 애신의 운명과 의지를 인정한다. 이러한 생각에는 손녀가 선택한 길을 걸어갈 수 있도록 필요한 무기를 쥐여주는 결단이 서려 있다. 흔히 비유되는 '낚시법을 가르치는 방식'처럼 그의 시선은 손녀의 오늘이 아닌 홀로 살아남아야 할 내일을 향해 있다. 상대를 품 안의 꽃으로 두지 않고 거친 들판에서 스스로 뿌리를 내리는 자생적인 꽃으로 길러내는 것, 그것이 고사홍이 건넨 진정한 사랑의 유산이다. 그러므로 그가 장포수에게 애신을 보내 사격술을 익히게 하고 몰래 학당 출입을 묵인한 것은 유교적 법도보다 애신의 생존을 우선한 부계적 존중이었다. 이는 부모로서 자식의 삶을 소유하거나 통제하려 하지 않고 독립적인 주체로 살아가도록 지지하는 가장 높은 차원의 존중에 해당한다. 고사홍의 이 현명한 가르침 덕분에 애신은 스스로를 책임질 수 있는 자율적인 존재로 성장한다.

이러한 가르침은 혼인 문제에 봉착했을 때 애신의 확고한 정체성으로 발현된다. 조선의 법도에 따라 정혼을 받아들이거나 최소한 지아비를 방패 삼아 숨는 영리하고 안전한 선택을 하라는 할아버지의 호통에 애신은 단호하게 맞선다. 애신이 "다 버리고 이방인으로 살겠다"(15화)며 혼인을 거부할 때, 고사홍은 "조선 천지 어느 반가의 아녀자가 혼인도 하지 않고 혼자 산다더냐?"라며 "벽창우"(16화)라 호통친다. 하지만 이는 표면적인 걱정일 뿐, 사실 고사홍의 속내는 이미 애신의 독립적 의지를 알고 있었다. 애신이 자신의 삶은 스스로 결정하겠다고 단호하게 말할 수 있었던 것은 이미 할아버지로부터 스스로를 책임질 수 있는 능력과 자유를 배웠기 때문이다. 또한 "방패가 없어도 될 만큼 저를 단련했습니다. 그 사람 역시도 제 방패로 삼지 않을 겁니다"(16화)라는 대사에는 그녀의 사랑이 유진에게 의존하거나 그를 수단으로 이용하려는 소유욕과 거리가 멀다는 사실이 잘 드러나 있다. 애신은 유진을 방패로 삼지 않겠다고 다짐하며 자신의 삶과 사랑을 오롯이 홀로 감당하겠다는 결연한 자립심을 행동으로 보여준다. 결국, 고사홍이 일러준 '살길'은 유진이 건넨 '자유를 지지하는 사랑'과 뜨겁게 공명한다. 이 두 가지 사랑의 토대 위에서 애신은 비로소 그 사랑을 고스란히 돌려줄 줄 아는 온전한 주체로 우뚝 선다.

고사홍이 고애신에게 보여준 교육 방식은 가문의 전통을 계승하는 차원에 머물지 않는다. 그것은 자녀의 자율성을 존중하고 독립적인 생존 능력을 길러주는, 오늘날의 관점에서도 진보적인 존중의 교육이었다. "기어코 간다면 더는 막을 수가 없다면 살길을 가르쳐 줘야 하는거 아니겠는가"(2화)라는 그의 말은 자녀가 정해진 길을 벗어나 위험한 선택을 할지라도, 부모는 그들을 막아서기보다 스스로를 지켜낼 수 있는 힘을 쥐여주어야 한다는 교육 철학을 담고 있다. 이러한 고사홍의 모습은 일부 학부모의 과도한 민원과 간섭으로 교육 본연의 가치가 위협받는 오늘날의 현실에 뼈아픈 시사점을 던진다. 자녀의 앞길에 놓인 모든 시련을 대신 제거해 주려는 조급함보다, 험난한 길 위에서도 스스로 균형을 잡을 수 있도록 믿고 기다려 주는 고사홍의 인내야말로 지금 우리 교육 현장에 절실한 어른의 미덕이다.

이러한 조급함은 자녀의 삶을 철저히 보호하고 통제하려는 현대 사회의 경향과 맞물려 있다. 부모가 자녀의 문제를 대리 해결하며 실패의 가능성조차 허용하지 않는 과잉보호의 태도는 학교 현장에서도 고스란히 이어진다. 일부 학부모는 자녀의 성취에 조금이라도 해가 된다고 판단되면 교사의 훈육이나 정당한 평가마저 민원의 대상으로 삼아 개입하곤 한다. 이는 교사가 교육적 판단에 따라 자녀에게 성장통과 책임감을 가르칠 기회를 근본적으로 가로막는 행위다. 부모의 지나친 개입 속에서

교사의 지도는 무력화되고 아이들은 자신의 선택을 스스로 책임지며 성
장할 소중한 기회를 잃게 된다. 반면, 고사홍은 애신이 양반 규수로서의
안전한 삶을 버리고 투사의 길을 가겠다는 위험한 선택을 했음에도 애신
의 의지를 꺾으려 하지 않는다. 대신 그는 비밀리에 장포수에게 사격을
배우게 하고 학당에 다니도록 눈감아주면서 스스로를 지키는 법(총술)
과 시대를 읽는 법(신학문)을 가르친다. 다시 말해 애신의 삶을 통제하거
나 소유하려 들지 않고, 그녀가 택한 험난한 길을 스스로 헤쳐 나갈 '자
립의 힘'을 길러준 것이다. 고사홍의 방식은 현대 학부모들에게 자녀의
실패할 기회와 성장의 책임을 인정해야 한다는 사실을 가르친다. 부모의
역할은 자녀가 넘어지지 않게 포장된 길만 걷게 하는 것이 아니라 넘어
져도 스스로 다시 일어설 수 있는 강인함과 기술을 가르치는 데 집중해
야 한다.

그리고 그 모든 가르침의 바탕에는 고사홍과 애신을 하나로 묶어주
었던 단단한 신뢰가 자리하고 있다. 고사홍은 손녀를 '벽창우'라 호통치
면서도 그녀가 방패 없이 홀로 설 만큼 스스로를 단련했다는 사실을 깊
이 믿어주었다. 하지만 오늘날 우리의 교육 현장에서는 이러한 상호 간의
신뢰가 예전만큼 견고하지 못한 것이 사실이다. 고사홍의 사례는 교육
주체 간의 신뢰를 회복하는 일이 무엇보다 본질적인 과제임을 보여준다.
자녀가 세상의 격랑을 홀로 감당하는 주체로 성장하길 바란다면 학부모
는 교사가 교육적 소신을 지키며 때로는 따끔한 가르침을 건넬 수 있도
록 그 전문성을 존중해야 한다. 모든 문제를 민원으로 해결하려 들 때,
아이는 결국 자신의 난관을 스스로 헤쳐 나갈 기회를 잃게 된다.

이러한 존중의 문화는 교사 역시 교육의 본질을 되찾기 위해 스스로
노력할 때 비로소 가능해진다. 고사홍의 가르침이 학부모뿐 아니라 오늘
날의 교사들에게도 묵직한 울림을 주는 이유가 여기에 있다. 교사가 학
생을 한 명의 독립된 인간으로 존중하며 그 성장에 온전히 집중할 때, 학

부모 역시 교사의 전문성을 신뢰할 수 있는 토대가 마련되기 때문이다. 지식 전달자라는 좁은 틀에서 벗어나 학생의 자율성을 북돋는 '삶의 길잡이' 역할을 회복하는 것. 그리고 이를 믿고 지지하는 학부모의 태도는 분리될 수 없는 공생의 관계에 있다. 이처럼 존중을 근간으로 신뢰를 다시 쌓아가는 과정은 무너진 학교 공동체를 일으키고 우리 아이들의 자생력을 지켜내는 가장 확실한 방법이 될 것이다.

결론적으로, 고사홍의 교육은 사랑은 통제가 아니라 존중이며 존중은 곧 자율적으로 살 수 있는 능력의 부여라는 윤리적 메시지를 담고 있다. 현시대의 학부모와 교육계가 이 고전적 가르침을 되새긴다면 교권이 바로 서고 자녀가 진정한 독립된 인간으로 성장할 수 있는 건강한 교육 환경을 다시 구축하는 데 도움이 될 것이다.

총포술 스승이자 의병 동지: 수평적 사랑의 실천

유진이 연인으로서, 고사홍이 조부로서, 애신의 자유로운 정체성을 지지했다면 장포수(승구)는 총포술 스승이자 동지로서 애신이 그 자유를 실현할 수 있는 기술과 정신을 다듬어준 인물이다. 천한 신분인 승구와 양반 애기씨인 애신의 관계는 당시 조선의 경계를 완전히 허무는 관계이며 그들 사이에 흐르는 것은 계급이 아닌 상호 간의 깊은 신뢰와 존경이다. 이 관계에서도 '사랑의 윤리학'의 핵심인 존중과 자유가 깊숙이 배어난다.

승구는 애신에게 총포술을 가르치는 스승이지만 동시에 의병 활동의 동지로서, 애신을 양반 아녀자로 대하지 않는다. 승구는 미군 총기를 훔쳐온 일로 고초를 겪은 애신에게 "너도 나도 조선을 훔치려 드는데 이깟 총 한 자루쯤이야"(4화)라고 호기를 부린다. 이러한 승구의 호기 어린 농담에 애신은 "아예 상자째로 들고 오셨어야죠"라는 재치 있는 대꾸로 화답한다. 이는 스승의 파격을 너그럽게 품어내는 제자의 대담함이자, 같은 길을 걷는 동지로서의 깊은 신뢰를 보여주는 장면이다. 이 짧은 문답에는 두 사람의 관계가 격식에 얽매인 사제지간 그 이상이라는 사실이 고스란히 담겨 있다. 그들은 하나의 대의를 공유하고 삶의 자취를 함께하는 동지적 신뢰로 단단히 연결되어 있다. 승구는 훈계나 억압 대신 애신의 위험한 선택을 묵묵히 긍정하고, 애신 역시 신분과 법도를 넘어 사람의 본질과 신의를 잣대로 자신의 사명을 뚜렷이 세워 나간다.

또한, 승구가 유진에게 애신을 부탁하는 장면은 그가 애신에게 부여한 자유와 존중의 무게를 가장 잘 드러낸다. 승구는 애신이 총포술을 배우기 위해 "돌아 돌아 돌부리에 걸려 깨지고... 피가 나도 힘든 내색 한 번 안 내비치면서"(16화) 걸어온 그 험난한 시간을 누구보다 깊이 인정한다. 그는 자신의 사적인 감정이나 애신의 안전을 빌미로 그녀의 앞길을 막아서지 않는다. 대신 유진에게 애신이 선택한 길의 끝에 그저 '서 있어 줄 것'을 당부한다. 이는 사랑하는 사람의 자유로운 행보를 지지하는 유진의 사랑과 일치하는 동지적 연대이자 제자의 선택을 인간적으로 존중하는 스승의 품격이다. 자신마저 가로막지 않아도 애신을 만류할 이가 이미 세상에 차고 넘침을 알기에 그는 '좋은 사람인 척하려고' 한다지만, 이는 단순히 좋은 사람인 '척'하는 것이 아니라 제자가 가야 할 길을 막아설 권리가 그 누구에게도 없음을 아는 스승의 깊은 사랑이다.

마지막으로 승구가 애신에게 하산을 명하는 장면은 스승의 가르침이 제자의 삶 속에 온전히 스며들었음을 확인하는 의식인 동시에, 가장 아픈 단절을 선언하는 결별의 순간이다. 승구는 스승으로서 가졌던 권위를 스스로 내려놓으며 애신을 가두고 있던 마지막 울타리를 거둔다. 이는 곧 정성을 다해 길러낸 제자와 작별해야 하는 아픔을 견뎌야 한다는 뜻이기도 하다. 이제 애신은 스승의 그림자에서 벗어나 자신의 신념을 따라 고독하게 전진하는 독립된 투사로 거듭난다.

(승구) 더는 소인이 가르칠 것이 없습니다. 더는 소인의 명령을 따르지 마시고 더는 소인이 막아선다 하여도 멈추지 마십시오. 그간 투박한 스승을 따르느라고 애쓰셨습니다. 그만 하산하십시오. (18화)

이 대사는 승구가 애신을 더 이상 제자가 아닌 완벽한 동지로 인정하고 놓아주는 교육적 완성의 순간이다. 그는 애신이 스승의 보호나 명령에 의존하지 않고 자신의 의지에 따라 움직일 완전한 자유를 가지도록 떠나보낸다. 고사홍이 애신에게 '살길'을 가르쳐주었듯 승구는 애신에게 '날아오를 날개'를 달아준 뒤 이제 그 날개를 펼치도록 격려한다. 승구의 사랑 역시, 그녀가 스스로의 길로 나아가도록 열어주는 존중에 가깝다.

9장
경계에 선 감정의 회계:
의무와 욕망의 재무제표

『미스터 션샤인』에서 고애신을 둘러싼 관계들은 로맨스나 인연이라는 말로는 다 설명되지 않는다. 그것은 시대적 의무와 개인적 욕망이 끊임없이 충돌하며 회계로 정리되는 복잡한 감정의 재무제표이다. 애신을 중심으로 펼쳐지는 유진, 구동매, 김희성, 그리고 조부 고사홍과 스승 승구와의 관계는 각기 다른 방식으로 애신의 삶에 부채와 자산을 남긴다. 이 장에서는 이 복잡다단한 관계들의 회계 정리를 바탕으로 애신이 마침내 유진과의 관계에서 어떻게 의무와 욕망의 균형점을 찾았는지 집중적으로 분석한다.

고애신의 삶은 조선의 독립이라는 거대한 의무와 평범한 여인으로서 누리고 싶은 개인적인 욕망 사이의 줄다리기였다. 그녀를 둘러싼 인물들은 이 의무와 욕망의 충돌 지점에서 각기 다른 태도를 보였지만 그 근저에는 비슷한 긴장이 흐르고 있었다. 궁극적으로 이는 애신의 '자유'라는 가치에 영향을 미쳤다.

(1) 구동매: 소유욕의 부채와 마지막 존중으로의 전환

구동매의 사랑은 어린 시절 은혜에 대한 뒤틀린 집착에서 비롯되었으며 애신이 투사로서 날아오르는 자유를 얻는 것을 용납하지 않았다. 동매는 애신에게 "아무것도 하지 마십시오", "날아오르지 마십시오."(18화)라고 간청하며 애신의 자유를 억압해야만 자신의 사랑이 온전할 수 있다고 믿었다. 이는 상대방의 본질적 자율성을 무시했기에 그의 감정은 관계의 자산이 아닌 위험한 부채로 기록된다. 머리카락을 자르는 행위는 이 부채가 극에 달했던 순간이다.

그러나 동매는 마지막 순간 자신의 죽음을 예감하며 "애기씨는 이제 날아오르십시오"(23화)라고 읊조리듯 마지막 인사를 건넨다. 이 지점에서 그의 오랜 연정은 소유를 넘어선 숭고한 배려로 완성된다. 이 최후의 희생은 그의 사랑이 마침내 파괴적인 욕망을 빚 청산하듯 정리하고 존중으로 전환되었음을 의미한다. 비록 그 과정이 비극적이었을지언정, 그의 마지막 행동은 애신의 자유를 지지하는 최종적 헌신이었다.

회계 항목	내용	결과
자산	어린 시절 애신에게 받은 생명의 은혜와 마지막 순간의 자유 지지	그의 삶을 지탱하는 근거이자 최후의 존중
부채	애신을 안전한 곳에 묶어두려는 강렬한 소유욕	폭력과 자유 침해, 그로 인한 관계의 손실
결산	과정에서는 부채가 압도적이었으나 최후의 희생을 통해 자신의 욕망을 포기하고 애신의 자유를 지지하며 명예로운 퇴장을 선택함.	

(2) 고사홍과 승구: 의무를 수행하기 위한 능력 부여와 자산

고사홍과 승구는 애신의 삶에 가장 중요한 의무 수행 능력을 부여한 스승이자 보호자이다. 이들의 관계는 겉으로는 조선의 보수적인 가치관을 강조하는 듯 보이지만 보이지 않게 애신을 지원하며 애신이 스스로 생존하고 사명을 완수할 수 있도록 돕는다. 고사홍은 애신을 승구에게 맡기며 "기어코 간다면 더는 막을 수가 없다면 살길을 가르쳐 줘야 하는 거 아니겠는가"(2화)라며 애신에게 스스로를 지킬 능력을 부여했고 승구는 마지막에 "더는 소인의 명령을 따르지 마시고 더는 소인이 막아선다 하여도 멈추지 마십시오."(18화)라고 말하며 제자의 완전한 해방을 선언한다. 이들의 헌신은 애신을 독립된 인간으로 완성해 유진과의 대등한 관계를 맺을 수 있는 윤리적 기반을 제공했다.

회계 항목	내용	결과
자산	애신에게 '살길'을 가르치고(고사홍) '총포술'을 지도함(승구)	애신이 스스로의 삶을 책임질 수 있는 독립된 주체성 확보
부채	시대의 법도와 가문 전통을 내세운 표면적 통제	애신에게는 극복해야 할 시대적 과제로 인식된다.
결산	자산이 압도적. 애신을 독립된 인간으로 완성하게 한다.	

(3) 김희성: 비워냄의 희생과 정화 자산

김희성은 애신의 삶에 가장 큰 사회적 굴레(정혼)를 드리웠으나 그 굴레를 스스로 제거하여 애신에게 자유로운 선택의 공간을 마련해 준 인물이다. 그의 사랑은 개인적 욕망을 희생하고 상대방의 의무를 존중하는 가장 낭만적이지만 동시에 가장 덧없는 형태로 남는다. 그는 정혼자로서 애신을 소유할 수 있는 합법적 권리가 있었으나 그 권리를 포기하는 '비움'을 선택한다. 그는 "꽃을 보는 방법은 두 가지요. 꺾어서 화병에 꽂거나 꽃을 만나러 길을 나서거나."(16화)라고 말하며 소유를 거부하고 존중을 선택한다. 그는 정혼을 해지하여 가장 김희성다운 방식으로 아무것도 하지 않는 것을 선택하며 애신에게 선택의 자유라는 정화 자산을 남긴다. 그의 희생은 애신이 유진에게로 향하는 길목에서 모든 사회적 족쇄를 제거해 주었다는 점에서 중요한 선행 자산으로 기록된다.

회계 항목	내용	결과
자산	정혼 파기와 비밀 보호, 낭만적 '그림자' 자처	애신에게 사회적 의무로부터의 해방을 제공
부채	조상 대대로 이어진 '정혼'이라는 전통적 구속	애신의 발목을 잡던 시대의 족쇄
결산	김희성의 사랑은 부채를 청산하고 애신에게 선택의 자유라는 정화 자산을 남긴다.	

(4) 유진과 고애신의 최종 결산: 사명과 헌신이 빚어낸 균형

애신과 유진의 사랑은 단순한 연애 관계를 넘어 서로의 의무와 욕망을 교환하는 복잡한 윤리적 회계 과정을 거친다. 그들은 희망 없는 시대에 낭만이라는 헛된 희망을 나누다가도 현실적 의무 앞에서는 서로를 놓아주려 했고, 결국 그들의 사랑은 시대를 초월하는 숭고한 희망과 무조건적인 존중 위에 우뚝 선다.

애신은 유진에게 자신이 꿈꾸는 자유로운 미래를 건넨 적이 있다. 그것은 총성이 들리지 않는 머나먼 뉴욕의 거리를 연인과 나란히 걷는 소박하고도 간절한 상상이다. 이는 투사로서의 의무를 잠시 내려놓고 한 개인으로서 누릴 수 있는 평범한 행복을 갈구하는 찰나의 순간이다.

> (애신) 공부가 끝나면 나는 그대가 있는 곳을 향해 걷소. 어느 날에는 함께 뮤직 박스 가게에도 갔었소. 우리가 좋아하는 음이 울려 퍼지고 우리는 한참을 그 앞에 서 있소. (16화)

상상을 마친 애신은 새로 배운 서양식 작별 인사를 건넨다. "서양의 연인들은 헤어질 때 이리 인사를 한다던데 '굿바이'"(16화). 애신에게 이 단어는 그저 낯설고 신기한 새로운 인사법이었으나 유진은 그 속에 담긴 영원한 이별의 무게를 직감한다. 유진은 이를 "말고 '시유'라고 합시다"라며 이별의 말을 재회의 약속으로 바꿔 놓는다. 끝을 예감하는 순간에도 다시 만날 내일을 기약하는 유진만의 사랑 방식이다. 애신 또한 "또 봅시다"라고 기꺼이 화답하면서 두 사람의 관계는 끝이 아닌 '다시 만남'이라는 희망의 자산을 쌓아 간다.

하지만 20화에서 애신의 집안이 몰락하고 투사로서의 의무가 더욱 무거워지자 애신은 유진에게 이별을 선언한다. "난 당신이 살길 바라는 거요"라는 애신의 애달픈 진심에 유진은 "나도 내가 살려고 이러는 거요! 안 보면 죽을 것 같아서"라며 자신의 생존 근거가 애신임을 역설한다. 이어 유진은 "나한테 신세 진 거 하나도 안 갚았소. 당신이 어디에 있든 내가 다 찾아가서 받을 거니까"라며 지독한 '채권자'를 자처한다. 이는 애신을 포기하지 않겠다는 선언이자 그녀가 어디에 있든 반드시 찾아내 지켜내겠다는 동지적 연대의 약속이다. 이들은 '살길'을 두고 경쟁하듯 서로를 밀어내고 당기지만 그 경쟁의 목적은 결국 상대의 존재와 자유를 지켜내는 데 있었다. 이는 이별을 통한 소극적인 보호가 아니라, 함께 생존함으로써 서로의 희망을 지켜내려는 가장 치열한 사랑의 결산 과정이다.

애신이 일본행을 위해 유진에게 도움을 요청한 행위는 표면적으로는 '이용'이었으나 그 이면은 투사로서 사명을 완수하려는 윤리적 결단이다. 유진은 이 요청에 담긴 애신의 의도를 즉각 간파하지만 이를 기만이라 여기지 않고 오히려 자신을 온전히 내어줄 자발적 희생의 기회로 받아들인다. 그는 밀가루 위에 'LOVE'를 쓰고 반지를 내밀며 애신이 자신을 딛고 조선을 구하려 한다면 "천 번이고 만 번이고 당신 손에 꺾이겠다"(21화)고 화답한다. 이 청혼은 상대를 곁에 묶어두려는 소유의 계약이 아니라 상대가 가려는 길의 발판이 되겠다는 자발적 복종의 발언이다. '애신 초이'라는 이름은 애신의 남편이 되었다는 권리의 행사가 아니라 자신의 국적과 이름을 보호막으로 제공한 고귀한 증여에 가깝다. 유진은 연인으로서 누릴 수 있는 가장 큰 행복인 결혼을 애신의 의무를 완수하는 도구로 내어줌으로써 개인의 욕망을 사명으로 승화한다.

이렇듯 유진은 선택한 위험하고 고독한 길을 끝까지 '나란히' 걸으며 그녀의 사명을 완수하도록 돕는다. 그들의 사랑은 기약 없는 재회(See You)를 유일한 동력 삼아, 서로가 각자의 사명과 자유를 향해 꿋꿋이 나아갈 수 있도록 지지하는 고결한 연대로 완성된다. 이들의 재무제표는 개인적 욕망(결혼, 평범한 행복)의 측면에서는 '손실'일지 모르나, 한 인간으로서의 존엄과 시대적 책무라는 측면에서는 눈부신 '흑자'를 기록한다.

구분	자산 (존중과 의무)	부채 (소유와 위험)	최종결산
유진	애신의 자유와 사명 지지, 'See You'의 희망 (최고 자산)	애신과 함께하는 미래 포기	희생을 통한 윤리학적 사랑 완성
고애신	주체적 선택과 정체성 확보 (최고 자산)	사랑하는 이의 운명적 희생 감수	자유와 희망을 통한 사명의 실현

두 사람의 사랑은 상대를 소유하려는 욕망을 넘어 서로의 자유를 존중하는 윤리적 가치를 실현하며 완성에 이른다. 비록 현실에서는 이별을 맞이했으나 "또 봅시다"라는 재회의 약속은 시대의 비극을 넘어선 고결한 사랑의 증거로 남는다. 이들의 이야기는 사랑의 본질이 상대방을 내 삶의 부채로 만드는 통제가 아니라 서로가 세상을 향해 나아가도록 돕는 숭고한 자산임을 분명히 보여준다.

PART 3.

생존과 현실의 슬픔: 하층민이 읽는 감각

10장
천민의 시선:
하층민에게 조국이란 무엇인가

다음은 백정의 자식으로 태어난 구동매가 스스로의 유년 시절을 규정하는 방식이다.

> "조선에는 말이다 평민에게조차 말을 걸려면 바닥에 꿇어 엎드려 해야 하고 그마저도 먼저 말을 걸기 전까지는 입을 뗄 수도 없는 그런 자들이 있다. 조선에서는 그들을 백정이라고 한다." (3화)

그에게 조선은 유진과 마찬가지로 어머니의 비명과 자신의 치욕이 새겨진 장소다. 백정 사내들은 칼을 들었으나 누구도 벨 수 없었으므로 날마다 치욕이었고 어린 동매는 왜 자신을 낳았느냐고 어머니에게 절규해야 하는 곳이었다. 또한, 조선의 어머니들은 자식을 살리기 위해 스스로 버려지거나 혹은 목숨을 끊는 극단적인 선택을 해야 했다. 구동매의 어머니는 자신을 겁탈한 자를 죽이고 아들을 살리기 위해 모질게 내쫓는다. 그가 유년기에 경험한 이 고립과 단절, 그리고 폭력의 서사는 하층민에게 '조국'이란 무엇인가라는 질문을 던지게 한다. 태어난 땅은 보호와 안식을 제공해야 하지만 이들에게 조선은 자신을 짓밟고 심지어 부모의 사랑까지도 치욕으로 만들어버리는 근원적인 억압이었다.

보통의 삶을 거부한 실존과 폭력적 방어기제

구동매가 겪은 백정 신분은 직업적 천시를 넘어선 고통이었다. 전근대적인 신분제의 폐해를 온몸으로 감내해야 했기 때문이다. 당시에 갑오개혁으로 노비제는 법적으로 사라졌으나 사회 상층부인 양반들의 의식 속에 그 견고한 벽은 여전히 살아 있었다. 조선 사회, 특히 양반층의 의식 밑바닥에 도사린 낡은 관습은 하층민의 삶을 짓누르는 실질적인 억압으로 작동했다. 이렇듯 법망을 피해 음성적으로 잔존한 신분제의 병폐는 하층민들에게 정체를 알 수 없는 무거운 절망을 안긴다. 노비 출신인 유진과 마찬가지로 구동매에게 백정이라는 신분은 아무리 애써도 지울 수 없는 꼬리표이자 보이지 않는 악이다. 악의 정체가 뚜렷하다면 차라리 맞서 싸울 명분이라도 있겠지만 제도는 사라지고 병폐만 남은 현실은 견디기 힘든 모욕만을 안겨준다. 그래서 이들에게 조선은 자신들을 보호하기는커녕 '노비의 자식' 혹은 '백정의 핏줄'이라는 굴레만 씌우는 거추장스러운 존재에 불과하다. 조국은 결코 보호자가 아니었다. 이들의 분노가 개인적인 치욕을 넘어 자신들을 버린 국가와 민족으로 향하는 이유가 여기에 있다. 하층민의 시선으로 바라본 조국은 그저 자신들을 천시하고 짓밟는 '굴욕의 땅'일 뿐이다. 이러한 분노와 냉소는 구동매가 자신을 억압한 세상을 향해 휘두르는 잔혹한 칼날의 배경이 된다. 그러므로 그에게 복수란 단순한 감정 풀이가 아니다. 자신을 억압한 조선이라는 거대한 체제 자체를 부정하고 저항하는 처절한 몸부림인 셈이다.

구동매의 유년 시절은 보통 사람의 삶이 허용되지 않는 세계를 일찍 알아버린 충격과 외상의 연속이었다. 어린 동매는 어머니의 희생적이면서도 냉정한 행위를 통해 보통 사람이 된다는 것이 얼마나 어려운 일인지, 어쩌면 아예 불가능한 일인지도 모른다는 사실을 깨닫게 된다. 하층민에게 있어 '보통의 삶'이란 환상에 불과하다. 그들이 보는 세상의 논리는 상층민들의 위선으로 가득하다.

> "보통 사람이 보통으로 노력하면 보통의 생활을 할 수 있는 세상이 되었다. 이 얼마나 대견스러운가. 그럴듯한 사상이다. 그러나… 세상엔 보통 사람이 되려고 해도 보통 사람으로 될 수 없는 부류가 수두룩하게 있다."[1]

이 자조 섞인 고백에는 하층민의 처절한 내면이 고스란히 담겨 있다. 흔히 세상을 살아가는 논리로 '보통 사람'을 들먹이지만, 정작 이들의 마음을 할퀴는 것은 그 '보통'이라는 말의 정체다. 대체 어떤 부류를 보통 사람이라 부르는지, 어느 정도 노력을 기울여야 보통이라 인정받는지, 보통의 삶이란 구체적으로 무엇을 말하는지 이들로서는 도저히 알 길이 없기 때문이다. 결국, 이들에게 '보통'이란 결코 닿을 수 없는 기만적인 경계선이며, 자신들을 영원히 변두리로 밀어내는 소외의 장치일 뿐이다.

그러므로 평범한 사람으로 살 수 없다는 존재론적 절망을 깨달은 구동매는 조선 사회의 가치체계를 그저 허황되고 비합리적인 꿈으로 치부할 수밖에 없다. 그는 인간 세상의 복잡하고 위선적인 법도보다, 차라리 약육강식의 법칙만이 지배하는 야생의 세계가 훨씬 더 합리적이라고 믿었을 것이다.

---

1) 이병주, 『별이 차가운 밤에』, 문학의 숲, 2009, p.8.

“인생론이 과학科學이 되려면 동물학動物學의 차원으로 되돌아가야 한다. 동물학에선 ‘보통의 동물’ 이란 개념이 있을 수가 없다.”[2]

　동매와 같은 천민의 입장에서 이러한 냉소는 조선의 인간 사회가 자신을 천시하는 엉뚱한 가치체계를 세우고 있다고 비판하는 것이다. 이들에게 인간의 윤리란 강자가 약자를 통제하기 위해 만든 허울 좋은 규칙에 불과하며 인간 이전의 냉철한 생존 법칙만이 진실이라고 본다. 구동매가 일본의 낭인 조직에서 무자비한 힘으로 자신의 존재를 구축하는 것은 이처럼 조선 사회에서 경험한 비합리적 시스템에 대한 가장 명확한 응답이다. 그의 삶은 인간의 도덕을 거부하고 생존 그 자체만을 유일한 가치로 삼는 처절한 실존이다.
　구동매가 조선을 떠난 후 오랜 세월을 거쳐 돌아와 제일 처음 한 일은 자신이 도망친 백정의 자식임을 알리는 일이었다. 그리고 이어진 다음과 같은 말은 그의 새로운 정체성이다.

“나는 내 아비와는 달리 누구든 벨 수 있으니까.” (3화)

　그는 칼을 들고도 치욕을 견뎌야 했던 아버지의 운명을 거부하고 자신에게 모욕을 주었던 동네 사람들을 찾아가 차라리 죽는 게 낫다 싶게 불구를 만든다. 이러한 복수 행위는 단순한 폭력이 아니라 보통 사람이 될 수 없는 존재의 심연을 알아버린 이들이 자신의 가치를 스스로 확립하려는 어긋난 방식이었다.
　구동매는 자신을 버린 조국 조선 대신, 역설적이게도 적국인 일본에서 새로운 삶의 근거를 찾는다. 조선이 그에게 지울 수 없는 신분의 굴레를 씌웠다면 일본은 오직 힘의 논리만이 지배하는 냉혹한 생존의 터전

---

2) 이병주. 앞의 책, pp.8-9.

이다. 그곳에서 그는 백정이라는 꼬리표를 떼어내고 칼 한 자루에 의지해 자신의 존재를 증명할 수 있었다. 그에게 일본은 친밀한 우방이라기보다 자신을 억압하던 조선의 질서를 무너뜨리고 힘을 얻게 해준 기회의 땅이자 피난처이다. 그는 어쩌면 다음과 같이 비정한 결론에 이를지도 모른다.

> "나는 일본인의 혜택을 입긴 했어도 일본인으로부터 손해당한 일은 없기 때문이다. 노비의 자식들은 일본이 조선을 합병하는 일이 없었더라면 아직도 노비세도에서 벗어나지 못했을 것이라고까지 생각하게 된다."[3]

구동매의 누구든 벨 수 있는 칼은 곧 조선이 부여한 족쇄를 끊어내고 스스로의 존재를 증명하려는 하층민의 자의식이자 생존 그 자체였다. 그의 반일이나 항일에 대한 거부는 이러한 처세지향적 사고관과 현실주의적 사고에 뿌리를 둔다. 그는 독립이나 자유 같은 거대 담론을 내세우는 양반들의 사유에 대해서는 생각할 여유도 없었을뿐더러 자신과는 상관없는 일이라 여길 수밖에 없다. 그에게 중요한 것은 이상적인 이념이 아니라 눈앞의 생존과 개인의 현실적 승리였기 때문이다.

하지만 유년기의 처참한 기억은 칼끝으로 세상을 호령하는 지금에 이르러서도 지울 수 없는 백정이라는 자격지심으로 남아 그의 마음 깊은 곳을 짓누른다. 일본의 낭인 조직에서 무자비한 힘으로 자신의 존재를 구축하고 누구든 벨 수 있는 칼로 과거 자신에게 모욕을 주었던 이들에게 잔혹하게 복수하는 행위는 겉으로는 조선이라는 억압적 시스템에 대한 전면적인 부정이며 저항으로 보인다. 그러나 그의 행동과 언어를 자세히 들여다보면 그가 획득한 폭력적인 힘이 실제로는 과거의 굴레를 끊어

---

3) 이병주, 앞의 책, p.237.

낸 것이 아니라 그의 내면에 깊이 새겨진 열등감과 노예근성을 끊임없이 확인하고 반응하는 방어기제로 작동하고 있음을 알 수 있다. 그의 실존은 인간 이전의 냉철한 생존 법칙만이 진실이라고 보지만 정작 그는 조선 사회가 부여했던 꼬리표에서 완전히 벗어나지 못하는 모순적인 존재인 것이다.

구동매가 조선으로 돌아와 고애신과 재회하는 장면과 함안댁과의 짧은 대화는 그의 신분적 열등감이 얼마나 취약하고 민감한지를 여실히 보여준다. 함안댁이 그를 알아보며 "아 그때 그 백정 놈이구먼!"(4화)라고 무심코 던진 한 마디는 구동매가 폭력을 통해 쌓아 올린 모든 지위와 힘을 한순간에 허물어뜨린다. 그는 곧바로 날 선 자기방어로 반응한다.

> (동매) 부모가 백정이었지요. 소인 놈이 아니라 저도 칼을 잡긴 하나
> 전 소, 돼지 말고 다른 걸 벱니다, 아주머니 (4화)

이 대답에는 자신의 현재 신분이나 직업을 설명하는 것을 넘어선 복합적인 심리가 담겨 있다. 소인 놈이 아니라는 조용한 협박은 백정이라는 꼬리표를 자신으로부터 필사적으로 분리하려는 노력이다. 그는 이제는 천한 백정이 아님을 강력하게 주장하는 것이다. 이는 제도로서의 굴레는 벗었지만, 여전히 양반의 의식 속에 남아 있는 신분제라는 '보이지 않는 악'에 대한 그의 공포와 거부감이다. 그는 폭력과 힘으로 보통의 삶의 가치체계를 거부하고 독자적인 실존을 구축했지만 결국 함안댁의 말 한마디 앞에서 자신의 정체성이 여전히 백정의 자식이라는 굴레에 갇혀 있음을 보여준다.

특히 "소, 돼지 말고 다른 걸 벱니다"라는 말은 칼을 들고도 치욕을 견뎌야 했던 아버지의 운명을 거부하고 자신이 이제는 "누구든 벨 수 있는" 강자임을 과시하는 말이다. 이 과시는 획득한 힘에 대한 자신감의 표

현이라기보다는 노골적인 언어를 통해 자신의 상처를 건드린 이에 대한 공격이자, 자신이 천민이 아니라고 타인에게 강요하는 열등감의 폭력적인 발현이다. 그러므로 그의 폭력적인 힘은 진정한 자유와 자존감을 확보하는 수단이기보다는 과거의 치욕을 덮어 가리기 위한 불안정한 자기 위로에 불과한 것이다.

구동매에게 고애신은 조선을 떠나기 전 자신을 백정의 자식이 아닌 '사람'으로 보아주었던 유일한 존재이자 보통의 삶이라는 환상을 가능하게 했던 통로이다. 그는 세상 모두가 자신을 두려워함에도 불구하고 오직 고애신의 시선에서만큼은 자신의 백정 꼬리표가 완전히 지워졌는지 확인받고 싶어 한다.

> (동매) 세상이 변했습니다. 애기씨. 조선 바닥에선 제 눈치 안 보는 어르신들이 없습니다. 한데, 애기씨 눈에는 전 여직 천한 백정 놈인가 봅니다. (4화)

애신에게 이러한 항변을 하는 것은 하층민의 자기 확인이다. 그는 조선의 지배자들이 내세우는 보통이라는 개념을 위선으로 치부하고 기존의 가치체계를 비합리적인 것으로 부정했지만 정작 자신의 가치를 확인받는 최후의 시험대에서는 가장 고귀한 신분인 '애기씨'의 시선을 필요로 한다. 이는 신분 질서를 힘으로 짓밟으려 했던 그가, 역설적으로 그 강고한 체제에 여전히 마음을 기대고 있다는 사실을 드러낸다. 스스로를 종놈이라 비하하던 과거의 굴레에서 그가 여전히 자유롭지 못하다는 점을 이보다 더 명확히 보여주는 대목은 없다. 다시 말해 그의 자존감은 여전히 그가 벗어나려 했던 가치체계의 중심에 있는 인물의 판단에 묶여 있는 것이다. 그러나 애신의 대답은 구동매가 애써 외면했던 이러한 진실을 직시하게 만든다.

애신은 그의 신분적 굴레는 의식하지 않지만 그를 경멸하는 이유가
그가 '변절자'이기 때문임을 정확하게 알린다. 이 대답은 구동매에게 이
중적인 충격을 안긴다. 첫째, 그가 폭력과 처세지향적 사고관으로 극복하
고자 했던 백정이라는 신분적 열등감은 문제가 되지 않는다. 둘째, 그러
나 그 굴레를 벗기 위해 선택한 수단과 방향(일본인으로서 조선을 짓밟
는 행위)이 그에게 변절자라는 새로운 윤리적 낙인을 찍는다.

이는 그의 처세지향적 사고관이 낳은 실존적 실패이다. 구동매는 이
상적인 이념 대신 눈앞의 생존과 개인의 현실적 승리를 유일한 가치로
삼았으며 일본이라는 외부의 힘으로 조선의 시스템에 저항하려 했다. 그
러나 가장 중요한 사람인 고애신의 시선 앞에서, 그의 처절한 실존은 끝
내 노예근성을 벗지 못한 채 조국을 배신한 자라는 더 큰 굴욕의 꼬리표
로 귀결된다. 그는 '백정 놈'이라는 과거의 굴레를 끊어냈다고 믿었으나
가장 소중한 사람 앞에서 여전히 자기 비하의 심연으로 남는다.

인간의 존엄을 훼손하는 위계질서, 그 길고 어두운 터널

이렇듯 구동매의 폭력적인 실존은 천민 출신이 겪는 존재론적 치욕
과 열등감의 극단적인 발현이다. 하지만 이러한 신분적 열등감과 그로
인한 자기 비하는 비단 구동매에게만 국한되는 문제가 아니다. 조선이라
는 전근대적인 신분 제도의 잔재가 근대의 격랑 속에서도 여전히 깊숙이
뿌리내리고 있는 현실은 정도의 차이만 있을 뿐, 유진, 이완익, 심지어 양
반인 고애신까지도 이 굴레에서 완전히 자유롭지 않다. 세상은 변했지만

사람들의 의식과 내면의 자의식은 여전히 과거에 묶여 있기 때문이다.

유진은 노비 신분에서 미군 대위가 되어 금의환향한, 신분 상승의 가장 성공적인 사례로 꼽힌다. 그러나 그의 내면에는 어린 시절의 트라우마와 함께 종놈이라는 꼬리표가 깊이 각인되어 있다. 어린 시절 김판서의 지시로 아버지를 멍석에 말아 무자비하게 구타하던 종을 재회했을 때, 자신에게 던졌던 비수 같은 말은 그가 아무리 미합중국 해병대 대위의 제복을 입고 조선 땅을 밟아도 떨쳐낼 수 없는 그림자이다.

"법으로야 없앴다지만 천것들은 천것이여. 종놈으로 난 놈은 여직 종놈이다." (6화)

이 말은 유진이 조선에 돌아온 후 그의 삶을 관통하는 내면의 목소리이다. 그는 외세의 힘을 빌려 신분적 제약을 완전히 벗어났다고 믿지만, 조선의 양반이나 심지어 과거 자신을 억압했던 천민들까지도 여전히 그를 천것으로 규정할 수 있다는 불안을 품고 산다. 이러한 자의식의 번뇌는 극 초반의 고애신과의 관계에서도 극명하게 드러난다. 유진은 애신이 자신에게 조선에선 그 어떤 사내도 감히 나를 노상에 이리 세워 놓을 순 없다고 했던 말을 회상하며 깊이 번뇌한다. 유진이 애신과의 만남에서 느끼는 불안과 망설임은 단순히 신분 차이 때문이 아니다. 그는 애신이라는 하늘 같은 양반 규수 앞에서 자신이 결국 종놈으로 난 놈이라는 내면의 열등감을 재확인하니 두려움을 느끼는 것이다. 그의 굳건해 보이는 외면과 달리 애신과의 관계에서는 자신의 정체성이 다시금 종속될 위험을 감지하고 고통스러워한다.

나아가, 유진이 미군 상사인 카일과 함께 즐겨 먹는 닭백숙 장면은 다층적인 의미를 지닌다. 닭백숙은 그가 종의 신분일 때는 감히 입에 댈 수도 없었던 상층민의 음식이었다. 이제 그는 충분히 그 음식을 먹을 수 있는 지위와 경제력을 가졌기 때문에 카일과 함께 이 음식을 나누는 행위는 현재의 풍요와 성공을 의미한다. 이 장면은 한편으로는 오랜 열등감을 극복한 따뜻한 순간으로 해석될 여지가 충분하다. 과거의 치욕을 뒤로하고, 상사이자 친구인 미국인과 함께 고급 음식을 나누며 평등하게 소통하는 모습은 유진이 획득한 개인의 존엄성을 드러내기 때문이다.

그러나 그가 조선 땅에서 닭백숙을 먹는 이 장면은 한편으로는 과거의 치욕과 결핍을 메우려는 보상 심리이기도 하다. 이 음식은 그가 거둔 승리의 기록과도 같다. 그는 양반의 음식을 탐하며 과거의 비천한 신분을 씻어내고 자신의 달라진 위상을 실제로 경험한다. 신분적 굴레를 끊어낸 해방감과 함께 여전히 과거의 상처가 남긴 결핍을 채워야 한다는 내면의 불안정성이 교차하는 지점을 보여주는 장면인 것이다. 유진의 성공은 개인의 노력과 시대의 운이 맞물린 결과이지만 그 성공이 가져온 풍요와 지위조차도 종놈이라는 과거의 굴레에서 비롯된 번뇌를 완전히 해소하지 못한다.

역시나 천민 출신으로 권력을 잡은 이완익은 구동매와 마찬가지로 신분적 굴레를 힘으로 극복하려 했던 인물이다. 그가 조선을 배신하고 일본 세력에 편승하여 고위직에 오르는 것은 그 역시 조선이라는 시스템이 자신을 천시하고 배제하는 비합리적인 가치체계라고 규정했기 때문이다. 이완익이 자신을 무시하는 세도가의 양반 이세훈의 뺨을 때리는 장면은 세상이 달라진 양상을 극적으로 보여준다. 과거에는 상상도 할 수 없었던 천민 출신 관리가 양반을 폭력적으로 징벌하는 이 행위는 근대의 전환기 속에서 신분 질서가 붕괴하고 있는 현실을 드러내는 동시에 이완익이 획득한 권력이 얼마나 폭력적이고 위태로운가를 시사한다.

또한, 이 폭력적인 행위의 이면에는 이완익이 여전히 신분적 열등감에서 자유롭지 못하다는 의미도 내재되어 있다. 그는 정책적 대립이나 권력 다툼으로 세훈을 징벌하는 것이 아니라 자신이 무시당했던 과거의 기억과 감정을 폭력으로 보상받으려 하기 때문이다. 이는 이완익이 비록 최고의 권력을 쥐었을지언정 그의 정신은 여전히 천민 시절의 치욕에 묶여 있으며 자신의 가치를 증명하는 유일한 방식을 폭력적인 복수에서 찾는다는 것을 의미한다. 그가 획득한 권력은 조선의 신분제를 완전히 파괴하고 평등한 근대 사회를 건설하는 데 쓰이지 않는다. 오히려 과거의 열등감을 해소하고 자신을 짓밟았던 이들에게 보복하는 데 쓰인다는 점에서 그의 내면 역시 종놈 근성이라는 굴레에서 벗어나지 못한 채 권력의 노예가 되었음을 알 수 있다.

한편, 근대적 변화는 계급 해방의 기회를 제공했지만 동시에 과거의 신분 의식이 새로운 옷을 입고 재생산되는 양상을 낳았다. 특히 여성들이 모여 노름을 하는 비공식적인 공간에서조차 신분제의 잔재가 얼마나 집요하게 작동하는지를 볼 수 있다. 노비 출신이었던 계향이 양장을 하고 나타나 고애신의 사촌 언니인 애순과 대립하는 장면은 이를 단적으로 드러낸다. 계향은 한복을 입은 애순을 근대적인 개화라는 잣대를 이용해 조롱한다. 그러나 애순 역시 계향의 옷차림을 지적하면서 그의 천한 출신과 근본을 비꼰다. 여기서 계향의 핵심적인 반발은 다음과 같다.

(계향) 투전판에 반상의 구별이 있을 것도 아니고 어찌하여 꼬박꼬박 이년 저년인지 모르겠네. (5화)

앞에서 언급한 유진이 애신에게 미국의 총은 상놈 양반 가리지 않는다는 말과 비슷한 맥락으로 계향은 투전판이라는 사적인 공간에서만큼은 반상의 구별이 의미 없다고 주장하며 근대적 평등 의식과 해방감을 드러낸다. 노름이라는 행위 자체가 모든 사회적 지위를 잠시 멈추고 돈과 운에 의해 지배되는 일시적 평등의 공간을 창출하기 때문이다. 그러나 애순은 이 비공식적인 공간에서조차 계향을 "네년", "이년"이라 부르며 천민에 대한 멸시를 멈추지 않는다. 이 장면은 법적으로 신분제가 폐지되었어도 양반 계층의 의식 속에 천민에 대한 구별과 천시가 얼마나 깊이 뿌리내려 있는지를 보여준다. 계향이 양장으로 신분을 포장하고 개화라는 새로운 이념을 무기로 내세워도 애순은 언어폭력과 계급적 멸시로 그가 가진 근원적인 천민의 꼬리표를 끊임없이 재확인시킨다. 이처럼 여성들의 사적 공간에서 벌어진 계급 갈등은 신분 해방의 시대에조차 하층민이 획득한 물질적, 형식적 변화가 사회적 인식과 언어적 폭력 앞에서 얼마나 무력해질 수 있는지를 생생하게 보여준다.

이러한 신분적 차별은 천민에게만 적용되는 굴레가 아니었다. 양반 계층 내부에서도 가문, 적통, 심지어 혼인 관계를 통한 미묘한 계급 구분이 존재했으며 이는 고애신과 그녀의 사촌 언니 애순과의 관계에서 드러난다. 고애신의 부모님은 조선의 자주적 근대화 및 개혁을 추진하던 개화파 지식인이었으나 일본의 조선 침탈에 반대하는 노선을 취하다가 친일파에 의해 암살당했다. 고애신은 이러한 비극적인 배경을 안고 명문가의 적통으로 태어났다. 그러나 부모가 세상을 떠난 후 홀로 남겨진 그녀는 사촌 언니 애순에게 끊임없이 ‘근본’에 대한 공격을 당한다. 『미스터 션샤인』 6회에서 애순은 애신의 부모가 정식 혼례를 거치지 않은 점을 꼬집어 애신을 근본도 없는 년이라고 모욕한다. 애순이 휘두르는 이 폭력은 유진이나 동매가 겪었던 천민으로서의 신분 차별이 아니라 양반 내부에서 적통 여부나 가문의 절차적 정당성을 잣대로 삼아 상대를 깎아내리고 자신의 우위를 확보하려는 계급적 폭력이다. 애순은 “너랑 나랑은 하늘과 땅 차이”라는 말로 자신의 사촌 동생에게조차 신분적 우월감을 과시하고 그녀를 종처럼 부리려 한다. 고애신은 겉으로는 “하늘 같은 언니가 못 하시는 걸 제가 무슨 수로요?”라며 냉소적으로 받아치지만 이러한 끊임없는 모욕은 그녀의 내면에 상처를 남긴다. 양반의 지위를 가진 그녀조차도 가문의 근본을 들먹이는 폭력 앞에서 자신의 존엄성을 방어해야 하는 상황에 놓이는 것이다. 이 장면은 조선의 신분제가 얼마나 다층적이고 복잡한 억압 구조였는지를 보여준다. 가장 높은 계층에 속한 인물들조차 사소한 결함이나 차이를 통해 서로를 배제하고 천시한다. 이는 구동매나 유진이 겪었던 천민의 열등감과는 또 다른 형태의 존엄의 훼손이다.

결론적으로, 구동매가 복수와 폭력을 통해 열등감을 표출하는 것뿐 아니라 유진의 닭백숙과 애신과의 번뇌, 이완익이 이세훈의 뺨을 때리는 것, 그리고 애순이 애신을 근본 없는 년이라는 모욕하는 장면은 모두 근대 전환기 조선 사회가 여전히 신분적 굴레와 열등감에서 벗어나기는 어려웠다는 현실을 보여준다. 법과 제도가 바뀌어도 사람들의 의식과 자의식은 쉽게 변하지 않으며 이들은 각자의 위치에서 과거의 치욕을 벗어나기 위해 고군분투하거나 혹은 과거의 방식을 답습하며 또 다른 형태의 차별과 억압을 재생산하고 있는 것이다. 이는 단순한 신분제의 문제가 아니다. 인간의 존엄성을 훼손하며 공고히 다져진 폭력적인 위계질서가 한 사회의 의식 밑바닥에 얼마나 지독하게 뿌리 내리고 있는지, 그리고 그것을 뿌리 뽑는 일이 얼마나 지난한 과제인지를 여실히 보여준다.

하층민에게 '조국이란 무엇인가' 다시 질문하기

다시 이 장의 처음 돌아오면 결국, 하층민에게 '조국이란 무엇인가'라는 질문은 과거의 신분제 논의에 머무르지 않는다. 구동매와 유진에게 조선은 자신을 짓밟고 부모의 사랑마저 치욕으로 만든 곳이었다. 이들이 조국을 배신하거나 방관했던 이유는 조국이 그들에게 단 한 번도 보호자인 적이 없었기 때문이다. 하층민에게 조국이 의미를 가지려면 국가는 존재하기만 하는 것이 아니라 개별적인 인간의 존엄을 실질적으로 보전하는 울타리가 되어야 한다. 시대가 변해 현대 사회는 하층민을 위한 복지 개념과 법적 평등을 갖추었으나 여전히 경제적 신분이나 보이지 않는 사회적 낙인에 의한 소외는 계속되고 있다. 조국이 '나의 것'이 되기 위해서는 그 사회가 구성원 개개인의 결핍과 상처를 보듬고 신분이나 근본을 묻는 폭력적인 시선으로부터 그들을 보호할 수 있어야 한다.

현대에도 이 질문은 여전히 유효하다. 국가가 소외된 이들에게 진정한 안식처가 되지 못할 때, 그들에게 조국은 여전히 언제든 등 돌릴 수 있는 거추장스러운 존재에 불과할지도 모른다. 우리가 이들을 통해 얻어야 할 교훈은 진정한 조국이란 거창한 이념이 아니라 평범한 사람들이 보통의 삶을 영위할 수 있도록 보장하는 존엄의 공간이어야 한다는 사실이다.

11장
불안의 원가:
우리가 지불하는 '보이지 않는 세금'을 관리하는 법

"불안은 영혼을 잠식한다."는 어느 유명 가수의 노랫말처럼 불안은 우리 삶의 기반을 흔들고 영혼의 에너지를 끊임없이 갉아먹는 무형의 침입자이다. 인생을 경영하는 관점에서 볼 때 불안은 보이지 않지만, 반드시 지불해야만 하는 '보이지 않는 세금'과 같다. 특히 어린 시절, 세상이 안전하지 않다는 것을 뼈저리게 경험한 이들에게 이 세금은 선택이 아닌 생존을 위한 가혹한 기본값이 된다.

『미스터 션샤인』의 구동매는 이 불안의 세금을 전 생애에 걸쳐 가장 비싼 이자로 지불하며 살아온 인물이다. 그는 백정의 아들로 태어났다. 갓 태어난 아이가 마땅히 누려야 할 세계의 환대 대신 그를 맞이한 것은 짐승 취급과 이유 없는 매질이었다. 자신의 부모가 사람들에게 두드려 맞는 장면을 무력하게 지켜봐야 했던 소년에게 세상은 온통 적의로 가득 찬 곳이다. 그 공포의 기억은 동매의 내면에 깊은 구멍을 냈고 그 구멍을 채운 것은 언제든 내가 먼저 베지 않으면 베일 것이라는 불안이었다.

나를 살게 했던 그 '한 순간'의 빛을 기억하다

불안을 잠재우기 위해 동매가 선택한 방법은 역설적이게도 더 큰 폭력이었다. 일본 낭인 조직인 무신회의 거친 외피를 입고 날 선 칼을 휘두르며 타인의 공포를 자아내는 것. 그것은 타인에게 자신의 불안을 전가함으로써 비로소 자신의 존재를 확인받으려는 몸부림이다. 칼을 쥔 손에 힘을 줄수록 그의 불안은 잠시 잦아드는 듯했으나 그가 지불해야 할 삶의 원가는 점점 더 무거워져만 갔다. 그러나 동매의 마음 한구석에는 그 무거운 불안의 원가를 단번에 상쇄하는 '결정적인 한 순간'이 박제되어 있다. 그것은 공포로 가득 찬 세상에서 유일하게 따뜻했던, 애신과의 만남이다. 그 찰나의 기억은 동매가 지옥 같은 현실 속에서도 인간으로서의 자각을 놓지 않게 하는 유일한 자본이 된다.

『미스터 션샤인』 4화에서 동매가 저잣거리에 앉아 애신이 사 먹었던 눈깔사탕을 사 먹으며 과거를 회상하는 장면은 매우 인상적이다. 입안에서 천천히 굴러가는 사탕의 달콤함은 그가 처한 비릿하고 살벌한 현실과 극명하게 대비된다. 사탕을 깨물 때마다 떠오르는 것은 자신을 위해 가마의 한쪽을 내어주었던 어린 애신의 눈빛이다. 그 달콤함은 단순히 설탕의 맛이 아니라 평생 처음 맛보았던 '인간다운 대접'의 맛이었을 것이다. 사람들의 매질을 피해 도망치던 어린 동매를 제 가마에 태워준 애신은, 겁에 질린 소년에게 말한다. "사람 목숨은 귀하다고 했다." 누구의 가르침이냐는 동매의 물음에 애신은 덤덤히 "공자님께서"라고 답한다. 비천한 신분이라는 낙인 아래 자신을 짐승이라 여기던 소년이, 평생 처음으로 자신의 생을 귀하게 여기는 시선을 마주하는 순간이다. 공자님이 누구인지도 모르는 소년에게 그 말은 구원인 동시에 거대한 혼란이었을 것이다. 그 순간 동매는 자신의 피 묻은 입술을 애신의 비단 치마에 문지르며 독설을 내뱉는다. "호강에 겨운 양반 계집." 이것은 감사함의 서툰 표현인 동시에, 결코 닿을 수 없는 신분적 거리감에 직면한 이의 비틀린 연정이다. 그는 그녀의 치마를 더럽힘으로써 자신의 존재를 그녀의 기억에 새기고 싶어 했다.

심리학적으로 볼 때, 인간의 뇌는 고통스러운 기억을 우선적으로 저장하지만, 그 고통을 압도하는 단 한 번의 강렬한 선의는 생존의 이유가 된다. 동매에게 그 가마 안에서의 찰나적인 기억은 일본에서 낭인이 되어 수많은 목숨을 앗아가는 순간에도 그를 괴물로만 남지 않게 붙들어준 유일한 희망이었다. 그는 그 찰나를 먹고 자랐으며 그 찰나를 다시 만나기 위해 조선으로 돌아온다. 6화에서 한성 지물포 선반 아래 떨어진 물건을 줍다 애신의 치맛자락을 잡는 동매의 손길은 위태롭고 절박하다. 낭인으로서 위세를 떨치던 그가 애신 앞에서만큼은 물건을 함께 줍는 사소한 행동을 따라 한다. 그러다 우연인 듯 필연인 듯 그의 손이 애신의 치마에 닿고 그는 그 치마를 놓지 않는다. 그러면서 동매는 "애기씨, 제가 조선에 왜 돌아왔는지 아십니까? 겨우 한 번, 그 한 순간 때문에 백 번을 돌아서도 이 길 하나뿐입니다, 애기씨."(6화)라고 고백한다. 그 순간 동매의 머릿속에는 어린 시절 자신을 가마에 태웠던 애신과 자신이 살기 위해 사람을 죽여야 했던 수많은 세월이 교차했을 것이다.

동매는 알고 있다. 자신이 걷는 길이 결국 피비린내 나는 파멸의 길임을. 하지만 그 한 순간의 기억이 그에게 심어준 희망은 독이자 약이 되어 그를 애신의 주변으로 끊임없이 이끈다. 불안이라는 세금을 내며 살아가는 사람들에게 희망은 때로 가장 고통스러운 형벌이 되기도 한다. 닿을 수 없는 사람을 연모하고 그 사람을 지키기 위해 자신을 더 위험한 곳으로 내몰아야 하기 때문이다. 하지만 그는 멈추지 않는다. 불안을 관리하는 동매의 방식은 회피가 아닌 직면이다. 자신이 상처받을 것을 알면서도 그 치맛자락 끝에 매달린 기억을 부여잡고 삶을 지속하는 것. 그것이 그가 지불하는 불안의 원가이며 그가 살아있음을 느끼는 유일한 증거다.

그러므로 앞에서도 언급했던, 동매가 애신의 머리카락을 자르는 행위 (19화)는 그의 내면에 쌓인 불안과 희망이 충돌하여 폭발한 비극적 정점 이다. 의병 활동으로 목숨이 위태로운 길을 걷는 애신을 보며 동매는 극 한의 공포를 느낀다. 그녀를 잃을지도 모른다는 불안은 동매가 평생 치 러온 그 어떤 세금보다 무거웠고 결국 그는 그녀를 멈추게 하기 위해 그 녀의 머리카락을 벤다. 하지만 이는 애신의 입장에서는 자신의 신념과 정체성을 난도질당한 수치스러운 폭력이었다.

> (동매) 그때 저를 살리는 바람에 희망 같은 게 생겼지 맙니까. 그 희망
> 이 지금 애기씨의 머리카락을 잘랐습니다. 하니 애기씨 잘못입니다. (19
> 화)

하지만 이에 대한 애신의 대답은 동매의 기대와는 전혀 다른 방향으 로 흐른다. 그녀는 동매의 비틀린 연정이나 구차한 변명을 받아주지 않 는다. 오히려 동매가 베어버린 자신의 선의와 의병으로서의 걸음을 꾸짖 으며 매섭게 선을 긋는다. "다시 그 순간이 와도 살릴 것"이라는 말은 동 매라는 개인에 대한 애정이 아니라 생명을 귀하게 여기는 자신의 고결한 신념이 어떠한 순간에도 굴절되지 않음을 드러낸 것이다. 동시에 애신은 동매와의 관계에도 단호하게 선을 긋는다. 나를 이해하려 들지도, 감히 염려하지도 말고 그저 예전처럼 "호강에 겨운 양반 계집"으로만 대하라 는 것. 이는 동매가 품은 헛된 희망에 자비 없는 마침표를 찍는 행위인 동시에 백정이었던 그가 일본의 칼잡이가 되어 돌아와 자신을 욕보인 것 에 대해 인간적인 도리를 다하라는 꾸짖음이다. 동매는 이 단호한 거절 앞에서 자신의 불안이 만든 희망이 얼마나 이기적인 것이었는지를 직면 한다. 그는 그녀를 소유하거나 구원하려 했으나 애신은 오히려 그를 자 신의 도덕적 세계관 아래 굴복시키며 그에게 인간으로서 지켜야 할 최소

한의 경계와 예의를 가르친다.

우리는 모두 저마다의 보이지 않는 세금을 내며 산다. 과거의 상처, 미래에 대한 불확실성, 관계의 소외감 등 불안은 다양한 이름으로 우리를 잠식한다. 하지만 구동매의 삶이 우리에게 주는 통찰은 명확하다. 모든 사람에게는 생을 지탱하게 하는 결정적인 '한순간'이 있다는 것이다. 동매가 마주한 이 결정적 순간은 인간 내면의 변화를 설명하는 두 가지 시선으로 읽어낼 수 있다. 우선, 그는 짐승과 같은 삶 속에서 자아의 존엄을 일깨우는 강렬한 '절정 경험'을 한다. 이러한 찰나의 기억은 한 개인의 세계관을 뿌리째 뒤흔드는 강력한 힘을 지닌다는 것. 또한, 우리의 기억이 과거의 고통스러운 총합이 아니라 가장 강렬했던 순간의 감정을 중심으로 재편된다는 점에 주목할 필요가 있다. 다니엘 카너먼이 제시한 '정점-결말 원칙'[1]처럼, 동매에게 평생의 고통보다 더 선명하게 각인된 것은 자신을 사람으로 보아준 그 짧은 순간의 환대였다. 구동매가 견뎌온 수십 년의 멸시와 칼날의 시간은 그 자체로 경험하는 자아의 고통이었을 것이다. 하지만 그의 기억하는 자아는 가마 안에서 애신과 만난 그 찰나를 생의 정점으로 기록했다. 그 정점의 기억이 너무나 강렬했기에 그는 그 이후의 모든 불안이라는 원가를 기꺼이 지불하며 삶을 지속할 수 있었다.

이렇듯 불안을 관리한다는 것은 그 불안을 완전히 없애는 것이 아니다. 오히려 그 불안의 소음 속에서도 나를 살게 했던 그 '한순간'의 빛을 기억해내는 일이다. 동매가 그 지독한 차별과 멸시 속에서도 끝내 인간의 품격을 잃지 않고 애신을 지키려 했던 것처럼 우리 역시 우리 안의 '가마 안의 기억'을 찾아내야 한다. 백 번을 돌아가도 결국 사랑과 선의를 향해 걷게 만드는 그 힘이야말로 우리가 지불하는 불안의 세금을 견디게 하고 마침내 우리를 진정한 삶의 주인으로 세워주는 원동력이 된다.

---

1) 다니엘 카너먼 저, 이진용 역, 『생각에 관한 생각』, 김영사, 2012, 513-518쪽.

동매에게 애신이 그러했듯 당신의 삶을 지탱하는 그 '한순간'은 언제였는가. 결국, 그 찰나의 교감은 영혼을 잇는 '신뢰'가 어떻게 한 인간의 불안을 잠재우는 해독제가 되는지 명확히 드러낸다. 구동매가 인생의 초반부에 지불했던 불안의 원가는 타인에게 공포를 심어 자신을 지키는 고립된 생존이었다. 하지만 애신이라는 결정적인 한순간이 심어준 희망의 씨앗은 동매의 메마른 내면에 깊은 파동을 일으킨다. 비록 그 연정이 비틀린 모습으로 표출될지라도, 단 한 사람에게 받은 존중은 그가 냉혹한 칼잡이의 가면 뒤에 숨겨둔 인간성을 끝내 포기하지 않게 만드는 최후의 보루가 된다.

이러한 동매의 내면적 기질은 그가 이끄는 무신회 수하들과의 관계에서 더욱 선명하게 확인된다. 사실 이들과의 신뢰는 애신을 만나기 전부터 이미 단단히 뿌리 내리고 있었다. 무신회 한성 지부의 사내들은 일본이라는 국가나 조직이 아닌, '구동매'라는 개인에게 충성한다. 동매 역시 부하들을 소모품으로 대하지 않고 자신처럼 멸시와 불안을 견뎌내는 한 인간으로 마주해왔기 때문이다. 이처럼 무신회 사내들이 끝까지 동매의 곁을 지킨 비결은 조직의 논리를 압도하는 '신뢰'의 힘에 있다. 이들은 명분이 아닌 사람을 보고 움직이며 죽음 앞에서도 등 돌리지 않는 단단한 연대를 맺는다. 불안을 폭력으로 다스리던 사내가 어느덧 타인의 진심을 이끌어내는 단단한 리더로 자리매김한 셈이다.

이제 선택할 수 있는 사람이 되다

동매의 삶이 선의의 길로 본격적으로 궤도를 수정하게 된 결정적 사건은 이완익의 계략으로 억울한 누명을 쓰고 옥고를 치른 14화의 일이다. 과거의 동매라면 이 상황을 홀로 감내하거나 피의 복수로 갚았겠지만, 이번에는 달랐다. 그가 감옥에서 나올 수 있었던 것은 그가 호강에 겨운 양반 계집이라 불렀던 애신을 포함해 그가 무시하거나 경계했던 수많은 조선의 인물들이 손을 내밀었기 때문이다. 유진이 나열한 사람들은 동매에게 낯선 울림으로 다가온다. 백정의 아들이라 멸시받던 그를 위해 미군 대위, 호텔 주인, 소년 심부름꾼, 심지어 김희성 같은 도련님과 고애신 같은 애기씨까지 움직였다는 사실은 그가 지불해온 불안의 원가가 신뢰라는 배당금으로 돌아온 순간이다. "갚을 날 있겠지요"라는 동매의 나직한 말은 이제 그가 세상을 향해 휘두르던 칼을 거두고 받은 선의를 되갚아야 한다는 부채 의식, 즉 '선의의 연대'에 합류했음을 의미한다.

동매의 성장에서 가장 흥미로운 지점은 유진과의 관계다. 두 사람은 각각 백정과 노비의 자식으로 태어나 조선에서 버림받고 이방인이 되어 돌아왔다는 공통된 상처를 공유한다. 17화에서 두 사람이 나누는 대화는 불안을 극복하고 인간의 존엄을 선택하는 과정에 대한 깊은 철학적 성찰을 담고 있다. 유진이 노비였다는 사연을 듣고 음식을 먹기 전에 수저를 놓아주려는 동매의 친절은 작지만 거대한 변화다. 서로의 상처를 알아보는 두 이방인은 이제 칼날이 아닌 대화로 서로를 마주한다. 이 자리에서 동매는 부모를 죽음으로 몰아넣은 이들을 직접 처단한 자신의 방식과 마음속으로 수백 번 죽였을 뿐 직접 베지 않은 유진의 방식을 비교하며 묻는다. 그것이 용서였는지 혹은 용기가 없었는지를. 이에 유진은 "선택한 거요. 우리니 우리 부모와 달리 무엇이든 선택할 수 있으니까."(17화)라고 답한다. 이 대답은 동매가 지불해온 불안의 원가를 청산하는 가장 중요한 열쇠가 된다. 과거 그들의 부모는 가혹한 환경에 짓눌려 속절없이 목숨을 잃어야 했다. 이제 힘을 가진 우리는 벨 수 있는 권력을 가졌지만 '베지 않기로' 선택할 수 있다는 것이다. 동매는 이 대화를 통해 자신의 폭력이 생존을 위한 어쩔 수 없는 수단이 아니라 자신의 의지로 조절할 수 있는 '선택'의 문제임을 깨닫는다. 누구든 벨 수 있는 손으로 누군가에게 식사를 대접하고 누군가를 돕기로 선택하는 것. 그것이 동매가 선의의 길로 옮겨가는 과정이다.

동매의 삶에 신뢰할 수 있는 관계들이 하나, 둘 늘어간다는 것은 그가 불안이라는 세금을 홀로 감당하지 않아도 된다는 뜻이다. 유진과 술잔을 기울이고 쿠도 히나와 속내를 나누며 자신을 도운 소년과 심부름꾼들을 기억하는 행위는 동매가 조선이라는 사회의 일원으로 서서히 편입되고 있음을 보여준다. 비록 그는 여전히 거친 말을 내뱉고 차가운 눈빛을 유지하지만, 그의 칼끝은 이제 사사로운 분노가 아니라 자신이 지켜야 할 사람들과 그들과 맺은 신뢰를 향한다. 애신에게서 시작된 단 한 번의 희망이 유진과의 우정으로 수하들과의 의리로 그리고 조선의 평범한 사람들과의 보이지 않는 연대로 확장된 것이다.

결국, 구동매가 보여준 불안 관리법의 핵심은 '고립에서 연대로의 이행'이다. 불안은 홀로 있을 때는 영혼을 잠식하지만 신뢰하는 관계 속에서는 견딜 수 있는 무게가 된다. "제가 아는 노비 중에 제일 점잖으십니다"(17화)라는 유진을 향한 농담 섞인 인정과 "갚을 날 있겠지요"(14화)라는 동매의 약속은 상처받은 이방인들이 서로를 치유하며 어떻게 선의의 길로 나아갈 수 있는지를 보여주는 가장 아름다운 모습이다. 동매는 이제 혼자가 아니다. 그를 돕기 위해 움직였던 수많은 이들의 손길이 이미 그의 뒤편에서 든든한 신뢰의 안전망을 형성하고 있기 때문이다.

칼로도 벨 수 없는 것들 - 불안을 넘어 '의로움'의 곁으로

구동매가 지불해온 불안의 원가는 타인의 고통에 무감각해지는 치명적인 부작용을 동반해왔다. 백정의 아들로서 받은 상처를 치유하기 위해 그는 타인을 베는 칼이 되었고 타인의 눈물을 자신의 안전을 위한 담보로 삼았다. 그러나 유진을 비롯한 여러 인물과 맺기 시작한 신뢰의 안전망은 그의 냉혹한 내면에 균열을 일으킨다. 그 균열 사이로 동매는 자신과는 전혀 다른 삶을 사는 의병들에 대한 기묘한 호기심과 경외심을 갖게 된다. 9화에서 지게꾼으로 위장한 의병을 붙잡은 동매의 질문은 그가 평생 품어온 생존 철학을 대변한다. "대체 왜 하는 겁니까, 그 일. 목숨 내놓고 살긴 이놈도 매한가지인데 그래도 살 궁리를 먼저 하지 죽자고 덤비진 않아 봐서."(9화) 동매에게 삶이란 죽지 않기 위해 발버둥 치는 비루한 과정이었다. 그에게 죽기로 덤비는 의병의 행위는 도저히 계산이 서지 않는 비경제적인 활동이었다. 돈이 되는 일이라면 자신도 하겠다는 동매의 비아냥은 사실 죽음이라는 거대한 불안 앞에서 의연할 수 있는 그들의 동력이 무엇인지 알고 싶어 하는 절박한 물음이기도 했다. 이에 대한 지게꾼 의병의 단호한 대답은 동매의 세계관을 뒤흔든다. 열강들이 조선의 산림과 광산, 전차와 철도를 수탈해가는 비참한 현실을 나열하며 그는 말한다. "그래서 하는 것이다. 이런 나라라도 빼앗기지 않으려고!"(9화) 이름 없는 한낱 지게꾼이 거대한 역사의 파도 앞에서 자신의 목숨을 던지는 이유. 그것은 개인의 생존이라는 불안을 넘어선 공동체의 상실에 대한 거대한 저항이었다. 동매는 여기서 자신이 지불하던 생존의 비용과는 차원이 다른, 존엄의 비용을 지불하는 인간의 얼굴을 마주한다.

지게꾼을 놔준 뒤 빈관 주인 히나와 나누는 대화는 동매의 내면이 이미 선의의 길로 접어들었음을 보여준다. 왜 의병을 놔줬느냐는 히나의 물음에 동매는 기분이 별로였다는 핑계를 대며 덧붙인다. "죽이면 의병들이 슬퍼할 거 같아서."(9화) 이 대사는 매우 중요하다. 과거의 동매에게 타인의 슬픔은 고려 대상이 아니었고 자신의 강함을 확인시켜주는 전유물이었다. 그러나 이제 동매는 누군가의 죽음이 가져올 남겨진 자들의 슬픔을 헤아리기 시작했기 때문이다. 히나는 그런 동매를 꿰뚫어 보듯 말한다. "음, 칼로도 벨 수 없는 것들이 있지. 외롭고 뜨거운 마음 같은 거."(9화) 동매는 일본에서 건너온 최고의 칼잡이였으나 한낱 지게꾼이 품은 나라를 향한 마음은 그 서슬 퍼런 칼날로도 결코 베어낼 수 없음을 직감한다. 슬픔을 공유하고 동료의 죽음을 함께 아파하는 의병들의 연대는 동매가 평생을 바쳐 구축한 폭력의 성벽보다 훨씬 단단했기 때문이다. 동매는 의병을 놔줌으로써 그들을 슬프게 하지 않는 쪽을 선택하는데 이는 곧 그들의 뜨거운 마음을 보호하겠다는 무언의 지지다. 불안을 관리하는 가장 높은 단계는 자신만의 안위를 넘어 내가 속한 세계와 타인의 가치를 지키는 일이다. 동매는 의병이라는 집단이 가진 숭고함을 목격하며 자신이 지불해온 불안의 세금이 얼마나 고립된 것이었는지를 깨닫는다. 그는 이제 타인을 베는 칼이 아니라 베어낼 수 없는 가치를 지닌 자들을 위해 칼집을 닫는 법을 배우기 시작한다.

동매의 이러한 변화는 곧 실천적인 행동으로 이어진다. 13화에서 동매는 자신이 놓아준 지게꾼이 강원도에서 숨어 지내고 있다는 유조의 보고를 받는다. "만나는 이도 오가는 기별도 없는 듯합니다"라는 보고에 동매는 나직이 읊조린다. "똑똑하네. 조직이 살길을 알아. 그러면 그냥 그리 살게 둘까 봐." 동매의 최측근인 유조조차 의외라는 듯 그를 쳐다보는 이 장면은 동매의 도덕적 변화를 단편적으로 보여준다. 과거의 동매라면 조직의 단서를 찾기 위해 그를 고문하거나 끝까지 추적했을 것이다. 그러나 동매는 이제 그 의병이 그냥 살게 둔다. 이는 단순한 방관이 아니라 적극적인 방면이며 자신의 권력으로 한 인간의 삶과 그가 속한 조직을 보호하는 선의의 행위다. 불안에 찌든 인간은 모든 것을 통제하려 들지만, 신뢰와 선의를 배운 인간은 '내버려 둠의 미학'을 이해한다. 동매는 지게꾼 의병이 보여준 그 뜨거운 마음이 조선이라는 땅에서 꺼지지 않고 이어지기를 바랐을지도 모른다. 자신의 부하들을 동원해 감시하던 그 시선은 어느덧 보이지 않는 보호의 장막으로 변해간다.

동매가 의병들을 보호하기 시작한 것은 그가 갑자기 애국자가 되었기 때문이 아니다. 그것은 그가 관계를 통해 신뢰를 경험했고 그 신뢰를 바탕으로 인간의 품격에 눈을 떴기 때문이다. 칼로 벤 자리는 흉터가 남지만, 그것을 선의로 덮은 자리는 새살이 돋는다. 동매는 지게꾼의 대답에서, 유진의 대화에서, 그리고 애신의 단호함에서 자신의 삶을 지탱해온 불안보다 더 강력한 에너지가 있다는 사실을 발견했다. 그것은 바로 '의(義)'이며 타인의 고통을 내 것처럼 아파하는 '연민'이다. 동매는 이제 자신의 영혼을 잠식하던 불안의 세금을 폭력으로 내지 않는다. 대신 그는 자신이 가진 힘을 사용하여 누군가의 슬픔을 막고 누군가의 뜨거운 마음을 지켜주는 방식으로 자신의 존재 가치를 증명한다.

백 번을 돌아서도 결국 닿았던 그 길 하나가 이제는 애신이라는 한 개인을 넘어 조선이라는 땅을 지탱하는 수많은 이름 없는 지게꾼들에게로 확장된다. 동매는 그렇게 조금씩, 그러나 분명하게 칼잡이의 운명에서 의를 수호하는 자의 길로 옮겨간다. 그가 지불하는 불안의 원가는 이제 '고독한 생존'이 아니라 '위대한 연대'를 위한 숭고한 비용으로 전환되고 있는 것이다.

불안의 최종 청산 - 생의 한순간을 지키기 위한 대가

인간이 지불하는 불안의 원가는 결국 생의 마지막 순간에 이르러서야 그 최종적인 정산이 이루어진다. 구동매에게 평생을 따라다닌 불안은 소속되지 못한 자의 공포였고 지켜지지 못한 자의 분노였다. 그러나 그는 애신이라는 결정적 순간을 만났고 유진과의 우정을 통해 신뢰의 안전망을 경험했으며 이름 없는 의병들을 보호하며 그들의 뜨거운 마음에 동참했다. 그리고 마침내, 그는 자신이 지불해온 모든 불안의 세금을 단번에 청산할 마지막 자리에 선다.

『미스터 션샤인』23화, 일본 낭인들의 칼날에 몸이 난도질당해 쓰러지면서도 동매는 자신의 생을 비관하지 않는다. 오히려 피로 물든 바닥에 누워 그가 평생을 붙들고 살았던 '그 한순간'을 다시금 소환한다. 그가 애신에게 내뱉었던 가장 날카로운 말, "호강에 겨운 양반 계집"이라는 독설이 그녀를 얼마나 아프게 했는지를 반추하며 그는 비로소 미소를 짓는다. "이놈은 안 될 놈입니다. 아주, 잊으셨길 바랐다가도 또 그리 아프셨다니, 그렇게라도 제가 애기씨 생의 한순간만이라도 가졌다면 이놈은 그걸로 된 것 같거든요."(23화) 이 독백은 동매가 지불해온 불안의 원가에 대한 최종 영수증과 같다. 그는 자신의 상처를 치유하기 위해 타인을 베었지만, 생의 막바지에 이르러 깨달은 것은 자신이 누군가의 생에 아픈 기억으로라도 남았다는 사실이 주는 지독한 위안이었다. 소유할 수 없기에 차라리 상처가 되기를 자처했던 그 비틀린 희망이, 나중에는 그녀의 생의 일부를 점유했다는 사실만으로도 그는 자신이 지불한 고통스러운 세금이 모두 탕감되었다고 생각하게 된다.

그 순간 동매의 육신은 무참히 칼에 베여 죽어가는 극한의 고통 속에 침잠했을지도 모른다. 하지만 그의 영혼은 그 참혹한 현실 너머, 제 생의 가장 눈부신 정점이었던 가마 안의 그 찰나로 회귀한다. 날카로운 칼날의 감각보다 더 선명하게 그를 지배하는 것은, 자신을 '사람'으로 보아주었던 그 따스한 환대의 기억인 것이다. 백정의 아들로 태어나 짐승처럼 죽어갈 운명이었던 그가, 조선의 가장 고귀한 여인의 생에 잊히지 않는 한순간이 되었다는 사실은 그에게 죽음을 압도하는 평온을 선사한다. 그는 이제 불안하지 않다. 잡히지 않기 위해 도망칠 필요도 무시당하지 않기 위해 칼을 휘두를 필요도 없다. 그는 이미 그녀가 준 선의를 베고 그녀의 걸음을 베었으나 동시에 자신의 생을 다해 그녀를 지켜냈기 때문이다. 그는 자신이 지불해야 할 마지막 원가인 목숨을 기꺼이 내놓으며 이제 불안이라는 지독한 세금으로부터 영원히 해방된다.

구동매의 서사는 불안에 잠식당했던 영혼이 어떻게 희망이라는 고통스러운 약을 먹고 선의와 의로움의 길로 나아갔는지를 보여주는 숭고한 기록이다. 그는 결국 조선의 국경을 넘는 낭인이 아닌 조선의 심장을 지키려 했던 한 남자로 남는다. 거듭 강조하지만, 불안을 관리한다는 것은 불안이 없는 상태를 만드는 것이 아니다. 그것은 불안이라는 세금을 지불하면서도 내가 지켜야 할 가치와 내가 간직해야 할 단 한순간의 기억을 위해 끝까지 걸어가는 것이다. 동매는 죽음으로 그 길의 끝에 도달했고 그가 남긴 애신의 달콤한 사탕과 새빨간 치마 자락에 대한 기억은 여전히 우리에게 속삭인다. "백 번을 돌아서도 이 길 하나뿐이었다"고.

동매의 마지막 중얼거림은 우리에게 묻는다. 우리는 과연 누군가의 생에 단 한순간이라도 의미 있게 각인된 적이 있는가. 우리가 지불하는 불안의 원가가 너무 무겁게 느껴질 때, 우리는 동매처럼 그걸로 된 것 같다고 말할 수 있는 단 하나의 기억을 가졌는가. 우리 역시 각자의 불안을 안고 오늘을 산다. 그러나 우리 안에도 구동매가 품었던 그 결정적 한순간의 빛이 있다면, 우리 또한 생의 마지막 정산서 앞에서 그걸로 되었다고 미소 지을 수 있을 것이다. 불안은 영혼을 잠식할지 모르나 신뢰와 기억이 빚어낸 단 한순간의 빛은 그 영혼을 영원히 구원하기 때문이다.

12장
손절의 미학:
자기 존중을 위한 존엄한 결단

인생의 암흑기에 우리가 매달리는 유일한 원칙은 '생존'이다. 구동매에게 세상은 신뢰의 공간이 아니라 약육강식의 정글이었고 그 안에서 살아남기 위해 그는 이름도, 국적도, 영혼도 상황에 따라 바꿔야 했다. 하지만 신뢰할 수 있는 관계를 경험하고 과거의 상처가 현재의 선의로 재해석되는 '사후성'을 경험하면서 동매는 비로소 이익이 아닌 존엄을 선택하기 시작한다.

손절이란 단순히 관계를 끊는 행위가 아니다. 그것은 나를 갉아먹는 과거의 관성과 부당한 결속으로부터 나를 분리해내는 결단이며 진정한 자기 존중으로 나아가는 첫걸음이다. 동매는 생존을 위해 몸담았던 일본 무신회와 이완익이라는 권력의 그늘을 스스로 걷어차며 비로소 구동매라는 한 인간으로서의 존엄한 결단을 내린다.

생존의 원칙을 넘어선 존엄의 발현

동매의 변화는 가장 낮은 곳에서 시작된다.『미스터 션샤인』10화에서 길을 걷던 동매는 자신을 보고 겁에 질려 엎드리는 모자를 마주한다. 무소불위의 권력을 가진 낭인들의 수장 앞에서 납작 엎드린 그들의 모습은, 수십 년 전 장마당에서 무참히 짓밟히던 어린 동매와 그의 어머니의 모습과 겹쳐진다. 사람들이 던지는 폭언과 폭력을 온몸으로 받아내며 무조건 엎드려야 했던 그 처참한 기억은 동매의 영혼에 깊은 낙인을 남겼다. 그러나 현재의 동매는 더 이상 그 상처에 매몰된 피해자에 머물지 않는다. 애신과의 만남, 그리고 유진과의 신뢰를 거치며 세상이 폭력으로만 움직이지 않는다는 사실을 깨달았기 때문이다. 과거의 자신과 닮은 모자에게 발길질 대신 사탕 봉지를 던진다. 이 사탕 봉지는 적선을 넘어 그가 세상과 화해했다는 다정한 표시이다. 또한, 그것은 과거의 상처를 현재의 선의로 덮어쓰는 '사후성'의 경험이기도 하다. 불안을 넘어설 수 있는 정서적 안전망을 경험했기에 그는 이제 자신을 두려워하는 이들에게 공포가 아닌 달콤함을 건넬 수 있는 여유를 갖게 된 것이다. 무조건 엎드려야 했던 비천한 신분을 손절하고 타인의 아픔에 공감할 줄 아는 '점잖은 사람'으로 자신을 재정의하는 순간이다.

동매의 손절은 그가 오랫동안 유지해온 실익을 우선하는 태도에 대한 자조적 농담에서도 드러난다. 그는 생존을 위해 일본인도 되었다가 조선인도 되었으며 상황에 따라 국적을 갈아입는 데 주저함이 없었다. 하지만 유진이라는 신뢰할 수 있는 상대 앞에서 그는 자신의 무원칙을 오히려 해학으로 풀어내며 진심 어린 경고를 건넨다. 12화에서 그는 미국인 철도 기술자의 의뢰를 받고 달러를 받아서 자신은 한동안 미국인이라며 "이완익 대감이랑은 되도록 얽히지 마시고. 그 작자는 조선인이 아니라 일본인이니."라고 충고한다. 이 대화에서 동매가 자신을 미국인이라 칭하는 것은 변덕이 아니다. 그것은 자조 섞인 농담을 빌려, 자신과 닮은 상처를 가진 유진이 더 이상 위험에 발을 들이지 않길 바라는 그만의 투박한 진심이다. 이완익이라는 거대한 악의 축과 이해관계를 맺으며 이익을 챙기던 과거의 동매가 점점 흐릿해지고 있다. 그는 이제 실익을 주는 이완익보다 신뢰를 주는 유진을 위해 기꺼이 정보원이 되기를 자처한다. 유진에게 건넨 이완익과 얽히지 말라는 조언은 동매가 그간 몸담아온 추악한 이익의 세계와 작별하겠다는 선언과도 같다. 달러를 받아 미국인이 되었다는 농담 섞인 핑계는 진심을 말하는 것이 부끄러워 위악을 떠는 동매 특유의 화법이다. 하지만 그 이면에는 소중한 인연을 위해 기꺼이 위험을 감수하겠다는 단호한 의지가 서려 있다.

동매의 이러한 행동들은 그가 조선이라는 나라를 사랑하게 되었기 때문이 아니다. 그것은 그가 나를 나답지 못하게 만드는 관계들로부터 자신을 분리해내기 시작했기 때문이다. 백정의 아들이라는 낙인을 찍은 사회, 생존을 미끼로 자신을 사냥개로 부리던 일본의 조직, 그리고 돈을 위해서라면 무엇이든 하던 과거의 자신까지. 동매는 이 모든 것들과의 '존엄한 손절'을 감행한다. 불안에 쫓겨 살 때는 보이지 않던 것들이, 신뢰라는 안경을 쓰자 비로소 보이기 시작한다. 장마당의 모자에게 던진 사탕은 비천한 과거와의 손절이며, 유진에게 건넨 조언은 비겁한 이익과의 손절이다. 동매는 이제 생존의 논리를 버리고 존엄의 논리를 선택한다. 관계를 정리한다는 것은 그 관계가 내 영혼에 가했던 폭력적인 영향력을 거둬내는 일이다. 동매는 이제 타인의 명령이나 금전적 보상에 움직이지 않는다. 그는 오직 자신이 신뢰하는 가치와 사람들을 위해 자신의 칼을 쓴다. 그것이 바로 동매가 우리에게 보여주는 손절의 미학이다. 나를 지키기 위해 가장 강력한 권력과 가장 익숙한 관성으로부터 등을 돌리는 것. 그 외로운 결단이야말로 가장 눈부신 자아 존중의 발현인 셈이다.

인간이 자아를 존중하기 시작할 때 가장 먼저 일어나는 변화는 관계의 질서를 재편하는 것이다. 그동안 구동매에게 관계란 생존을 위한 임시방편이거나 강자에게 기생하여 약자를 억압하는 비겁한 수단에 불과했다. 그는 일본 무신회의 칼이 되어 조선을 유린했고 이완익이라는 거대 권력의 수족이 되어 이익을 챙겼다. 그러나 신뢰하는 관계와 사후성을 경험하며 '더 나은 인간'의 가치를 알아버린 동매는, 이제 자신을 증명하기 위해 거머쥐었던 오염된 손들을 하나둘 놓는다. 심리학적으로 이러한 손절은 단절이 아니다. 그것은 나를 '일본의 개' 혹은 '돈에 팔린 잡놈'으로 규정하려는 외부의 폭력적 시선에 맞서, 내 삶의 주권을 회복하려는 존엄한 결단이다. 동매는 자신을 억눌러온 국가 권력과 부패한 정치가들, 그리고 계급의 권위에 기댄 군인들과의 연결고리를 끊어내며 비로소 자립한 개인으로서 전장에 선다. 이 과정은 파멸을 향한 도발이 아니라 인간으로서의 자존을 완성하기 위한 의연한 제의에 가깝다.

손절의 미학, 그 너머의 자기 구원

동매의 구체적인 손절은 자신과 동료들을 제국의 소모품이자 하대해도 좋은 개로 취급하는 오만한 시선과의 정면 충돌로부터 가속화된다. 12화에서, 동매가 운영하는 진고개의 선술집은 팽팽한 긴장감이 감돈다. 하야시 공사의 심복 스즈키는 동매가 보살피는 여인 호타루를 게이샤 취급하며 희롱한다. 이는 한 여인에 대한 모욕을 넘어 동매가 지켜온 사람을 유린하는 행위였다. 이를 제지하는 동매의 수하들에게 스즈키는 폭언을 퍼붓는다. "본국에서 뭐였는지 잊었어? 기라면 기고 똥이라도 핥으라면 핥던 거지새끼들!" 스즈키의 입을 통해 쏟아진 이 말은 낭인들이 일본 본국에서도 이방인이나 하층민으로서 겪어야 했던 비천한 과거를 난폭하게 들춰낸다. 스즈키에게 낭인이란 대일본 제국이라는 거대한 기계의 말단 부속품일 뿐이며 그들이 누리는 권세는 오직 하야시 공사와 고매하신 위정자들이 베푼 시혜에 불과하다는 논리다.

이 말을 들은 동매는 차가운 눈빛으로 스즈키의 부하를 단칼에 베어 버린다. 그것은 스즈키의 논리에 종지부를 찍고자 하는 동매의 의지이다. 피가 튀는 현장에서 동매는 스즈키에게 나직하지만 단호한 어조로 충고를 던진다.

> (동매) 하야시 공사도 지금껏 나의 구역은 안 건드렸어. 서로 이뻐 죽어서 그랬겠어? 서로가 서로에게 쓸모가 있단 얘기야. 이 돌대가리야!
> (12화)

이 말은 국가에 대한 무조건적 충성이라는 허울 좋은 명분 뒤에 숨겨진 추악한 이해관계의 본질을 꿰뚫는다. 동매는 자신이 일본의 하수인이나 부하가 아니라 대등한 필요에 의해 결속된 계약 관계의 주체라는 사실을 강조한다. 국가라는 거대 서사에 매몰되어 자아를 상실한 스즈키와 달리 동매는 자신의 영역을 분명히 함으로써 집단의 논리에 휘둘리지 않는 독립된 주체로서의 자존감을 드러내는 것이다. 이것은 제국주의라는 거대한 흐름과의 심리적 손절이자, 나를 도구로만 보려는 모든 관계에 대한 거부이다. 동매는 알고 있다. 자신을 거지새끼라 부르는 이들에게 고개를 숙이는 순간, 그는 다시 백정의 아들이자 짐승의 삶으로 돌아가게 된다는 것을. 그는 자신의 구역을 당당히 주장하면서 그 비천한 과거와의 연결고리를 스스로 끊어낸다.

이러한 동매의 손절은 권력의 정점인 이완익에게 이를 때 더욱 치밀하고 대담한 양상을 띤다. 15화, 이완익의 계략으로 억울하게 옥고를 치르고 고문에 시달리며 죽음의 문턱까지 다녀온 동매는 출소하자마자 자신을 사지로 몰아넣었던 권력자를 찾아간다. 방 안에는 거만한 자세로 앉아 있는 이완익이 있고 동매는 그 앞에 서서 지난 세월의 무게를 가늠한다. 과거의 동매가 이완익의 명령을 수행하고 실익을 챙기던 사냥개였다면 돌아온 동매는 그 목줄을 스스로 끊어버린 투사가 된다. 이완익은 여전히 동매를 "돈 주면 다 하는 잡놈"이라 비하하며 겁박하지만 동매의 눈은 흔들림이 없이 "칼 쓰는 놈이 칼로 따져야지 주둥이로는 안 따진다"고 대응한다. 또한, 동매는 이완익의 비리를 하야시 공사에게 흘려 권력자들 사이의 불신을 조장하는 치밀함을 보인다. 그는 이완익이 자신을 이용해 부를 축적하고 권력을 휘두르는 방식이 얼마나 취약한 기반 위에 서 있는지를 잘 알고 있기 때문이다.

> (동매) 저야 그저 상상력이 풍부한 자에게 의심을 심었지요. 그랬더니 하야시가 대감께 전하랍니다. 〈조선 놈도 일본 놈도 아닌 놈들은 결국 일본의 약점이 된다〉고요.(15화)

이 대목에서 동매가 전하는 메시지는 이완익의 파멸을 예고하는 경고인 동시에 그와의 관계를 끝내겠다는 단호한 선언이다. 하야시의 말은 이완익이라는 인물이 가진 태생적 한계를 정확히 꿰뚫는다. 조국을 버리고 일본을 택했으나 그 어디에도 속하지 못한 경계인은 일본의 입장에서도 언제든 효용이 다하면 버려질 '불확실한 약점'에 불과하기 때문이다. 동매는 바로 이 지점을 파고들어 이완익의 권력이 얼마나 허약한 모래성인지를 일깨운다. 이것은 더 이상 이완익에게 기생하지 않겠다는, 즉 비겁한 실익의 세계와 작별하고 자신의 의지로 움직이겠다는 강한 의지의 표명이다. 동매는 이로써 이완익이라는 오염된 관계로부터 스스로를 분리하고 인간으로서 지켜야 할 최소한의 자존심을 회복한다.

동매의 손절이 도달한 마지막 정점은 19화, 모리 타카시와의 대결이다. 귀족 출신 군인이자 제국주의의 상징인 타카시는 동매의 백정 출신을 조롱하며 그를 일본의 개라 부른다. 타카시의 눈에 동매는 조국을 버리고 일본의 밑바닥에서 기어 올라온 가련한 짐승에 불과하다. 그러나 이미 존재의 독립을 완성한 동매에게 그런 계급적 낙인은 아무런 타격도 주지 못한다. 동매는 타카시가 내세우는 제국의 군대와 계급을 가장 싫어하는 것으로 비웃으며 정면으로 조소한다. 타카시가 조선 내 일본인 중 자신이 가장 높으며 누구도 자신에게 명령할 수 없다고 위세를 떨칠 때, 동매는 그가 가진 거대 권력에 담담하게 응수한다. "오해가 있으신가 본데 제가 충성하는 건 일본이 아니라 무신회입니다. 기껏해야 군인 나리가."(19화) 이 발언은 동매가 지불해온 충성의 종착지가 국가라는 추상적 허구가 아니라 자신과 피를 나눈 동료들의 집단인 무신회임을 명확히 한 것이다. 그는 국가의 개가 되기보다 조직의 수장으로 남기를 택하는데 이는 곧 일본의 통제를 벗어나겠다는 의지와도 같다. 이에 분노한 타카시가 총을 꺼내 위협하는 절박한 순간에도 동매는 눈 하나 깜짝하지 않는다. 오히려 그는 타카시에게 "군화 벗고 나가달라"는 정중한 한마디로 자신이 소중히 여기는 장소에 군화를 신고 무례하게 들어온 타카시를 민망하게 만든다. 이 장면은 동매의 손절이 자신을 억압하던 제국주의적 질서 자체와의 결별임을 보여준다. 동매는 타카라는 인물을 통해 일본 제국이 가진 오만과 폭력성을 목격했고 그들과 한 배를 탈 수 없다고 결심한다. "여기서 총 다시 들면 진짜 지는 겁니다"라는 말은 진정한 승리가 계급이나 무기에서 나오는 것이 아니라 죽음을 두려워하지 않는 자존의 깊이에서 나온다는 사실을 드러낸다.

구동매가 보여준 손절의 연쇄는 그가 얼마나 치열하게 자기 존중을 위해 투쟁하는지를 보여준다. 그는 과거의 상처와 손절했고 자신을 이용만 하려던 부패한 권력과 손절했으며 마지막에는 자신을 규정하던 제국의 위계질서와도 손절했다. 손절은 아프고 용기가 필요한 과정이다. 익숙한 이익을 포기해야 하고 강력한 권력과 척을 져야 하며 때로는 목숨을 걸어야 한다. 동매는 이 가혹한 원가를 지불하면서도 끝까지 자신의 존엄을 포기하지 않는다. 그는 스즈키를 죽이면서 동료들의 명예를 지키고 이완익을 협박함으로써 자신의 삶을 되찾았으며 타카시에게 굴복하지 않음으로써 인간으로서의 자긍심을 지켜낸다. 물론 이러한 손절의 대가는 혹독했다. 그는 이제 일본에서도 조선에서도 환영받지 못하는 고독한 이방인이 된다. 하지만 그 고독은 비참함이 아니라 자유의 얼굴을 하고 있다. 누구에게도 명령받지 않고 누구의 시선에도 구속되지 않으며 오직 자신이 신뢰하는 가치와 사람들을 위해 칼을 쓰는 인간. 동매는 손절을 통해 비로소 '구동매'라는 온전한 자기 자신을 만난다.

우리의 삶 또한 이와 닮아 있을지 모른다. 물론 현실에서 우리를 비천하게 만드는 관계나 부속품으로 취급하는 조직으로부터 등을 돌리는 일은 결코 쉽지 않다. 생존의 공포와 익숙한 비겁함이 발목을 잡는 그 지독한 모순 속에서, 우리는 매일 조금씩 자존을 소모하며 버티곤 한다. 그렇기에 구동매의 선택은 현실을 모르는 만용이 아니라, 우리 모두가 마음 한구석에 품고도 끝내 꺼내지 못한 '주체적 삶'에 대한 가장 처절하고도 눈부신 대리 만족이다. 그는 자신을 옥죄던 세계와 작별함으로써 역설적으로 자기 안의 숨겨진 빛을 구원했고 파멸이 예견된 길일지라도 묵묵히 제 발로 걸어갔다. 비록 우리는 그처럼 모든 것을 던질 수 없을지라도, 그가 보여준 단호한 손절의 기개는 우리에게 묻는다. 지금 당신을 묶어둔 그 사슬이 정말 끊어낼 수 없는 것인지, 아니면 스스로를 가둔 마음의 빗장인지 말이다. 그가 떠난 자리에는 군화 자국 하나 남지 않은 깨끗한 마룻바닥처럼, 세상과 타협하지 않은 영혼의 순수한 잔상만이 남아 우리를 비춘다.

자기 존중은 타인의 존엄도 완성한다

구동매가 수행해온 손절의 여정은 외부의 부당한 권력을 잘라내는 과정을 거쳐 마침내 자기 내부의 가장 뜨거운 감정인 애신을 향한 연정을 새로운 차원으로 승화시키는 단계에 이른다. 19화에서 고사홍은 죽음을 앞두고 조선을 흔들던 두 이방인, 동매와 유진을 부른다. 고사홍은 동매에게 그에게 남은 돈을 내놓으며 가장 무거운 의뢰를 맡긴다. 그것은 자신의 손녀인 애신을 지켜달라는, 세상에서 가장 고귀하고도 위험한 청탁이었다. 이것은 동매의 존재 가치를 완전히 재정의한다. 그동안 동매는 담을 넘어 들어오는 불청객이자 괴한과도 같은 존재였으나 고사홍은 그의 거친 야성을 물불 가리지 않고 소중한 것을 끝까지 지켜낼 유일한 힘으로 공인해 준 것이다. 여기서 동매는 애신에 대한 자신의 감정을 새롭게 정립한다. 그가 선택한 것은 연정의 손절이 아니라 사사로운 소유욕과의 결별이다. 그녀의 곁에 머물며 자신의 존재를 인정받고 싶어 했던 남자의 욕망을 내려놓고 그녀가 걷는 험난한 길을 뒤에서 묵묵히 지탱하는 무명의 방패가 되기로 결단한 것이다. 동매는 유진을 향해 "결국 우리 둘 다 애기씨 곁에서 멀리 치우셨습니다. 나는 지키게 하여 나리는 죽이게 하여"라며 자조 섞인 농담을 던진다. 하지만 이 말은 결코 서운함의 표현이 아니다. 자신의 안위와 감정적 만족을 최우선으로 했던 과거의 생존 본능을 넘어서 그녀의 대의가 꺾이지 않도록 자신을 기꺼이 희생의 자리에 배치한 자만이 보일 수 있는 담대함이다. 동매는 이제 일본의 낭인도 돈에 팔린 잡놈도 아닌, 한 여인의 신념과 조선의 마지막 희망을 수호하는 거대한 서사의 주역으로 자리매김한다.

한편 동매의 성숙한 태도는 유진과의 관계에서 가장 눈부신 해학과 애틋함으로 꽃을 피운다. 21화, 본국으로 돌아가기 전 마지막 인사를 나누는 두 사람의 대화는 죽음을 앞둔 비장함 대신 삶의 무게를 가볍게 비트는 유머로 가득 차 있다. 으슥한 언덕 위에서 야경을 보며 맥주를 마시는 유진을 보며 동매는 "술 취해 추락사하면 딱 좋은 데네"라며 특유의 독설을 던진다. 하지만 이 독설은 상대를 해치기 위한 칼날이 아니다. 그것은 서로의 고독을 누구보다 잘 이해하는 자들만이 나눌 수 있는 깊은 애정의 표현이자, 비극적 운명을 대하는 그들만의 여유이다. 유진이 타카시를 처단하러 일본으로 가겠다는 약조를 지키려 하자 동매는 곧 동경에서 마쓰리가 열리는데 축제 내내 불꽃놀이의 폭죽 터지는 소리가 총성도 묻힐 만큼 대단하다는 결정적인 정보를 건넨다. 동매가 건넨 마쓰리 정보는 유진의 생존과 임무 완성을 돕는 핵심적인 조력이다. 이러한 조력을 알아채고 유진이 "우체사에 왔을 때부터"라며 동매의 자신에 대한 호감의 시기를 짚어내자 동매는 "밀어서 입을 막아야 하나"라며 쑥스러움을 감춘다.

이 장면에서 동매는 자신이 몸담았던 일본 무신회와 국가적 정체성으로부터 벗어나 오직 자기 자신으로서 존재하기 시작한다. 자신의 본국에서 열리는 축제를 타국 군인의 암살을 위한 배경음악으로 활용하라는 조언은 동매가 추구하는 가치가 이제 국가나 조직이라는 허구의 경계를 넘어섰음을 보여준다. 둘의 대화는 심각한 위기 속에서도 유머러스한 리듬을 잃지 않는다. 유진과 대화하며 보이는 동매의 미소는 불안의 원가를 모두 지불하고 난 뒤에 찾아오는 자유로운 자만이 누리는 해방감이다. 그들은 이제 서로를 견제해야 할 경쟁자가 아니라 각자의 길을 걷다 결국 같은 결말을 향해 달려가는 유일한 동지로 인정한다. 이것은 유진의 다음과 같은 독백에서 파악할 수 있다.

> (유진) 누가 제일 슬플지는 의미 없었다. 인생 다 각자 걷고 있지만 결국 같은 곳에 다다를 우리였다. (중략) 하여 누구의 결말도 해피 엔딩은 아닐 것이다. (21화)

지금까지 12장에서 보여준 구동매의 손절은 결국 자기 존중을 완성하기 위한 장엄한 투쟁의 과정이다. 그는 자신을 멸시하던 장마당의 비천한 기억과 결별했고 이완익이라는 추악한 권력의 손을 잘라냈으며 모리 타카시가 내세운 제국의 위계질서에 침을 뱉었다. 그리고 마지막으로, 사사로운 연정을 대의를 위한 헌신으로 승화시키며 자신을 옭아매던 마지막 이기심으로부터 자유로워진다. 이러한 결단으로 동매는 어느 세계에도 발붙이지 못하는 철저한 이방인이 되지만, 역설적으로 가장 주체적이고 자유로운 인간으로 성장한다. 오직 자신이 신뢰하는 가치와 사람들을 위해 자신의 칼을 쓰기로 선택한 것이다. "우리니 우리 부모와 달리 무엇이든 선택할 수 있다"던 유진의 말처럼 동매는 자신의 삶과 죽음을 오롯이 자신의 의지로 선택한다. 무신회의 살인 병기로 객사하는 것이 아니라 자신이 선택한 신뢰와 약조를 지키기 위해 기꺼이 불꽃 속으로 뛰어드는 삶. 그것이 바로 동매가 우리에게 보여준 손절의 미학이자 자기 존중의 종착지이다.

우리는 흔히 손절을 무언가를 잃는 것이라 생각한다. 하지만 동매는 우리에게 가르쳐준다. 나를 비겁하게 만드는 것들, 나를 증오에 가두는 것들, 나를 도구로 취급하는 것들과 단절할 때 비로소 진정한 나를 얻을 수 있다는 사실을 말이다. 구동매는 그렇게 세상이 강요한 질서들을 하나씩 내려놓고 역설적으로 세상에서 가장 고귀한 인간의 품격을 회복한다. 그의 마지막 뒷모습이 비장하면서도 평온해 보였던 이유는 그가 마침내 자신을 억누르던 모든 무거운 굴레를 벗어던지고 온전한 자기 자신으로서 최후를 맞이했기 때문이다.

13장
타이밍의 철학:
늦은 용기보다 빠른 결단이 현명할 때

인생에는 아무리 애써도 피할 수 없는 길이 존재한다. 그 길이 파멸을 향해 있을 때 현명한 자는 늦은 용기로 상황을 되돌리려 애쓰기보다, 자신의 끝을 스스로 결정하는 빠른 결단을 내린다. 구동매에게 죽음은 어느 날 갑자기 들이닥친 불행이 아니라 그가 자신의 존엄을 지키기 위해 오래전부터 정산해 온 불안의 원가에 대한 최종 청구서였다. 『미스터 션샤인』 21화에서 점술가 호타루가 뽑아 든 카드는 동매의 남은 생애를 암시하는 숙명적인 예언이다. 동매는 자신의 운명을 직감하듯 읊조린다. "망가지던 모든 순간이 온통 붉었네." 그가 뽑은 슬픈 운명의 카드는 육체적 소멸을 의미하지 않는다. 그것은 그가 평생을 지불해 온 비릿한 피의 시간들, 말하자면 누군가를 베고 베여야만 했던 가혹한 생존의 대가가 이제야 비로소 마침표를 찍을 때가 되었음을 알리는 신호이다. 호타루가 물끄러미 바라보는 그 침묵의 시선 속에서 동매는 자신의 몰락을 예감한다. 그러나 그 몰락은 패배가 아니다. 그것은 타인이 설계한 지옥에서 벗어나 자신의 의지로 완성하는 숭고한 결말을 위한 서막이다. 동매는 이제 늦은 용기를 내어 삶을 구걸하기보다 가장 적절한 타이밍에 자신의 결말을 맺기 위한 결단력 있는 준비를 시작한다. 이는 생 앞에 선 단독자의 자세이자 비로소 자기 삶의 진정한 주인이 된 자만이 보여줄 수 있는 초연함이다.

망가짐의 미학: 붉게 물든 운명이라는 복선

동매가 자신의 죽음을 가장 구체적으로 언어화하는 순간은 어머니의 무덤 앞에서 오열하는 이양화(쿠도 히나)를 마주했을 때(21화)이다. 조선에서도 일본에서도 이방인이었던 두 사람은 서로의 상처를 가장 잘 아는 거울 같은 존재이다. 어머니의 죽음 앞에서 "나 이제 고아야"라며 흐느끼는 히나에게 동매는 "난 옛날부터 고아야"라는 무심한 대답으로 동질적인 슬픔을 건넨다. 이 장면에서 동매는 히나를 '쿠도 히나'가 아닌 본명인 '이양화'로 부른다. 그리고 그녀에게 그가 차마 꿈꾸지 못했던 혹은 너무 늦어버린 평범한 꿈을 대신 빌려준다. "이양화로도 쿠도 히나로도 살지 말고, 가방에는 총 대신 분을 넣고, (중략) 울지도 말고 물지도 말고 그렇게 평범하게 사는 꿈을 꿔."라고.(21화)

이것은 동매가 이 세상에 남기는 가장 다정한 말이자 자신의 삶에 대한 회한 섞인 고백이다. 총과 칼, 복수와 생존으로 가득한 그들의 인생에서 평범함은 가장 얻기 힘든 사치였다. 동매는 히나에게 평범한 삶을 권하며 동시에 자신은 평범한 궤도 안으로 들어갈 수 없는 존재임을 인지한다. 그는 이미 자신의 인생이 망가진 순간의 붉음으로 가득 차 있음을 짐작했기에 히나만이라도 그 붉은 굴레에서 벗어나기를 간절히 바란 것이다. 동매는 자신이 도달할 수 없는 평화로운 일상을 히나에게 양도하는 듯 위로하면서 다음 생에서는 히나가 평범한 여성으로서의 삶을 살기를 바라는 자신의 마지막 선의를 실천한다.

히나는 동매의 말속에서 짙게 배어 나오는 죽음의 냄새를 본능적으로 감각한다. 왜 꼭 죽을 것처럼 애기하냐는 그녀의 물음에 동매는 다시 한번 해학 섞인 진심을 내놓는다. "나쁜 놈은 원래 빨리 죽어. 그래야 착한 사람들이 오래 살거든."(21화) 이 대사는 동매의 '타이밍의 철학'을 관통하는 핵심이다. 그는 자신이 저지른 악행과 그로 인해 지불해야 할 업보를 정확히 알고 있다. 동매는 자신의 죽음을 비극으로 포장하지 않는다. 대신 자신의 부재가 착한 사람들-애신과 유진, 그리고 히나와 조선의 평범한 이들-이 살아갈 공간을 넓혀주는 도덕적 정산이 되기를 바란다. 나쁜 놈이 제때 죽어주는 것, 그것은 동매가 세상에 마지막으로 베풀 수 있는 선의의 한 형태다. 그는 늦은 후회로 삶을 연장하려 들지 않는다. 오히려 자신의 죽음이 누군가의 삶을 지탱하는 거름이 될 수 있는 가장 적절한 타이밍을 고심한다. 히나는 나보다 먼저 죽지 말라고 울먹이듯 부탁하는데, 결과적으로 동매는 히나보다는 조금 늦게 생을 마감함으로써 히나의 소원을 들어준다. 동매의 죽음은 실패가 아니라 완성이다. 그는 자신이 구축했던 신뢰의 안전망과 손절을 통해 회복한 자아 존중을 완성하기 위해 스스로 역사의 무대 뒤로 퇴장할 결단을 내린 것이다.

그러한 결단을 보여주는 동매의 모습은 자신의 결말을 스스로 장악한 인간의 위엄을 보여준다. 대개 인간은 다가올 불행 앞에서 비겁해지거나 늦은 용기를 내어 상황을 수습하려 하지만 동매는 자신의 운명이 붉게 물들어 있음을 확인한 순간, 그 붉음을 가장 아름다운 노을로 만들기 위한 결단을 내린다. 그는 히나에게 평범한 꿈을 남기고 자신은 나쁜 사내로서의 책임을 지고 떠날 준비를 마친다. 늦게 내는 용기는 때로 미련이 되지만 적절한 타이밍에 내리는 결단은 생의 숭고한 마침표가 된다. 동매는 이제 그 유의미한 끝을 맺기 위해 자신의 생에 남은 마지막 시간들을 정성껏 정리하기 시작한다. 이후의 서사에서 동매가 보여줄 마지막 행보는 목숨을 잃는 과정이 아니라 자신의 삶에서 가장 현명했던 빠른 결단의 기록이 될 것이다. 그는 그렇게 죽음으로 영원히 사는 방식을 선택한다. 망가지는 순간마저 온통 붉었던 그의 생은 이제 그 붉은 열정으로 누군가의 앞길을 비추는 등불이 되어 사라질 준비를 마친 것이다. 그가 말한 나쁜 놈의 빠른 죽음은 사실, 사랑하는 것들을 지키기 위해 자신을 가장 먼저 제물로 바치는 숭고한 용기의 다른 이름이다.

인생의 정오를 지나 저녁노을로 향하는 시점에서 인간이 내릴 수 있는 가장 용기 있는 결단은 자신이 가진 모든 것을 내려놓고 오직 신념만을 쫓아 사지로 걸어 들어가는 일이다. 구동매에게 일본행은 단순한 여정이 아니었다. 그것은 자신이 쌓아올린 무신회 한성 지부장으로서의 권력과 생존의 기반을 스스로 해체하고 예정된 죽음의 품으로 뛰어드는 투신이었다. 그는 일본 본국으로 돌아가는 것이 곧 처형대로 향하는 길임을 누구보다 잘 알고 있었다. 무신회의 수장을 배신하고 조직의 칼날이 겨누는 대상(애신)을 구하러 가는 길. 그 길 위에서 동매는 자신을 따르던 수하들을 향해 가장 냉정하고도 따뜻한 결별을 선언한다. "그래서 내가 너희들 버렸잖아, 방금! 난 이미 세상 모두가 적이야. 백 번을 돌아서도 이 길 하나고. 그러니 가야겠다, 일본."(22화)이라고. 이와 같이 동매는 유조를 비롯한 부하들을 버림으로써 그들을 살린다. 자신이 짊어진 붉은 운명의 굴레에 그들을 동참시키지 않겠다는 이 결단은 동매가 행할 수 있는 가장 고결한 형태의 손절이었다. "백 번을 돌아서도 이 길 하나"라는 그의 고백은 이제 그가 걷는 길이 존재의 당위가 되었음을 보여준다. 호타루의 흐느낌을 뒤로한 채 멀어지는 그의 뒷모습은 이미 이 세상의 미련을 정리한 자의 초연함을 담고 있다.

일본 시모노세키에서의 행보는 동매가 평생을 걸쳐 지불하고 싶어 했던 '헌신의 최종 원가'를 정산하는 과정이다. 그는 희성이나 황제까지 움직여 애신을 구출하려 획책하는데, 이 치밀한 설계는 단순히 연모하는 이를 살리려는 방책을 넘어 자신의 생 전체를 던져 한 존재의 자유를 보장하려는 숭고한 투신이다. 일본에서 애신이 그의 상처를 묶어주며 '석 달 뒤'라는 삶의 기한을 선물하지만, 동매의 운명은 이미 허난설헌의 시구처럼 '서리 위로 붉게 떨어질 꽃송이'(22화)의 비극을 예견하고 있었다. 그는 타국의 차가운 대지 위에서 저물 준비를 하며 비로소 사랑의 윤리가 요구하는 가장 가혹하고도 아름다운 비용을 치르기로 결심한다. 이러한 동매의 파격적인 선택은 무신회 수장 이시다 쇼와의 관계를 통해 그 의미가 더욱 선명해진다. 수장에게 동매는 피로 맺어진 분신이자 권력의 후계자였다. 수장이 그에게 던진 "무엇을 얻었는가"라는 질문은 조직의 칼로 살며 자신의 생을 소유하지 못했던 동매의 허무를 꿰뚫는 비극적 공감이다. 하지만 동매는 수장이 마련한 안전한 권력의 울타리를 박차고 '자기 자신보다 아끼는 존재'를 위한 희생으로 나아간다. 타인의 명령이 아닌 자신의 의지로 움직이는 단독자의 길을 선택한 것이다. 이러한 선택으로 수장에게 베이는 고통은 배신에 대한 처단인 동시에 평생 사냥개로 살던 동매가 비로소 자신의 생을 온전히 소유하게 될 때 거쳐야만 하는 비용이자 통과의례이다.

그러한 통과의례를 치르고 사선에서 돌아온 동매가 다시 조선을 향한 이유는 삶에 대한 미련이 아니라, '타이밍의 철학'을 완성하기 위해서이다.

> (동매) 일본에서 내게 닿기까지 고작 열흘. 그 열흘을 일 년처럼 살아 볼까, 그리 죽어 볼까. (23화)

그에게 남은 마지막 열흘은 평생 지불해 온 불안의 세금을 최종적으로 청산하는 기간이다. 그는 유진과의 짧은 만남으로 생의 마지막 우정을 확인하고 기적처럼 주어진 하루의 틈새에서 애신을 마주한다. 약속된 동전을 건네받으며 "이제 다 갚으셨습니다"(23화)라고 말하는 순간, 동매는 애신을 향한 자신의 생 전체를 완벽하게 정산한다. 이 선언은 이제 채무도, 얽매인 인연도 없는 홀가분한 상태에서 오직 그녀의 앞길을 위해 자신을 던지겠다는 자유인의 유언이다.

그의 마지막 전투는 유조를 비롯한 동료들에 대한 도리이자, 자신이 끝내 지키고자 했던 인간적 가치에 대한 증명이다. 난도질당하는 고통 속에서도 "한 놈만 더"를 외치는 처절함은 복수를 넘어선 존재론적 몸부림이다. 그는 비겁하게 생을 연장하는 대신, 자신이 가장 사랑하고 증오했던 진고개 바닥에서 숭고한 몰락을 선택한다. 이는 실패가 아니라, 가장 적절한 타이밍에 자신의 모든 원가를 지불하고 생의 마침표를 찍은 '자기 결정권의 완성'이다. 동매는 그렇게 죽음으로 비로소 자신의 생을 온전히 장악하고 역설적으로 영원히 사는 방식을 완성한다.

하지만 그 숭고한 종착지 너머에 남겨진 현실은 잔인하리만큼 비극적이다. 낭인들은 그의 영혼이 빠져나간 허울뿐인 시신을 말에 매달아 진고개를 가로지르며 승리를 자축한다. "조선을 망치러 가자"는 그들의 외침은 탐욕스럽고 비열하지만, 그 처절한 어둠 덕분에 동매가 성취한 자유의 빛은 더욱 선명해진다. 그 광경을 발치에서 내려다보는 동매의 영혼은 평온하다. 그는 이제 길에서 엎드려야 하는 백정도 누군가의 명령에 복종해야 하는 낭인도 아니다. 그는 자신의 의지로 누군가를 구원했고 약속을 지켰으며 마지막 남은 동료의 명예를 위해 피 한 방울까지 쏟아부었다. 그가 뽑았던 예언의 카드, "망가지던 모든 순간의 붉음"은 파멸의 흔적이 아니라 노을처럼 장엄한 완성의 빛깔이다. 드디어 동매는 타이밍의 철학을 완성한다. 늦게 낸 용기는 비겁함을 가리려는 변명이 되기 쉽지만 동매처럼 적기에 내린 빠른 결단은 한 인간의 삶을 숭고함으로 격상시킨다.

구동매의 삶은 우리에게 묻는다. 우리는 과연 우리의 마지막을 스스로 결정할 용기가 있는가. 늦은 후회로 삶을 연장하기보다 진정으로 소중한 가치를 위해 가장 멋진 타이밍에 자신을 던질 준비가 되어 있는가. 동매는 죽음으로 비로소 자신의 생을 온전히 가졌고 그의 붉은 피는 조선의 땅 위에 가장 뜨겁고 정직한 신뢰의 기록으로 남는다. 그는 이제 양화가 그토록 소망했던 그 평화로운 꿈의 세계로 걸어갔다. 날 선 칼 대신 따스한 햇살이 비치고 피비린내 나는 전쟁 대신 화사한 그림이 걸려 있는 곳. 그곳에서 동매는 더 이상 나쁜 사내일 필요도 누군가를 베어야 할 이유도 없이 비로소 인간 구동매로서의 고요한 안식에 들었을 것이다.

구동매의 삶에서도 엿보이는 니체

구동매가 보여준 일련의 손절과 투신은 세상의 잣대로 보면 참으로 무모한 선택처럼 보일 수 있다. 자신을 지켜주던 권력을 스스로 걷어차고 외로운 고립을 자처하며 결국 죽음이라는 명백한 끝을 향해 걸어 들어가는 모습은 세속적인 관점에서 결코 현명한 계산이 아니기 때문이다. 하지만 우리는 그 위태로운 행보 속에서 한 인간이 자신의 운명을 스스로 결정하려 할 때 뿜어내는 거대한 생명력을 목격한다. 그는 자신을 짐승이라 낙인찍던 타인의 시선을 거부한다. 그리고 고통뿐이었던 과거를 지우려 애쓰는 대신 오히려 그 아픔을 불꽃 삼아 주체적인 인간으로 피어난다. 이러한 동매의 모습은 "인간은 그 자체로 머물지 않고 끊임없이 자신을 뛰어넘어야 할 존재"라고 말했던 철학자 니체의 사유와 깊이 맞닿아 있다. 그는 고통을 피해야 할 불행이 아니라 자신을 일깨우는 자극제로 삼았고 날 선 적대 관계조차 자신을 단련하는 동력으로 바꾸어 놓았다. 이제 우리는 구동매가 도달한 이 눈부신 결말을 니체의 철학이라는 렌즈를 통해 조금 더 깊이 들여다보고자 한다. 한 인간의 망가짐이 어떻게 '숭고한 완성'이 될 수 있었는지를 말이다.

구동매가 행한 결단력 있는 손절은 관계를 끊는 차가운 행위가 아니다. 니체의 시선으로 볼 때 동매의 선택은 자신을 짓누르던 실존적 고통을 피하지 않고 이를 '자기 자신에 대한 새로운 사랑'으로 승화시킨 과정이었다. 니체는 고통을 우리 삶을 좀먹는 악이 아니라 오히려 "우리의 삶과 존재를 깨어 있게 하는 자극제"[1]로 보았다. 동매 역시 백정의 아들이라는 태생적 아픔과 무신회에서의 거친 삶을 부정하지 않았다. 대신 그 고통을 정면으로 통과하며 누구의 개도 아닌 오직 '구동매'라는 고유한 존재감을 증명해냈다.

특히 유진이나 희성의 관계에서 보여준 묘한 연대는 니체가 강조한 '아곤(Agon)'의 개념[2]을 잘 보여준다. 여기서 아곤이란 '서로를 자극하여 더 높이 성장하게 만드는 건강한 경쟁'을 뜻한다. 니체가 말하는 이상적인 우정은 서로를 가엽게 여기거나 위로하는 데 머물지 않는다. 진정한 친구라면 상대가 가진 잠재력을 최대한 발휘할 수 있도록 때로는 적처럼 맞서고 자극하며 서로를 더 높은 단계로 이끄는 동반자가 되어야 한다. 처음엔 칼끝을 겨누던 '적'이 될 수도 있었던 그들은 애신을 지키고 조선의 주권을 수호한다는 공동의 목적을 공유하며 적대감을 허물어간다. 이 과정에서 두 사람은 상대방을 무너뜨리는 원수가 아니라 서로의 품격과 가능성을 일깨우는 가장 멋진 경쟁자이자 진정한 동지로 거듭나게 된 것이다.

구동매의 손절은 자신을 도구로만 쓰려던 낡은 관계들을 정리하고 스스로 자기 삶의 주인이 되는 '초인'의 길을 택한 위대한 결단이었다. 그는

---

1) 손유나, 「니체 철학에서 고통의 정신적 승화로서의 사랑」, 『실존철학』, 2022, pp.229–234.

2) 강용수, 「니체의 우정의 정치학: 아곤(agon) 개념을 중심으로」, 『니체연구』 제38집, 2020, p.10. 니체는 우정의 윤리학을 '고독'과 '연대성'의 동맹이라는 관점에서 설명하고 있는데 이 논문에서 "경쟁을 통한 자기완성의 과정에서 친구와 적이라는 고정된 이분법의 구분이 사라지고, 두 개념이 교환 가능한 것으로 간주된다."고 정리하고 있다.

자신의 고통스러운 운명을 피하는 대신 기꺼이 사랑하기로 한 운명애[3]로 존재의 주권을 되찾는다. 특히 유진이라는 강력한 경쟁자이자 친구와의 교감을 통해 그는 인생이라는 전장에서 가장 존엄한 순간에 스스로의 결말을 맺을 수 있는 용기를 얻는다. 그의 손절은 파멸이 아니라 자신을 억죄던 모든 굴레에서 벗어나 진정한 자기 자신이 되기 위해 던진 가장 뜨겁고 아름다운 생의 찬가였다. 이러한 생의 찬가는 천상병 시인의 「귀천」이라는 시를 떠올리게 한다.

사실 『미스터 션샤인』 속에서 조선으로의 삶을 '소풍'이라 먼저 명명한 이는 유진이다. 하지만 그의 마지막이 대의를 위한 숭고한 희생이었다면 진고개 바닥에서 최후를 맞이한 구동매의 모습은 그 소풍이라는 단어가 지닌 본연의 정서, 즉 한바탕 치열하게 놀다 미련 없이 떠나는 이의 초연함에 더 깊이 맞닿아 있다. 낭인들의 칼날에 온몸이 난도질당하면서도 그가 끝내 "한 놈만 더!"를 외치며 자신을 불태울 수 있었던 이유는, 그가 이미 자신의 생을 하나의 완성된 소풍으로 받아들였기 때문이다.

"나 하늘로 돌아가리라. 새벽빛 와 닿으면 스어지는 이슬 더불어 손에
　손을 잡고,"

동매에게 삶은 새벽빛에 스러지는 이슬처럼 위태로운 것이었다. 백정의 자식으로 태어나 늘 죽음의 문턱을 넘나들었던 그에게 생은 언제나 짧고 허무한 환영과 같았다. 그러나 그는 그 짧은 이슬 같은 시간을 원망하지 않았다. 오히려 유진이라는 가장 좋은 적이자 친구와 손을 잡고 아곤(Agon)의 시간을 통과했으며 그 과정을 통해 고통을 승화시켜 나간다. 니체가 말했듯 고통이 존재의 자극제가 되어준 덕분에 그는 비로소 자기 자신을 사랑하는 법을 배웠고 그 사랑은 다시 타인을 지키는 숭고한 용

---

3) 손유나, 위의 논문, p.239.

기로 이어졌다.

동매가 애신에게 이제 다 갚았다고 더는 오지 말라고 말했던 순간은
그에게 구름의 손짓이 들려온 때였다. 낭인들의 도착이 하루 늦어진 덕
분에 가질 수 있었던 그 마지막 작별의 시간은 노을빛 아래서 잠시 머물
다 가는 짧은 휴식과도 같다. 그는 이 세상과의 모든 부채 관계를 정산한
다. 그러므로 이제 그에게 남은 것은 그저 가벼운 몸으로 '하늘로 돌아가
는' 일뿐이다.

말에 매달려 진고개 바닥을 끌려가는 그의 육신은 처참했으나 그를
내려다보는 영혼의 시선은 천상병 시인의 시구처럼 맑고 투명하다. 피비
린내 나는 칼질과 짐승이라 불리던 수모, 아편굴에서의 연명과 사랑하
는 여인에게 끝내 닿지 못한 연정까지. 그 모든 고통스러운 파편들이 모
여 구동매라는 하나의 유일무이한 삶의 무늬를 완성했다.

니체가 고통을 통해 자신의 고유한 건강을 발견하고 삶을 긍정했듯이
동매 역시 자신의 망가진 생을 "온통 붉어 아름다웠던 소풍"으로 정의한
다. 유진이 소풍을 언급했다면 동매는 그 소풍을 완성한 셈이다. 그는 저
세상에 가서도 분명 그리 말할 것이다. 백정의 아들로 태어나 나쁜 사내
로 살다 갔지만, 누군가를 온 마음을 다해 지켰고 자신의 운명에 맞서
당당히 결단을 내렸기에 이 소풍은 참으로 아름다웠노라고. 그의 죽음

은 파멸이 아니라 니체의 '자기 극복'과 천상병의 '귀천'이 만나는 지점에서 완성된다. 가장 비참한 자리에서 가장 고귀한 타이밍에 퇴장한 사내. 구동매는 그렇게 자신의 삶이라는 예술 작품을 완성하고 붉은 노을 속으로 구름처럼 가볍게 돌아간다.

PART 4.

내부의 윤리적 경계: 삶의 의지와 존엄의 충돌

14장
삶의 의지, 존엄을 배신하다:
이완익의 선택과 자기 소멸

　본 장에서는 이완익이라는 인물을 통해 삶의 의지가 존엄을 배신했을 때 어떤 괴물이 탄생하는지를 추적할 것이다. 그는 19세기 말 조선이 직면했던 구조적 모순의 집약체다. 무능한 왕실, 부패한 관료, 그리고 버림받은 백성들. 그 아수라장 속에서 이완익은 가장 효율적인 악인이 되기로 결심한다.

　『미스터 션샤인』 1화는 1871년 신미양요를 전경(前景)화하여 역사를 재현하고 특정 장소를 의미화한다.[1] 이 역사적 사실성 위에서 이완익의 악행은 단순한 극적 장치가 아니라 시대를 뚫고 나온 고통스러운 질문이 된다. "국가가 나에게 무엇을 해주었는가"라는 질문을 가장 잔인하게 뒤틀어 실행에 옮긴 한 남자의 기록을 통해 우리는 역설적으로 인간을 인간답게 만드는 최소한의 경계가 무엇인지 성찰해 볼 것이다. 생존에 대한 갈망은 인간의 가장 강력한 본능이다. 하지만 그 본능이 존엄이라

---

1) 신효승, 「1871년 미군의 강화도 침공과 전황분석」, 『역사와 경계』(93), 2014, p.33.

는 나침반을 잃었을 때, 그것은 한 개인뿐만 아니라 공동체 전체를 무너
뜨리는 흉기가 된다. 이제 이완익이라는 거울로 그 어두운 욕망의 연대기
를 펼쳐보고자 한다.

존엄을 팔아 생존을 사다

1871년의 강화도, 광성보는 지옥의 다른 이름이었다. 미군의 로저스
제독이 이끄는 아시아 함대는 압도적인 화력을 앞세워 조선의 관문을 두
드렸다. 『미스터 션샤인』의 도입부는 이 참혹한 역사의 현장을 비정하리
만큼 사실적으로 재현한다. 빗발치는 포탄 속에서 조선의 병사들은 현
대식 소총 앞에 구식 화승총으로 맞선다. 화약이 떨어지면 돌을 던지고
손가락이 잘리면 이빨로 적의 목덜미를 물었다. 이 광경을 목격한 미군
지휘관(슐레이 대령으로 추정)의 목소리로 흐르는 나레이션은 읽는 이
의 심장을 옥죄는 비장함으로 가득 차 있다.

> "적군은 참패의 와중에서도 물러서지 않고 결사 항전 중이다. 패배가
> 빤히 보이는 상황에서 단 한 명의 탈영병도 없다. 아군이 압도적인 전력
> 으로 몰아붙임에도 불구하고 적군은 장군의 깃발 수자기(帥字旗) 아래 일
> 어서고 또 일어선다. 창과 칼이 부러진 자는 돌을 던지거나 흙을 뿌려 저
> 항한다. 이토록 처참하고 무섭도록 구슬픈 전투는 처음이다." (1화 나레
> 이션)

이것은 승자의 기록임에도 불구하고 그 안에는 패자에 대한 경외와
비극적 숭고함이 서려 있다. 하지만 화면이 바뀌어 보이는 한양의 궁궐
은 기이할 정도로 평온하다. 군주는 화려한 그릇에 담긴 산해진미를 음
미하며 수라를 든다. 조선의 산하가 외세의 군홧발에 짓밟히고 백성들

의 비명이 강화 앞바다를 메우고 있을 때, 국가는 그들의 죽음을 무미건조한 보고서의 한 줄로만 소비한다. 이 극명한 시각적 대비는 『미스터 션샤인』이 던지는 가장 근원적인 질문이다. "국가는 누구를 위해 존재하는가?" 이 질문에 대한 가장 일그러진 대답이 바로 이완익이라는 인물의 탄생이다.

전투가 끝난 후, 조선의 조정이 보여준 태도는 광성보의 결사 항전보다 더 참혹했다. 흥선대원군은 이 처참한 패배를 두고 "미리견은 군사적으로 이겼으나 외교적으로 패했으니 미리견의 텅 빈 승리요 조선의 꽉 찬 패배"(1화)라 평가한다. 통치권자의 체면을 지키기 위해 수백 명의 죽음을 정신적 승리라는 허울 좋은 수사학 속에 가두어버린 것이다.

더욱 잔인한 것은 살아남은 자들에 대한 처우였다. 미군에 포로로 잡힌 20여 명의 병사에 대해 조정은 "조선의 조정은 그들을 환영치 않으니 돌아오지 말라 기별하라"고 명한다. 국가를 위해 목숨을 걸고 싸우다 살아남은 자들이 졸지에 국가의 수치가 되어 버린 것이다. 미군은 오히려 그들의 용맹함에 경의를 표하며 무조건적인 석방을 결정하지만 그들의 조국은 그들을 철저히 외면한다. 이 지점에서 이완익의 독설이 터져 나온다.

> "그러니 상것들이 무시게 그리 죽기 살기로 싸운단 말이니, 조선이 너희 간나새끼들한테 뭘 그리 해 줬다고, 아니 그러니?" (1화)

이완익의 이러한 일침은 매국노의 비겁한 변명이 아니다. 그것은 국가라는 시스템으로부터 철저히 소외되고 배신당한 개인이 내뱉는 날 것 그대로의 분노다. 신분제라는 견고한 벽 아래서 사람 취급도 받지 못하던 이들에게 국가는 오직 세금을 거두고 목숨을 요구할 때만 존재를 드러낸다. 조선이라는 이름은 이완익의 가슴 속에서 긍지가 아닌 분노로 작동한다. 그는 자신을 짓눌러온 신분의 족쇄를 벗어나기 위해 기꺼이 조국을 팔아치우는 길을 택한다. 이완익은 광성보의 비극에서 의미 있는 죽음 대신 추악한 생존을 선택한다. 그는 본능적으로 깨닫는다. 이 나라는 백성을 지켜주지 않으며 고귀한 충절은 결국 잊히거나 버려질 뿐이라는 사실을 말이다. 그는 자신의 생의 의지를 지키기 위해 인간으로서의 존엄을 가장 먼저 내던진다.

미군이 이러한 상황에서 오히려 "미국은 정의로운 나라요. 저들은 자기 나라를 위해 장렬히 싸웠고 미합중국은 경의를 표하며 석방하오"라며 정의를 내세워 포로를 석방할 때 그는 코웃음을 치며 조롱한다. "정의? 지랄 통소 불지 말라. 정의로워서 삼백을 넘게 죽였구나 야."(1화) 이완익의 이 말에는 세상을 향한 증오와 날카로운 통찰이 동시에 담겨 있다. 그는 침략자의 위선적인 정의와 방관하는 조정의 무능을 동시에 꿰뚫어 본다. 그가 보기에 세상은 도덕이나 명분으로 움직이는 것이 아니라, 오직 힘과 이해관계에 의해 굴러가는 비정한 정글이다. 드라마 속 광성보 전투는 당시 미군 지휘관과 병사들의 기록, 그리고 종군 사진사가 남긴 사진들을 토대로 사실적으로 재현되었는데[2] 이는 이완익이 목도한 현실이 결코 허구가 아님을 증명한다.

그가 매국노가 된 것은 타고난 탐욕 때문만은 아니다. 그것은 존엄이 거세된 생의 의지가 도달할 수 있는 가장 비극적인 형태다. 그는 스스로를 '이완익'이라는 이름의 매물로 만들어 제국주의의 시장에 내놓는다. 미국에, 일본에, 더 강한 포식자에게 자신과 나라를 팔아넘기는 행위는 그가 가진 유효한 생존 전략이다. 하지만 이 선택은 필연적으로 자신의 영혼을 갉아먹는 자기 소멸로 이어진다. 제국주의의 시장은 결코 공정하지 않기 때문이다. 스스로를 매물로 내놓은 대가는 달콤할지 모르나 이 거래는 결국 판매자인 이완익 자신의 존재 근거마저 야금야금 잠식해

---

2) 주창윤, 「〈미스터 션샤인〉, 역사의 소환과 재현 방식」, 『한국언론학보』(63), 2019, pp.232-233.

들어간다. 자신이 판 나라의 운명과 함께 스스로를 지울 수 없는 역사의 폐허 속으로 밀어 넣게 되는 것이다. 그러므로 이완익이 걸어간 길은 화려한 출세의 길처럼 보이지만 사실은 인간성이라는 자아를 지워나가는 과정이다. 그는 모국어를 버리고 침략자의 언어를 익히며 제 민족을 '간나새끼들'이라 칭하며 혐오한다. 그는 조선인도 아니며 그렇다고 그가 숭상하는 일본인이나 미국인이 될 수도 없다. 그는 오로지 자신의 욕망이라는 허상을 채우기 위해 존재하는 유령 같은 존재가 되어버린다.

실제로 『미스터 션샤인』 4화에서 이완익은 조선의 비마를 자처한다. 비마란 불교에서 성불 직전 수행자를 괴롭히는 다섯 번째 마귀, 즉 세상 모든 것을 슬프고 부질없게 만들어 스스로 무너지게 하는 마귀같은 존재다. 이완익이 이토 히로부미를 찾아가 조선의 백자를 바치는 장면은 그저 정경유착의 현장이 아니다. 그것은 한 국가의 정체성과 군주의 영혼을 어떻게 파괴할 것인가에 대한 고도의 심리전이 시작되는 지점이다. 이토는 그 백자를 가리켜 비마라 칭하고 이완익에게 조선 황제의 비마가 되라고 명한다. 이토의 이 명령은 이완익의 존재 가치를 명확히 규정한다. 그는 조선을 물리적으로 점령하기에 앞서 황제의 정신적 근간을 뒤흔드는 독극물로 쓰이기를 기꺼이 원한다. 그에게 백자의 예술적 가치나 국가의 자존심 따위는 안중에도 없다. 그가 집중하는 것은 오직 하나, 타인의 공포를 동력 삼아 자신의 권력을 공고히 하는 것이다. 황제를 잠못 들게 하는 심마가 되는 것, 그것이 존엄을 버린 이완익이 선택한 최고의 출세 가도였다. 이는 한 인간이 자신의 뿌리를 부정하고 타자의 욕망에 기생할 때 얼마나 잔혹해질 수 있는지를 보여주는 대목이다.

이완익과 같은 인물이 생길 수밖에 없었던 현실은 시대의 비극이다. 한 개인이 태어나 국가로부터 온기를 느껴본 적이 없고 오히려 국가가 자신을 사지로 내모는 것을 목격했을 때, 그에게 국가에 대한 헌신을 요구하는 것은 공허한 외침일지 모른다. 그러나 이완익의 진짜 비극은 그 상처를 치유하는 대신 자신이 받은 고통을 온 세상에 투사하여 악의 연쇄를 완성했다는 데 있다. 그렇게 일군 권력의 정점에서 그는 세상을 조롱하지만, 그 웃음의 이면에는 무엇으로도 채울 수 없는 허무의 심연이 도사린다. 그가 비웃던 '죽기 살기로 싸운 상것들'은 비록 목숨은 잃었을지언정 역사의 기억 속에 지워지지 않는 존엄을 남긴다. 반면, 모든 것을 팔아 권력을 부지한 이완익이 마주한 것은 오직 역사의 멸시와 지독한 고독뿐이다. 세속적 성공으로 생의 의지를 증명하려 했던 그의 시도는 결국 인간으로서의 존엄을 잿더미로 만드는 참담한 결말로 귀결되고 만다.

문명의 포식자: 기차, 폭력의 이름으로 달리는 근대

문학적 관점에서 기차는 근대성을 표상하는 문명의 이기이자 동시에 식민지 지배를 가속화하는 위압적인 수단이다. 기차는 개인에게는 시공간을 정복하는 새로운 경험을 제공하고 국가적으로는 자본의 집적과 유통을 통해 근대 도시를 성장시키는 동력이 된다.[3] 이렇듯 식민지 조선에서 기차의 등장은 양가적인 충격을 안겨주었다. 『미스터 션샤인』에서 이완익이 조선 땅에 발을 내딛으며 기차역을 바라보는 시선은 탐욕스럽다. "오전 7시, 오후 1시 하루 두 번 다닙니다. 돈이 좋긴 좋다. 비루한 조선 땅에 문명이 달리고 있지 않니?"(5화) 그에게 기차는 조선의 근대화를 이끄는 축복이 아니라 자신이 선택한 힘의 논리가 시각화된 결정체다.

더욱이 철도라는 매개체는 인간과 풍경과의 직접적인 접촉을 차단하고 승객을 풍경으로부터 소외시킨다.[4] 이완익의 삶 역시 이와 닮아 있다. 그는 조선이라는 풍경(민족과 공동체) 속에 살고 있지만, 그들과의

---

3) 김미영, 「근대소설에 나타난 '기차' 모티프 연구」, 『한국언론학보』(54집), 2006, pp.235-236.

4) 나희덕, 「1930년대 시에 나타난 '기차' 표상과 근대적 시각성」, 『조선대학교 학술연구비 지원 논문』, 2006, pp.107-108.

정서적 유대를 완전히 차단한 채 오직 목적지(자신의 영달)만을 향해 돌진한다. 기차 안의 여행객이 외부 세계와 단절된 채 내부적 시선에 매몰되듯 이완익은 조선 백성들의 고통을 기차 창밖의 무의미한 파노라마처럼 취급한다. 결국, 이 질주하는 철마는 유용한 문명의 이기를 넘어 타자의 고통을 외면한 채 조선의 현실을 난도질하는 가장 노골적인 폭력의 상징이 된다.

이완익의 탐욕은 '10만 엔짜리 증서'라는 구체적인 숫자로 드러난다. 러청 은행에 예치된 황제의 비자금 증서는 조선의 운명을 단번에 뒤집을 수 있는 거대한 판돈이다. "그게 일본 손에 들어가면 일본은 경의선 철도를 얻어 낼 것이고 (중략) 그게 의병 놈들 손에 가면 철로를 폭파할 다이너마이트를 살 군자금으로 쓰일 테고…"(7화) 여기서 기차와 철도는 제국주의 확장의 핵심 동력으로 묘사된다. 철도는 공간의 파괴자이자 새로운 공간의 창조자로서 근대적 시간 개념과 일상을 지배하는 힘이다. 일본이 경의선을 얻으려는 이유는 명확하다. 철도는 상품의 유통로일 뿐만 아니라, 군사력을 신속하게 배치하여 대륙으로 진출하는 거대한 혈관이기 때문이다. 그는 이 철로를 자신이 직접 통제하려 든다. "일본을 흥하게도 망하게도 내래 직접 해야겠다 그 말이야. 알간?"(7화) 이는 그가 일본에 충성하는 것처럼 보이지만 사실은 그 어떤 국가나 이데올로기에도 소속되지 않은 채 오직 자신의 자격지심과 권력욕만을 추동력으로 삼고 있음을 보여준다. 그는 철도를 깔아 나라를 파는 쪽과 그 철도를 폭파하려는 의병 사이에서 교묘하게 줄타기하며 자신의 몸값을 올린다. 그에게 기차는 조선의 허리를 끊는 비극의 선이기보다는 자신의 욕망을 무한히 실어 나르는 황금 노선일 뿐이다.

그러므로 이완익은 글 몇 줄로 나라를 구하겠다는 양반들을 향해 극도의 혐오를 쏟아낸다. "양반 것들은 이래서 아이 되는 거야. 글 몇 줄로 조선을 구하면 구해지니?"(13화) 이 말은 지극히 현실적이고도 비정한 통찰을 담고 있다. 힘이 뒷받침되지 않는 정의는 무력하다는 사실을 그는 신미양요의 현장에서 깨달았기 때문이다. 그는 근대화라는 이름의 기차가 뿜어내는 검은 연기 속에서 도덕과 명분이라는 낡은 유산이 얼마나 쉽게 으스러지는지를 목격한다. 그가 보기에 양반들의 구국 활동은 기차라는 압도적인 근대적 폭력 앞에 던져진 연약한 종이 한 장에 불과한 것이다. 기차가 지나간 자리에 표준화된 시간과 공간의 질서가 들어서듯 이완익이 지나간 자리에는 전통적인 윤리와 인간 존엄이 파괴된 식민지적 근대만이 남는다.

이렇듯 그는 양반들의 위선을 조롱하며 자신의 반역 행위를 정당화하지만, 그가 세운 실력의 실체는 결국 민족의 고혈을 빨아 세운 철로 위의 성곽일 뿐이다. 이완익은 조선을 박살 내며 달리는 철로 위에 자신의 영광을 기록하려 했으나 역설적으로 그가 혐오하던 '글 몇 줄'에 의해 영원히 매국노로 기록되는 역사의 심판을 피할 수 없었다. 삶의 의지가 존엄이라는 나침반을 잃었을 때 인간은 문명의 이기를 타고 달리는 가장 추악한 괴물이 될 수 있다. 이완익은 그 파괴적인 삶을 통해 그것을 증명해 보인다. 그는 스스로 조선의 비마가 되었으나 결국 그 마귀에 잡아먹힌 것은 조선이 아니라 이완익 자신이다.

효용 가치로만 재단하는 관계의 한계

앞서 살폈듯이 이완익은 누구도 믿지 않으며 오직 쓰임새로만 사람을 판단한다는 비정한 인물이다. 그는 광성보의 비극 이후 국가가 개인을 어떻게 외면하는지 목격하고 자신을 보호할 수 있는 것은 오직 눈에 보이는 실질적인 힘뿐이라는 결론에 도달한다. 『미스터 션샤인』 15화에서 보여준 그의 태도는 이러한 도구적 인간관을 여실히 드러낸다. 그는 한때 협력 관계였던 김용주가 위기에 처하자 일말의 망설임 없이 그를 외면한다. 그에게 타인은 목적이 아닌 수단이며 이용 가치가 다하면 언제든 대체 가능한 소모품에 불과하다. 하지만 이러한 태도는 역설적으로 그를 가장 깊은 불신의 늪으로 밀어 넣는다. 유진이 자신의 아버지와도 같은 선교사를 죽인 김용주를 손쉽게 인도받았다는 소식을 접했을 때, 그는 자신의 상식으로 이해할 수 없는 상황에 직면한다.

> "내래 돈을 수백 환을 써도 똑바른 거 하나를 못 얻는데, 그 미군 아새끼는 무스기로 그리 사람을 잘 얻는 거이니?" (15화)

이는 그의 내면이 이미 황폐해졌음을 보여주는 지점이다. 그는 자본과 위협으로 타인을 움직일 수는 있으나 인간 사회를 지탱하는 보이지 않는 화폐인 신뢰의 가치는 가질 수 없는 사람이다. 사람의 마음을 얻는 법을 알지 못하는 그는 결국 아무도 믿을 수 없는 고독한 방 안에 스스로를 가두게 된다. 존엄을 팔아 얻은 권세는 그의 삶을 화려하게 치장해주지만, 정작 그 곁에는 진심으로 머무는 이 하나 없는 처절한 고립만을 남기기 때문이다.

18화에 이르러 이완익의 자아는 일본 보수 세력의 상징인 모리 타카시 대좌와 마주하며 더욱 위태롭게 흔들린다. 타카시가 속한 모리 가문은 정한론을 따르며 조선을 정벌해 일본 내부의 혼란을 잠재워야 한다는 위험한 신념을 가진 집안이다. 타카시는 조선에 발을 들이자마자 일한의정서의 체결을 예고하며 그 서명이 조선인의 피로 쓰이게 될 것이라는 냉혹한 태도를 보인다. 그와의 대면에서 이완익은 자신이 조선인들을 얼마나 잘 통제할 수 있는지 강조하며 자신의 가치를 증명하려 애쓴다. 그는 타카시와 식사를 하며 "조선인들은 다루기 쉬운 종자요. 배만 안 곯리면 알아서 곯고, 사탕이라도 하나 물리면 알아서 기고, 나머지는 매가 약이지"라며 동포들을 비하한다.(18화) 하지만 타카시가 바라보는 조선은 이완익의 천박한 계산과는 차원이 다른 지점이다. 타카시는 이완익의 말을 가로막으며 조선이 외세의 침략 속에서도 끈질기게 살아남은 이유를 역설한다.

> "조선은 왜란 호란을 겪으면서도 여태껏 살아남았어요. (중략) 그들은 스스로를 의병이라고 불러요. 임진년에 의병이었던 자의 자식들은 을미년에 의병이 되고, 그 자식들은 지금 뭘 하고 있을까?" (18화)

타카시는 대를 이어 투쟁하는 의병의 역사와 그 기저에 흐르는 조선의 질긴 민족성을 정확히 꿰뚫고 있다. 이어서 그는 '조선의 정신'을 훼손하고 민족성을 말살해야 한다는 섬뜩한 계획을 밝힌다. 이완익이 의병을 오합지졸 역도라 비웃을 때, 타카시는 오히려 그런 이완익의 무지를 비웃으며 그의 무능함과 신분의 한계를 동시에 공격한다. 이 순간 이완익이 쌓아 올린 허세는 모래성처럼 무너진다. 그는 조선을 배신하고 새로운 권력의 핵심에 편입되길 원했으나 그의 신분은 언제나 꼬리표를 남긴다. 그가 다른 사람들을 그렇게 대하듯 침략자들에게도 그는 목적을 달성하면 언제든 폐기될 수 있는 천한 존재에 불과하다. 이렇듯 이완익은 황제를 불안하게 만드는 비마로서 공포를 전파하는 자리에 올랐으나 정작 자신은 조선의 정신조차 제대로 이해하지 못한 채 더 큰 권력 앞에서 숨죽여야 하는 비굴한 생존을 이어간다.

이완익의 포악함이 구체적으로 드러나는 지점은 경의선 철도 부설권을 둘러싼 탐욕과 고사홍의 죽음이 교차하는 장면이다. 그는 박기종을 내세워 철도 부설권을 일본으로 넘기려 계획한다. 앞서 말했듯, 철도는 근대적 시간과 공간을 재편하는 강력한 도구인 동시에 식민지 지배를 공고히 하는 물리적 통로다. 이완익은 고사홍의 집을 철도 노선에 포함시켜 국가 사업이라는 명목으로 강탈한다. 이는 조선의 정신적 상징을 무너뜨리려는 의도적인 행위다. "고사홍이는 궁 밖에서 내 손에 죽어야 된다. 조선인들이 벌벌 떨 대상은 일본이 아니라 내가 돼야 한다."(18화)는 그의 욕망은 철저히 자기 과시적이다. 그는 권력을 빌려 과거 자신이 겪었던 신분적 열등감을 조선인들의 두려움을 통해 보상받으려 한다.

그러나 고사홍의 대처는 이완익의 생존 논리와는 차원이 다른 울림을 준다. 고사홍은 철도가 지나가지 않는 땅을 소작인들에게 나누어주며 "보릿고개가 아무리 흉해도 총칼이 위협해도 왜놈들에게는 절대 그 땅을 팔아서는 안 된다."(18화)라는 유언을 남긴다. 이완익이 기차라는 근대적 문명의 폭력성을 빌려 외형적인 영토를 뺏으려 할 때, 고사홍은 나눔과 약조로써 공동체의 정신적 영토를 보존한다. 이완익은 기차라는 문명으로 조선의 정신과 일상을 정복하려 했으나 고사홍이 남긴 연대의 정신까지 굴복하지는 못한다.

실현되는 예언- "오래 걸려도 꼭 갈 거야, 그들이"

이완익의 종말은 갑작스러운 사고가 아니라 그가 평생 쌓아온 선택들이 필연적으로 도달한 결과물이다. 『미스터 션샤인』 20화에서 그는 자신을 처단하러 온 애신과 마주하며 잊고 싶었던 과거의 그림자를 발견한다. 그는 애신의 얼굴에서 십수 년 전 일본에서 자신이 직접 꺾어버렸던 의병들의 흔적을 읽어낸다. 애신의 어머니 희진이 숨이 멎어가면서도 끝내 이완익의 눈을 똑바로 응시하며 남겼던 말, "오래 걸려도 꼭 갈 거야, 그들이"(1화)라는 예언이 이제 원망을 넘어 이완익의 숨통을 죄는 현실이 되어 돌아온 것이다.

여기서 "오래 걸려도"라는 표현은 의병들이 가진 독특한 시간관을 관통한다. 이완익은 시간을 즉각적인 이익을 위해 쪼개어 써야 할 소모적인 화폐로 취급하지만, 의병들은 단절되지 않고 흐르는 역사의 강물 속에 자신들의 생을 기꺼이 담근다. 희진이 내뱉은 말은 사적인 응징의 예고가 아니다. 그것은 임진년의 의병이 을미년에 이어지는 것처럼 굴절되지 않는 신념이 시간을 이겨내고 마침내 약속된 미래에 당도할 것을 예언하는 일이었다. 이완익은 그들이 '오래 걸려' 올 것이라는 사실을 믿지 않았으나 그 오래된 시간은 단 한순간도 멈추지 않고 그의 목전에 닿았다. 이러한 죽음의 문턱에서도 이완익은 자신의 생존 논리를 포기하지 않으며 냉소한다. "내 하나 죽인다고 다 넘어간 조선이 구해지니?"(20화) 이는 결과와 효율만을 중시하는 철저한 근대적 이기주의의 산물이다. 그러나 애신의 대답은 이완익의 평생을 지탱해온 가치관을 단번에 무너뜨린다.

> "적어도 하루는 늦출 수 있지. 그 하루에 하루를 보태는 것이다." (20화)

애신이 말하는 "하루"는 이완익의 계산법으로는 도저히 가치를 매길 수 없는 시간이다. 그에게 나라가 기우는 것은 이미 결정된 결과였기에 그 하루를 늦추는 것은 무의미한 낭비였을 것이다. 그러나 애신에게 그 하루는 단순히 물리적인 24시간이 아니라 누군가는 주권을 가진 국민으로 숨 쉴 수 있는 시간이며 다음 세대에게 저항의 기억을 넘겨줄 수 있는 거룩한 기회다. 이완익이 당장의 안위라는 점에 불과한 삶을 살았다면 애신은 그 하루들을 이어 붙여 역사라는 선명한 선을 만들고 있었던 것이다. 이완익은 끝내 그 하루가 모여 거대한 역사의 물줄기를 바꾼다는 연대의 신비와 숭고함을 이해하지 못한다. 그리고 그 이해의 부재, 즉 타인의 진심을 읽어내지 못한 무지가 결국 그의 가장 처참한 패배를 가져온 것이다.

그의 사후 풍경은 그가 타인을 대했던 방식 그대로 차갑고 적막하다. 이완익이 그토록 발맞추려 애썼던 타카시는 "일개 조선인의 죽음을 내가 왜 자세히 알아야 하느냐"며 그를 가차 없이 외면한다.(20화) 조선의 조정 또한 "제 나라를 버린 부왜인에게 조선의 법도 아깝다"며 그의 시신을 거두지 않는다. 이완익은 일본인도, 조선인도 되지 못한 채 자신이 그토록 혐오하며 짓밟으려 했던 땅 위에서 그 누구에게도 슬픔이 되지 못한 채 고독하게 버려진다. 이는 존엄을 팔아 얻은 생존이 도달할 수 있는 가장 황폐한 종착역이다. 더욱이 이완익의 죽음을 두고 훗날 을사오적이 될 권중현과 이근택이 나누는 대화는 지독한 역사의 아이러니를 보여준다. "조선인도 아니다, 일본인도 아니다. 개죽음이 따로 없습니다. 역사에 어찌 남으려고 그리 극악무도하게 살았는지."(20화) 자신들 또한 언제든 사익을 위해 명분을 저버릴 자들이 이완익을 비난하는 이 기괴한 광경은 이완익이 도달한 자기 소멸의 종착지가 어디인지를 명확히 한다. 그는 기차처럼 빠르게 성공의 정점에 도달하고 싶어 했고 백자처럼 차갑게 세상을 조롱했다. 그러나 기차가 지나간 뒤 차가운 철길만 남듯 그가 떠난 자리에는 그가 그토록 무시하던 민초들의 저항과 고사홍의 지조만이 선명하게 남았다.

이완익의 삶은 우리에게 무거운 질문을 던진다. 모든 인간이 고사홍처럼 숭고할 수도 혹은 이완익처럼 화투를 극단적으로 타락할 수도 없는 것이 현실이다. 대다수의 평범한 이들은, 그 사이 어디쯤에서 흔들리며 살아간다. 그러나 이완익의 파멸은 생존이라는 본능이 타인과의 연결과 최소한의 가치를 완전히 상실했을 때, 한 인간의 영혼이 어떻게 지워지는지를 보여주는 경고다. 그는 삶의 의지가 존엄이라는 방향을 잃었을 때 도달하는 비참한 결말을 몸소 보여준다. 그의 이름은 영광의 기록이 아니라 역사의 뒷길에 남겨진 쓸쓸한 낙인이 되었다. 그것이 바로 존엄을 외면한 생존이 마주하는 진정한 자기 소멸이다.

15장
가해와 피해의 경계:
아버지의 죄와 쿠도 히나의 대속(代贖)에 담긴
책임의 윤리학

구한말 한성의 밤을 붉게 밝히는 호텔 글로리는 서로 다른 시대의 힘이 마주치는 공간이다. 그곳은 서구의 근대성과 일제의 탐욕, 그리고 조선의 위태로운 운명이 뒤섞이는 시대의 욕망이 응집된 화려한 무대와도 같다. 그리고 그 무대의 정점에는 쿠도 히나, 혹은 이양화라는 두 이름을 가진 여인이 서 있다.

히나는 매국노인 아버지 이완익에 이끌려 일본인 거부 노인과 결혼했고 그 과정에서 '이양화'라는 조선의 이름을 잃고 '쿠도 히나'라는 일본의 성과 이름을 얻는다. 그녀는 가해자의 언어를 배우고 가해자의 옷을 입었으나 심장은 피해자의 땅인 조선을 향해 뛰는 비극적인 경계인이다. 히나는 호텔이라는 공간을 매개로 유진, 고애신, 희성 등 많은 인물들과 관계를 맺는다. 그 관계를 매개로 그녀가 자신의 삶에 드리워진 '아버지의 죄'라는 굴레를 어떻게 인식하고 이를 대속하기 위해 어떠한 책임의 윤리를 실천하는지 고찰하고자 한다.

쓸쓸한 이방인을 읽어내는 경계인의 통찰

　　유진과 쿠도 히나의 첫 만남은 서로의 이중 정체성을 확인하는 날카로운 탐색전으로 시작된다. 유진이 호텔에 투숙하며 건네는 대화는 이들의 본질적인 결핍을 관통한다.

> (히나) 304호면 그곳에는 미국인이 묵는다고 들었는데. (유진) 나도 이 호텔 주인이 일본인이라 들었는데. (2화)

　　이 짧은 문답은 두 인물이 처한 디아스포라의 현실을 드러낸다. 유진은 검은 머리의 미국인이며 히나는 조선의 피가 흐르는 일본인 미망인이다. 그들은 어느 한 곳에도 온전히 속하지 못하는 '경계인'으로서 서로를 알아본다. 유진에게 호텔은 잠시 머무는 곳이지만 히나에게 호텔은 생존을 위한 장소이자 조선의 정보를 수집하는 거점이다. 히나가 유진에게 "내가 무언가를 묻는다면 전부 여자로서 묻는 겁니다"라고 다가갔을 때, 유진은 "용건 끝났으면 올라가 봐도 되겠소? 손님으로서 묻는 거요"라며 부드럽지만 단호하게 선을 긋는다. 여기서 히나가 보여주는 "계속 편하십니까? 주인으로서 묻는 겁니다"라는 대응은 그녀의 비범함을 보여준다. 그녀는 사적인 거절을 공적인 비즈니스로 전환하며 자신의 자존감을 지킬 줄 아는 여자다. 두 사람은 가해자의 국가(미국과 일본)의 힘을 빌려 피해자의 국가(조선)에 서 있다는 점에서 도덕적 딜레마를 공유한다. 히나는 유진을 보며 자신의 처지를 투영하고 그가 겪는 이방인의 고독을 누구보다 깊이 이해한다. 유진과의 관계에서 히나는 자신이 피해자에 머물지 않고 타인의 정체를 꿰뚫어 보는 주체적인 감시자이자 조력자로 성장할 가능성을 발견한다.

　　유진과의 만남이 서로의 이중적 국적과 정체성을 확인하는 날카로

운 탐색전이라면 김희성과의 첫 만남은 히나가 가진 호텔 여주인으로서
의 사회적 영민함이 돋보이는 장면이다. 유진이 차가운 이성으로 히나의
경계를 자극했다면 희성은 한량 특유의 능청스러움으로 히나를 대한다.
"조선 분이시군요. 보기에도 아주 좋은 그대 이름은 어찌 되오?"(4화) 희
성의 첫 질문에 히나는 즉각적으로 냉담한 방어 기제를 내보인다. 그녀
는 이름을 밝히지 않는다. 수많은 남성을 상대하며 홀로 호텔을 일궈온
히나는 초면에 이름을 묻는 희성의 태도는 그저 흔한 희롱이나 가벼운
추파로 읽었기 때문이다. 이는 유진이 히나를 호텔 주인이라는 기능적
존재로 대하며 일정한 거리를 유지했던 것과는 대조적인 시작이다.

그러나 대화가 이어지며 희성이 자신의 정체를 드러내는 순간, 히나의
태도는 기민하게 바뀐다. 10년 만에 귀국했다는 그가 "내 증조부의 집은
이렇게 호텔이 됐구려"라고 말하자 히나는 눈앞의 사내가 조선 최고의
갑부인 김 판서 집안의 손자임을 즉각 알아채고 자신의 이름을 밝힌다.
여기서 히나가 자신의 이름을 뒤늦게라도 밝힌 것은 호텔 여주인으로서
의 철저한 사회성의 발현이다. 한성의 모든 권력과 정보가 모이는 글로리
호텔의 주인에게, 조선 최고의 재력가인 김희성은 놓쳐서는 안 될 VVIP
손님이자 중요한 정보원이기 때문이다. 유진에게 이름을 밝힌 것이 이방
인끼리의 동질감에서 기인한 개인적 반응이었다면 희성에게 이름을 밝
힌 것은 상대를 정확히 파악하고 그에 맞는 예우를 갖추는 전략적 환대
에 가깝다. "얘기하려고 했답니다"라는 능청스러운 대답 역시, 무례할 뻔
했던 앞선 상황을 유연하게 수습하며 상대를 자신의 공간 안으로 끌어
들이는 여주인으로서의 노련한 화술이다.

하지만 이 노련한 사회성의 가면 뒤에는 더 깊은 층위의 심리적 복선
이 깔려 있다. 히나는 매국노 이완익의 딸로서 아버지의 죄를 온몸으로
받아내고 있으며 희성 역시 조부의 착취로 일군 부를 물려받은 원죄를
안고 있다. 히나가 희성의 신분을 확인한 후 태도를 바꾼 것은 돈 많은

손님을 잡기 위함만은 아니다. 자신이 운영하는 이 화려한 호텔의 터가 실은 희성 집안의 고혈로 쌓아 올린 과거의 산물임을 확인하는 순간, 히나는 희성에게서 가해자의 후손이라는 기묘한 동질감을 발견했을지도 모른다. 유진과는 '국적의 경계'에서 공감했다면 희성과는 '가문의 업보'라는 굴레 속에서 조우한 것이다. 이처럼 히나와 희성의 첫 만남은 호텔 주인과 귀한 손님이라는 완벽한 사회적 관계의 틀 위에서 시작되지만, 그 이면에는 시대의 부채를 짊어진 두 영혼이 서로의 그림자를 알아채는 동질감이 흐르고 있다. 어쩌면 그녀는 '무용한 아름다운 것들'을 사랑하며 죄책감을 유예하고 사는 희성에게 감추어진 슬픔을 제일 먼저 발견했을지도 모른다.

희성과의 짧은 조우에서 화려한 외양 너머에 숨겨진 가문의 업보와 슬픔을 어렴풋이 읽어냈을 히나의 안목은 인간 본질에 대한 예리한 투시력에 가깝다. 이러한 히나의 기민한 감각은 『미스터 션샤인』 10화에서 조정의 실력자 이정문 대감과의 대화에서 다시 한번 그 빛을 발한다. 고종과 정문은 일본에 매수되지 않을 무관학교 교관을 물색하며 유진을 염두에 두지만, 정문은 유진의 모호한 정체성에 여전히 의구심을 품는다. 노련한 정치가인 정문조차 유진을 두고 "내가 그를 짚고 있는 줄 알았는데, 도리어 그가 나를 짚고 있었다"(10화)며 당혹해하는 대목은 유진이라는 인물이 가진 무게감을 보여준다. 정문은 인간의 내면을 가장 기민하게 읽어내는 관찰자인 히나에게 유진의 본질을 묻는다.

(히나) 장사꾼으로서는 장기 투숙에 방세 안 밀리니 알짜 손님이지요.
(정문) 손님을 떼고 보면?

정문의 이 질문은 유진의 정치적 효용과 진심을 묻는 날카로운 질문이다. 이에 히나가 내놓는 답은 희성에게서 동질적인 슬픔을 읽어냈던 그 섬세한 안목이 유진이라는 인물에게 어떻게 투영되는지를 보여준다.

"대감께서 이미 말씀하셨지 않습니까? 검은 머리의 미국인이라고. 미국은 일이 틀어지면 그를 조선인이라 할 테고, 조선은 일이 틀어지면 그를 미국인이라 할 테니 그는 그저 쓸쓸한 이방인입니다."

히나의 이 답변은 유진이 처한 이중 정체성의 비극을 정확히 관통한다. 정문이 유진을 조선에 이득이 될지 따져야 할 정치적 수단으로 보았다면, 히나는 그를 어느 쪽에도 속하지 못한 채 버려질 운명을 가진 고립된 영혼으로 독해한다. 강대국 미국과 약소국 조선 사이에서 필요할 때는 이용당하고 위기의 순간에는 양쪽 모두로부터 외면당할 유진의 고독을 쓸쓸한 이방인이라는 단어로 정의한 것이다. 이러한 통찰은 히나 자신의 처지와도 맞닿아 있기에 더욱 애달픈 공명을 일으킨다. 매국노 이완익의 딸로 태어나 일본인의 미망인 쿠도 히나로 살아가지만 정작 속은 조선인 이양화인 그녀 역시 일이 틀어지면 양국 어디에서도 환영받지 못할 존재이기 때문이다. 히나는 정문의 질문에 답하며 동시에 자기 자신의 거울을 들여다보고 있었던 셈이다. 이러한 그녀의 기민함은 타인을 수단으로 이용하기 위해서가 아니라 시대의 파도에 밀려 표류하는 이들의 슬픔을 누구보다 먼저 알아보는 상처 입은 치유자의 감각에 가깝다.

이렇듯 히나가 유진의 고독을 짚어내고 희성의 부채감을 알아본 것은 그들의 겉모습을 관찰했기 때문이 아니다. 그녀 자신이 이미 아버지에게 삶의 가장 소중한 조각들을 상실한 피해자였기 때문이다. 『미스터 션샤인』 7화에서 10년 만에 재회한 아버지 이완익과의 대화는 히나가 왜 그토록 예민하게 타인의 아픔을 감지하게 되었는지 그 서글픈 속사정을 여실히 드러낸다. 이완익은 자신의 영달을 위해 친딸인 양화를 일본인 노인에게 팔아넘기듯 시집보낸 인물이다. 히나에게 호텔 글로리는 화려한 유산이 아니라 그녀의 가장 눈부신 청춘을 대가로 치르고 얻어낸 '서글픈 보상'에 불과하다. 히나는 아버지를 '리노이에 상'이라 부르며 혈연의 고리를 완강히 부정한다. 그녀는 아버지가 버린 어머니의 행방을 찾기 위해 조선 팔도에 방을 붙이며 고단한 세월을 견뎌왔기 때문이다. 이완익이 호텔을 자신의 권력 기반으로 이용하려 들 때, 히나가 호적이 쿠도가에 있어서 당신 말을 들을 이유가 없다며 밀어내는 모습은 가해자인 아버지로부터 자신을 지키기 위해 기꺼이 일본인의 뒤로 숨어야 했던 역설적인 슬픔을 보여준다. 그녀에게 호텔은 화려한 사교의 장이기 이전에 누구도 침범할 수 없는 최후의 보루인 것이다.

특히 주목할 지점은 히나가 이완익에게 던진 "제 남편의 사인은 아직도 비밀에 싸여 있다"(7화)는 경고이다. 이 말은 그녀가 더 이상 아버지가 팔아넘기던 무력한 소녀 양화가 아님을 드러내는 대목이기 때문이다. 훗날 등장하는 사체검안서는 남편 쿠도의 죽음에 석연치 않은 구석이 있음을 암시한다. 히나가 직접 남편을 살해했다는 명확한 물리적 증거는 드러나지 않으나 그녀는 그 죽음을 둘러싼 의혹을 덮거나 혹은 역으로 이용함으로써 글로리 호텔이라는 거대한 유산을 자신의 것으로 만들었다는 사실을 짐작할 수 있다. 이 지점에서 히나의 윤리학은 무결한 피해자의 자리에 머물지 않는다. 그녀는 자신을 소유물로 여겼던 일본인 남편의 죽음이라는 비극적 사건을 발판 삼아 한성을 움직이는 정보의 집약지인 호텔의 주인이 된다. 사체검안서라는 비밀은 히나가 생존과 복수를 위해서라면 기꺼이 어둠의 영역으로 발을 들일 준비가 된 인물임을 보여주는 것이다.

이러한 맥락에서 아버지와 만난 직후 들어온 동매와 나누는 대화는 더욱 묘한 여운을 남긴다. 그 대화에서 동매는 "이리 아등바등 살아 그대 손에 죽는 게 내 운명이면 죽어야지"(7화)라고 답하는데 이 대답은 히나에게 건네는 투박하지만 가장 진한 위로다. 그는 히나가 어떤 어둠을 통과해 왔는지 그녀의 손에 어떤 피나 비밀이 묻었는지 묻지 않는다. 설령 그녀가 내미는 잔에 독이 들었을지라도 기꺼이 마시겠다는 말은 그녀의 어둠까지도 기꺼이 껴안겠다는 무조건적인 수용이다.

하지만 이 위로를 받으면서도 히나가 "화난다 이 멋진 사내도 그 무심한 사내도 어째서일까? 내가 고애신을 묻는다면 그건 그대 잘못도 있어"라고 대응하는 것은 그 깊은 유대감이 정작 그녀가 갈구하는 여자로서의 사랑과는 거리가 있기 때문이다. 동매는 히나를 누구보다 잘 이해하는 동지이자 거울이지만 그의 심장은 이미 다른 곳(애신)을 향해 있다. 유진 역시 그녀의 명민함과 아픔을 존중하지만, 그 선을 넘어 그녀를 여자로 품지는 않는다. 히나는 남편의 죽음과 호텔이라는 권력을 통해 세상 사내들을 휘어잡는 힘을 가졌으나 정작 자신이 마음을 둔 사내들에게는 연인이 아닌 '친구'로 남을 뿐이다. 히나는 자신을 완벽히 이해하는 사내의 위로 속에서 오히려 자신이 결코 가질 수 없는 평범한 여인의 행복을 환기하며 쓸쓸한 미소를 짓는다.

그렇지만 동매는 여전히 그녀가 상처받은 내면을 가감 없이 드러낼 수 있는 유일한 상대다. 두 사람은 모두 조선이라는 땅에서 외면당했고 자신을 지키기 위해 일본이라는 외피를 둘러야 했던 공통점을 지닌다. 남편의 죽음뿐 아니라 자신의 가장 깊은 상실도 털어놓을 수 있는 관계이기도 하다. 동매가 히나의 본명 '이양화'라는 이름을 듣고 무심히 툭 던진 "이쁜 이름이네"라는 말은 히나에게 그 어떤 수사보다 깊은 말이다. '쿠도 히나'라는 일본인의 미망인이라는 가면 뒤에 숨겨진 '이양화'라는 본질을 있는 그대로 긍정해 준 유일한 순간이기 때문이다. 이어지는 대화에서 히나는 자신을 지키기 위해 동매에게 개인 경호원이 되어달라 요청하지만 동매는 자신이 처한 현실적인 상황을 들어 이를 완곡하게 거절하는데 이 대화 역시 냉정한 거절이기보다는 이들의 허물없는 관계를 읽을 수 있는 대목이다. 자신의 처지를 솔직히 밝히고 돈의 액수를 운운하며 농담조로 답하는 모습은 두 사람이 비즈니스적 이해관계를 넘어 서로의 속사정을 투명하게 공유하는 사이임을 보여준다. 각자 일본의 힘을 빌려 살고 있지만, 그것조차 서글픈 농담의 소재로 주고받을 수 있는 관계인 것이다. 히나는 동매 앞에서 비로소 아버지를 증오하는 딸이 아닌, 이름을 되찾고 싶어 하는 이양화로서 편안하게 속내를 비칠 수 있다.

정리하자면 히나의 예리한 안목은 타인을 관찰하는 차가운 시선이 아니라 '상실을 경험한 자'들끼리 나누는 깊은 공명의 안테나다. 그녀는 유진에게서 '조국으로부터 버려졌기에 어디에도 속할 수 없는 황량함'을 보고, 희성에게서 조부의 죄를 대신 짊어진 '빼앗긴 양심'을 보며, 동매에게서는 자신과 같이 '일본인 이름을 안고 살아가는 고단함'을 발견한다. 이처럼 히나의 윤리학은 국가와 부모로부터 보호받지 못하고 스스로를 지켜내야 했던 이들의 상처를 알아보는 것에서 시작된다. 그리고 그녀는 이들과 느슨하지만, 깊은 연대를 통해 더는 누구에게도 자신을 빼앗기지 않겠다는 존엄의 수호를 향해 나아간다. 그러므로 그녀가 마지막에 자신의 전부였던 호텔을 스스로 폭파하는 선택은 남편의 죽음이라는 비밀과 아버지의 죄악이라는 유산을 한꺼번에 불태우는 대속의 행위다. "새드 엔딩은 언제나 오래 남는 법"(4화)이라던 자신의 말처럼 그녀는 가장 화려한 성벽을 허물어 조선을 위한 마지막 불꽃을 피워 올린다. 이렇듯 쿠도 히나의 윤리학은 가해의 역사를 부정하지 않고 그 가해의 산물과 함께 자신을 버리는 행위에 있다. 그리고 그때서야 비로소 '이양화'라는 본래의 이름으로 피해자의 땅 조선에 안식할 수 있게 된다.

하지만 사내들의 세계를 이토록 명민하게 읽어내던 히나의 시선이 고애신이라는 인물과 마주할 때, 그 눈빛은 복잡한 빛깔을 띤다. 히나에게 애신은 귀한 집 애기씨 라는 말로는 다 설명되지 않는 존재이다. 그녀는 히나가 평생을 바쳐도 가질 수 없는 고결함과 사랑을 한 몸에 받는 존재이자 히나가 품었던 두 사내인 유진과 동매의 심장이 머무는 곳이기도

하다. 그녀는 애신을 향한 질투와 그 질투조차 정당화될 수 없는 자신의 처지에 대한 슬픔을 품고 있을 수밖에 없다.

그러나 극이 진행될수록 히나는 본능적으로 애신이 자신과 비슷한 운명을 가졌음을 어렴풋이 알아챈다. 화려한 겉모습 뒤에 날카로운 칼날 혹은 뜨거운 총구를 숨긴 채, 각자의 방식으로 시대를 정면으로 돌파하고 있다는 동병상련의 감각을 말이다. 제물포행 기차 안에서 미군의 총기가 분실되자 검문을 당할 위기에 처한 애신을 돕기 위해 옷을 바꿔 입으며 건넨 말은 히나의 방어적인 냉소와 조선을 향한 부채감을 동시에 드러낸다. "조선이 이 모양이라 애기씨께서 욕보십니다. 조선이 이 모양이라 저야 덕을 봅니다만."(4화) 자신의 부가 타락한 시대의 산물임을 자조하는 히나의 말 속에는 닿을 수 없는 순수에 대한 애달픈 선망과 그것을 비틀린 언어로 메우려는 냉소가 섞여 있다. 하지만 애신은 "모두가 욕을 보는 것보다야 낫지 않겠소?"(4회)라는 말로 그 위악을 감싸 안는다. 이 짧은 대답은 히나가 세상을 향해 세웠던 날 선 방어 기제를 조금은 무너뜨린다. 이 지점에서 그녀는 애신이 '연약한 애기씨'가 아니라, 어쩌면 자신의 아픔을 이해하고 긍정해 줄 수 있는 동지일지도 모른다는 미묘한 연대감을 직감했을 것이다.

이렇듯 히나가 애신을 '비단옷 휘감은 화초'(11회)로만 보던 시각은 두 여인이 각자의 은밀한 목적으로 이완익의 저택에 잠입했다가 서로의 정체를 숨긴 채 맞붙은 사건을 계기로 전환된다. 복면 뒤에 서로를 감춘 채 칼과 총을 겨누었던 그 밤의 조우 이후, 카페에서 다시 만난 두 사람은 서로가 쥔 무기의 실체를 확인하며 비밀을 공유하는 사이가 된다. 이 비밀은 서로의 정체를 아는 것을 넘어, 각자가 무기를 들 수밖에 없었던 삶의 방향성을 의미한다. 이를테면 히나가 자신을 지키기 위해 펜싱(검술)을 배운다면 애신은 조선을 지키기 위해 총을 드는 식이다. 12화에서 히나는 서로의 약점을 겨누던 양날의 검을 내려놓고 언제 터질지 모를 폭탄을 함께 거머쥔 위태로운 동지적 관계를 수용한다. 상대에 대한 날 선 경계를 거둔 자리에는 비극적 시대를 공유하는 자들만의 미묘하고도 단단한 유대감이 들어선다. 이들은 그렇게 이완익이라는 공동의 적을 두고 마주친 서로의 불꽃을 확인하며 비밀스러운 동행을 시작한다.

그렇지만 그 과정은 여전히 매끄럽지 않았다. 히나와 애신의 관계가 가장 처연하게 맞닿는 지점은 동매가 애신의 머리카락을 자른 19화다. 동매는 애신을 살리기 위해 그녀의 고결한 상징을 베어버렸고 히나는 그런 애신을 데리고 나와 유진의 이름이 적힌 손수건으로 머리를 묶어준다. 이 과정에서 그녀는 가슴 속 깊이 담아두었던 가시 돋친 진심을 쏟아낸다. "머리카락 좀 잘렸다고 세상이 무너지면서 무슨 조선을 구하겠다고." 이 대사는 그녀가 겪어온 고단한 삶의 이력과 애신을 향한 복합적인 부러움, 그리고 원망이 뒤섞인 말이다. 이 장면에는 자신이 연모하던 사내(유진)의 손수건을 들고 또 다른 사내(동매)가 그토록 지키려 애쓰는 여인(애신)의 상처를 직접 만져야 하는 히나의 고통이 서려 있다. 특히 "애기씨께서 손에 총을 드시니 사내 셋이 무너집니다"라는 말은 애신이라는 존재가 주변 사내들에게 미치는 영향력에 대한 질투인 동시에 그 희생을 감내해야 하는 자신들의 처지에 대한 자조이기도 하다.

그러나 애신은 히나의 독설이 사실은 상처 입은 영혼의 위악임을 간파한다. 여기서 애신은 그녀의 날 선 공격을 부드러운 이해로 감싸 안으면서도, 동시에 자신의 삶에 깃든 진정성을 차분히 내보인다. "나도 내 세상에 최선을 다하고 있으니 위악 떨지 말라"는 대응은 상대를 밀어내거나 나무라려는 의도가 담긴 말이 아니다. 그것은 히나의 아픔을 충분히 헤아리되, 자신 또한 그 고통의 무게를 외면하지 않은 채 묵묵히 제 길을 걷고 있다는 자기 고백에 가깝다. 애신은 이처럼 히나의 비틀린 속내를 따뜻하게 긍정하면서도, 그녀 역시 그 위악의 그늘에서 벗어나 스스로를 존엄하게 대우하기를 바라는 마음을 담담히 전한다. 이 순간 두 여성은 각자의 삶을 증명하는 독립된 주체로서 서로를 깊이 있게 조우한다.

종국에 애신이라는 상대는 히나가 차마 선택하지 못했던 고결한 삶의 가능성을 보여주는 인물이 된다. 위악과 자조로 자신을 방어해온 히나에게, 대의를 향해 거침없이 나아가는 애신의 모습은 묘한 부채감과 동경을 동시에 불러일으키기 때문이다. 히나가 유진의 손수건을 애신에게 건네주는 행위는 연정을 포기하는 희생이 아니다. 그것은 자신의 마음이 향했던 이가 결국 누구와 연결되어야 하는지를 인정하는 냉철하고도 정직한 정리다. 히나는 손수건을 돌려줌으로써 유진에 대한 사소한 미련을 털어내고 동시에 애신이 걷고자 하는 그 험난한 길을 묵묵히 지지한다. 이들의 관계는 우정을 넘어 마침내, 각자의 위치에서 소중한 것을 지키기 위해 고군분투하는 주체들의 책임 윤리로 승화된다.

대속의 불꽃 - '이양화'로 돌아가기 위한 최후의 결단

가해의 현장에서 누리는 풍요는 그 자체로 죄의 산물이다. 호텔 글로리는 조선 최고의 정보를 장악하게 해준 권력의 요새인 동시에, 매국노 이완익의 딸이라는 지울 수 없는 낙인이 찍힌 업보의 상징이다. 그녀가 선택한 호텔 폭파는 일본군 섬멸을 위한 전술을 넘어, 자신이 발 딛고 선 가해의 토양을 스스로 거두어내는 '자기 파괴적 속죄'에 가깝다. 호텔의 폭발과 함께 화려했던 '쿠도 히나'라는 위악의 세계는 종언을 고한다. 타인이 규정한 거짓된 정체성을 스스로 떨쳐내고, 본연의 이름인 '이양화'라는 주체로 회귀하려는 실존적 결단이 이 순간 완성된다. 이 폭발은 그녀가 평생을 거쳐 쌓아 올린 물질적 성취를 한순간에 소멸시키고 그 자리에 남은 도덕적 부채를 청산하려는 거대한 제의가 된다.

이 거대한 소멸의 의식을 앞두고 히나가 보여준 행동들은 주변인들을 향한 세심한 구원과 자신을 향한 철저한 격리로 채워진다. 그녀는 호텔의 가장 낮은 곳에서 일하던 어린 심부름꾼 수미에게 자신의 비환을 건네며 "죄가 많아 마법을 이루지 못했다"(23화)고 털어놓는다. 이 자조 섞인 고백은 그녀가 화려한 호텔 주인이라는 가면 뒤에서 얼마나 처절하게 자신의 내면을 응시해왔는지를 증명하는 대목이다. 그녀는 수미에게 고종에게 전할 문서를 맡기면서 동시에 아이를 죽음의 공포로부터 가장 먼 곳으로 도망치게 한다. 또한, 자신의 뒤틀린 생을 비추는 거울 같았던 희성에게조차 미리 호텔에 오지 말라는 경고를 전한다. 이 모든 격리의 과정은 죽음의 불꽃 속에 오직 자신의 죄업만을 가두어 태우겠다는 결연한 의지이자 사랑하는 이들의 삶에 자신의 어두운 그림자를 남기지 않겠다는 마지막 배려이다. 그녀는 생의 마지막 순간을 위해 가장 예쁜 서양식 구두를 맞춰 신으며 쿠도 히나로서 누린 모든 영화를 가장 화려한 방식으로 불태울 작별 인사를 마친다.

그리고 이 잿더미 위에서 히나는 애신과 마주하고 비로소 온전하고 평등한 동지가 된다. 불과 얼마 전까지 두 사람은 서로의 아버지가 원수였음을 확인하며 "어차피 같은 편은 될 수 없는 관계"(22화)라고 선을 그었던 사이다. 하지만 국가의 파멸이라는 거대한 비극 앞에서 사적인 원한과 가문의 업보는 더는 설 자리가 없다. 조선의 주권을 지키려는 찬란한 빛을 향해 직진하는 애신과 자신이 일군 세계를 스스로 무너뜨려 시대의 비극에 응답한 이양화의 발걸음은 결국 '주권 침탈에 대한 저항'이라는 하나의 목표로 수렴된다. 살아온 삶의 결은 다르지만 무너져가는 조국을 지키겠다는 목표 아래 두 여인은 비로소 진정한 시대적 동지로 거듭나는 것이다. 아버지가 허물어뜨린 나라를 딸이 제 손으로 지켜내겠다는 이 기막힌 역설 속에서, 히나는 오랜 세월 자신을 가두었던 위악의 그늘을 벗어던진다. 비로소 온전한 주체로 우뚝 서는 찰나다. 마침내 거대한 폭발음과 함께 글로리 호텔이 무너져 내린다. 화염 속 허공에 머문 히나와 애신의 모습은 화려했던 '쿠도 히나'의 시대가 저물고 짓밟힌 땅의 딸 '이양화'가 다시 태어나는 숭고한 침묵의 풍경을 완성한다.

그것은 정해진 길을 벗어나 자기 삶의 주인이 되기로 한 자가 치르는, 가장 뜨거운 작별이다. 김중식 시인이 노래한 별의 궤적처럼, 그녀는 단 한 번 궤도를 이탈함으로써 익숙했던 모든 안온함과 멀어지기로 한다. 그 끝에 기다리는 것이 비록 시린 허공일지라도, 제 삶의 무늬를 스스로 그려내겠다는 그 쓸쓸하고도 단정한 선택을 감행한 것이다.

> 우리는 어디로 갔다가 어디서 돌아왔느냐 자기의 꼬리를 물고 뱅뱅 돌았을 뿐이다 대낮보다 찬란한 태양도 궤도를 이탈하지 못한다 (중략) 단 한 번 궤도를 이탈함으로써 두 번 다시 궤도에 진입하지 못할지라도 캄캄한 하늘에 획을 긋는 별, 그 똥, 짧지만, 그래도 획을 그을 수 있는, 포기한 자 그래서 이탈한 자가 문득 자유롭다는 것을
>
> — 김중식, 「이탈한 자가 문득」 부분, 『황금빛 모서리』

자신을 지켜주던 유일한 성벽이자 감옥이었던 호텔을 허물고 비로소 빈 몸이 된 쿠도 히나. 그녀가 제 삶에 낸 이 뜨거운 균열은, 궤도를 벗어난 자만이 마주할 수 있는 고단하지만 정직한 자유다. 이탈한 자는 비극의 한복판에 던져질지언정 더는 타인이 설계한 언어에 갇히지 않는다. 잿더미 위에서 그녀는 누구의 미망인도, 누구의 딸도 아닌 '이양화'라는 제 이름으로 오롯이 선다. 그 정직한 자유를 온몸으로 받아낸 그녀가 마지막으로 가 닿은 곳은 자신과 닮은 또 다른 이방인 동매의 등 위였다. 모든 것을 불태우고 가장 가벼워진 몸으로, 그녀는 평생을 버텨온 날 선 긴장을 내려놓고 동매의 체온에 조용히 생의 마지막 무게를 의탁한다. 그것은 궤도를 이탈한 별이 지상에 내려앉아 맞이하는 가장, 쓸쓸하고도 다정한 안식이 된다.

폭발의 굉음이 잦아든 폐허 속에서 히나는 자신과 닮은 상처를 지닌 사내 동매의 등에 업혀 마지막 바다를 마주한다. '쿠도 히나'라는 껍데기는 불꽃과 함께 작별하고 그 안에서 오직 사랑받고 싶었던 여인 '이양화'의 진심이 흘러나오는 순간이다. 유진을 향했던 연정조차 동매를 향한 깊은 연민과 사랑 뒤로 밀려났음을 그녀는 숨이 잦아드는 끝자락에서야 고백한다. 눈이 오면 보러 오라는 애달픈 기약 뒤에 그녀가 덧붙인 말은 "빨리 오지 말고, 거기서는 나 너 안 기다린다(23회)"는 것이었다. 자신과 같은 지옥을 건너온 이 사내만큼은 조금 더 오래 삶의 곁에 있기를 바라는, 가해자의 딸이 가질 수 있는 가장 숭고한 이타적 사랑이다. 동매의 등 위에서 힘없이 떨어진 신발 한 짝이 파도에 쓸려가는 모습은 평생을 쿠도 히나라는 무게에 억눌려 살았던 이양화가 마침내 모든 짐을 내려놓고 영원한 안식으로 떠나가는 슬픈 장면이다.

히나가 떠난 자리에는 그녀가 남긴 마지막 문장들이 남았다. 그녀가 수미를 통해 고종에게 전한 서신은 한 명의 정보원이자 요원으로서, 그리고 이완익의 딸로서 그녀가 지켜온 자존과 책임의 결정체다. 그녀는 마지막 순간까지 자신을 따르던 아이의 안위를 먼저 챙기며 호텔 폭파라는 거사가 무고한 이들의 희생으로 번지지 않도록 스스로를 범인으로 지목한다. 일본인 '쿠도 히나'의 이름으로 일본을 타격하고 그 죄의 대가를 스스로 공표해달라는 요청은 가해자의 혈통과 자산을 이용해 피해자의 나라를 구하려 했던 그녀만의 독특한 대속(代贖) 방식이다. 황제가 마신 가베(커피) 한 잔의 값을 자신의 호텔과 생명으로 대신하겠다는 이 담담한 서술은 그녀가 지녔던 책임의 윤리가 가볍지 않음을 보여준다.

본래 '불꽃으로 살다 지겠다'며 자신의 운명을 던진 것은 고애신이다. 그러나 부유한 미망인의 삶을 버리고 스스로를 던진 쿠도 히나 역시, 결국은 그 누구보다 뜨겁게 타오르는 불꽃의 길을 걷는다. 애신의 불꽃이 조선의 내일을 비추는 드높은 기개였다면 히나의 불꽃은 이완익이 남긴 과거의 흔적을 태워 없애고 남겨진 자들의 길을 열어주는 서글프고도 강렬한 헌신이었다. 그녀는 자신의 전부였던 공간을 제물로 바친다. 그렇게 가해자의 딸이라는 원죄를 씻어내고 온전한 조선의 딸로 거듭난다. 글로리 호텔과 함께 히나가 소멸한 것 역시 몰락이 아니다. 그것은 아버지 이완익의 죄, 일본인 남편의 유산, 그리고 타인의 정보를 팔아 연명하던 쿠도 히나로서의 삶을 한꺼번에 정산하는 의식이다. 그녀는 제국익문사 요원으로서 수집한 정보보다 더 강력한 실천을 선택한다. 그리고 자신이 가진 가장 화려한 감옥을 스스로 파괴하고 자유를 얻는다.

거듭 강조하지만, 히나의 윤리학은 '책임'에 있다. 그녀는 아버지를 증오하는 데서 멈추지 않고 아버지가 망친 세상을 복구하기 위해 자신의 전부였던 공간을 제물로 바친다. 유진, 희성, 동매에게서 보았던 그 모든 상실의 고통을 자신의 불꽃 속에 녹여낸 그녀는 죽음의 문턱에서야 비로소 그 고결한 연대의 의미를 완성한다. 그녀는 더 이상 빈관 사장 쿠도 히나가 아니라 제 세상을 지키기 위해 최선을 다했던 조선의 여인 이양화로 기억될 것이다. 새드 엔딩은 언제나 오래 남는 법이라던 그녀의 말처럼 그녀의 마지막 선택은 긴 여운을 남긴다. 그리고 15장의 제목인 가해와 피해의 경계를 완벽히 허물어뜨린다.

16장
나를 싸게 팔지 않는 법:
유유자적 뒤에 숨긴 명예와 거리두기의 정치학

인간의 자아는 결코 진공 상태에서 발아하지 않으며 개인이 딛고 선 토양이 머금은 역사적 부채로부터 자유로울 수 없다. 김희성에게 그 토양이란 타인의 희생을 양분 삼아 비대해진 기득권의 세계이다. 그의 유년기를 수놓은 화려함의 이면에는 늘 누군가의 안타까운 상실이 그림자처럼 예속되어 있었고 이는 개인의 의지와 상관없이 주어진 태생적 한계이다.

그의 가문의 본질을 집약하는 상징물은 어린 희성의 손에 쥐어졌던 '값비싼 회중시계'다. 이 시계는 보릿고개의 허기를 견디던 소작농의 생존을 헐값에 매겨 가문을 부양해 온 '약탈적 시간'의 기록이다. 조부 김판서에게 시간과 땅은 인간의 존엄보다 우선하는 소유의 대상이었고 그에게 권력의 '자리'란 공적인 책임의 영역이 아닌 개인을 안락하게 보위하는 것이었다. "그 자리가 너를 돌볼 것"(1화)이라는 조부의 확신은 후손이 마땅히 계승해야 할 탐욕의 태엽으로 작동하며 희성의 삶을 구속한다.

이러한 가문의 생존 문법은 세대를 건너 아버지 안평에게서 더욱 노골적인 형태로 변주된다. 성인이 되어 귀국한 희성에게 아버지가 건네는 말들은 과거 조부의 망령된 논리를 그대로 복제하고 있다. 대를 이어 대물림되는 이 '자리의 논리'는 결국, 자신을 권력 시스템의 부속품으로 값싸게 팔아넘겨 타인을 유린하는 공모자가 되라는 굴레다. 길 한복판에서 들려오는 시계의 째깍거림 속에서 희성은 비로소 깨닫는다. 자신이 누려온 안온함이 실상은 누군가의 비명 위에 세워진 위선적인 공든 탑이었다는 사실을 말이다.

그러므로 희성이 선택한 '유유자적'은 무능하고 게으른 한량의 기질이 아니다. 그것은 견고한 가문의 생존 방식으로부터 자신을 자발적으로 소외시키고 타인의 희생 위에 설계된 자리를 거부하기 위한 고도의 정치적 거리두기다. 그는 가문의 시간이 지시하는 탐욕의 방향을 거스르기 위해 스스로를 '무용한 존재'로 규정하고 권력에 저당 잡히지 않는 자신만의 고결한 명예를 수호하기 시작한다. 이는 지배 계급의 언어를 해체하고 자기만의 단독자적 가치를 정립하려는 예술적 저항의 시작이기도 하다.

가벼운 유머와 고결한 진심 사이: 응시와 자백의 미학

글로리 호텔 303호 베란다를 사이에 둔 풍경은 기묘한 대조를 이룬다. 한 사내는 깊은 생각에 잠겨 조선의 밤을 응시하고 다른 한 사내는 능청스럽게 일본어로 말을 건넨다. "달이 참 밝네요."(4화) 스스로를 '무용하고 아름다운 것들'을 사랑하는 한량이라 소개하는 김희성. 그의 유유자적한 미소 뒤에는 치밀한 '거리두기의 정치학'이 숨어 있다. 가문이 쌓아온 부도덕한 과거를 누구보다 잘 알기에 그는 자신을 가볍게 내던져 오히려 가문의 이름에 값싸게 팔리지 않는 길을 택한다.

희성이 등장하며 던진 "달이 참 밝네요."는 나츠메 소세키의 문학적

일화[1]를 떠오르게 한다. 일본 유학파인 그가 건넨 세련된 농담은 질식할 듯 무거운 조선의 현실에서 한 발짝 떨어져 있겠다는 태도인 동시에 상대의 경계를 무장해제시키는 심리전이다. 유진의 차가운 대구에도 그는 "사내들은 나한테 왜 이렇게 박한 것인지"라며 웃어넘긴다(4화). 여기서 주목할 지점은 그의 '여유'다. 진흙탕 같은 세상에서 자신을 지키고자 그는 스스로를 '희고 말랑한 약골'이라는 프레임에 가둔다. 이는 비겁함이라기보다 가문의 잘못으로부터 개인의 명예를 지키기 위한 우아한 방어기제에 가깝다.

10년 만에 마주한 정혼자 애신 앞에서도 그는 꽃을 든다. "미안하오. 내 걸음이 많이 늦었소"(4화)라는 사과 뒤에는 가문의 무게 때문에 차마 발을 떼지 못했던 고통이 감추어 있다. 하지만 투사 애신에게 꽃을 든 희성은 시대에 무임승차한 도련님일 뿐이다. 애신이 그를 "희고 말랑한 약골의 사내"(4화)라 명명하며 가치를 깎아내릴 때 희성은 그녀를 "꽃"(4화)이라 부르며 상대를 존중하고 자신만의 품격을 유지한다.

쿠도 히나는 납채서 한 장이면 애신을 가질 수 있는데 왜 쉬운 길을 두고 돌아가느냐고 묻는다. 이에 희성은 "나도 내가 그 쉽고 나쁜 마음을 먹게 될까 걱정이오"(7화)라고 답한다. 그는 가문의 위세로 타인을 짓밟아온 조부의 방식을 혐오하기에 사랑에서조차 가문의 힘을 빌리는 '나쁜 마음'을 경계한다. 그러므로 희성이 선택한 유유자적은 정혼자라는 권력에 자신을 팔아넘기지 않으려는 자기통제이자 상대를 온전한 인격체로 대우하려는 고결한 태도다.

반면 유진과의 만남은 희성이 외면하던 가문의 어둠을 정면으로 대면하게 한다. 유진이 안평에게 던진 "내 부모의 시신 수습은 했나?"(5화)

---

1) 일본 최초의 근대 문학가(소설가, 비평가)이자 메이지 시대의 대문호로, 근현대 일본 문학의 아버지로 추앙받는다. 교수 재직 당시 한 학생이 'I love you'를 '난 당신을 사랑합니다'라고 번역했더니, "일본인은 그런 말을 쓰지 않는다!"라는 말과 함께 "달이 참 예쁘네요"라고 정정하라며 이걸로도 뜻이 전해진다고 했던 일화가 있다.

라는 물음은 희성이 누려온 안락함이 누군가의 존엄을 말살한 대가임을 폭로한다. "부모의 죄가 자식의 죄면 태중에 있었다 해서 뭐가 다르겠어"(8화)라는 유진의 가시 돋힌 말로 희성은 도망치려 했던 집안의 업보를 마주한다. 희성은 이 지점에서 가문의 잘못을 자백하기보다 자신을 향한 타인의 적의가 이미 삶의 일부가 되었음을 담담히 드러낸다. "내 그런 눈빛 익숙하오. 누구요? 내 조부요, 내 아버지요?"(6화)라는 물음은 그가 평생 누군가의 원망을 받으며 살아왔음을 보여주는 서글픈 고백이다. 하지만 그 익숙한 원망의 눈빛이 유진이라는 구체적인 고통의 실체와 맞닿았을 때, 희성이 유지해오던 유유자적의 방패는 무너진다. 유진의 삶을 무참히 파괴한 가문의 죄업을 목도한 순간, 그는 더 이상 안온한 방관자로 남을 수 없는 것이다.

낭인의 칼을 든 조선인 구동매는 희성의 가면을 꿰뚫어 본다. "왜 아무 일도 선택하지 않는 거요?"(9화) 매일 피를 묻히며 존재를 증명하는 동매에게 희성의 깨끗한 손은 기만적으로 비칠 법하다. 희성은 반은 농담이고 반은 진심일지도 모르는 자조 섞인 답변을 내놓는다. "내가 무언가를 한다면 나는 아주 큰 사람이 될 거요. 그래서 이러오."(9화) 여기서 '큰 사람'은 영웅이 아니라 그가 움직일 때 뒤따를 가문의 악업과 막강한 부가 조선에 미칠 파괴력을 역설적으로 표현한 것이다. 차라리 아무것도 하지 않는 한량으로 남는 것이 자신이 할 수 있는 최선의 선의라는 고백이다. 유진, 동매와 함께한 술자리에서 자신을 "잘생긴 조선인"(9화)이라 칭하는 농담은 정체성의 혼란을 겪는 미국인인 조선인과 일본인인 조선인이라는 두 동무 사이에서 자신은 그저 가문의 허울을 두른 허영에 불과하다는 자각에서 비롯된다. 그러므로 희성이 추구한 '무용하고 아름다운 것들'은 대의로부터 자신을 유예시키려는 안간힘이다. 그러나 애신 역시 그에게 "사내로 태어나 대의가 없단 말이오?"(9화)라고 질책하고 "서로 멎는 곳이 다를 듯하니"라며 그의 도피를 이해하지 못한다. 이때서야 희성은 자신이 사랑한 것이 연약한 꽃이 아니라 자신마저 태워버릴 강렬한 '불꽃'이었음을 깨닫는다.

결국, 희성에게 애신을 향한 연모는 부끄러운 가문의 역사를 망각해야만 누릴 수 있는 부끄러운 사치가 된다. 그래서 그는 정혼을 강행하지도 완전히 떠나지도 못한 채 그녀곁에 '동무'로 남기를 청한다. 이는 기득권을 스스로 내려놓고 불꽃으로 살고자 하는 그녀의 길에 가문의 그림자가 드리우지 않게 하려는 배려다. 아무것도 선택하지 않음으로써 오히려 가장 고결한 선택을 내린, 이것이 바로 약골이라 불리던 사내가 보여준 가장 강인한 명예의 실체다.

가장 간절히 원했던 것을 버리고 존엄을 얻다

무용한 한량으로 가문의 업보를 비껴가려던 희성의 유예는 역설적으로 그가 가장 갈망하던 정혼이라는 욕망을 포기하는 지점에서 능동적인 구도로 나아간다. 그는 꽃을 꺾어 소유하는 방식의 사랑에 머물지 않는다. 애신이 지붕 위를 달리는 투사임을 알아챈 순간, 희성은 자신이 준비했던 양복들이 그녀의 정체를 은폐하는 데 쓰이길 바란다. 전차 안에서 애신과 마주 앉아 건넨 "나를 그냥 정혼자로 두시오. 그대가 내 양복을 입고 애국을 하든 매국을 하든 난 그대의 그림자가 될 것이오"(11화)라는 말은 조부가 가르친 '쟁취하는 삶'에 대한 고결한 배신이다. 그는 애신을 가문의 울타리에 가두는 대신 그녀가 걷는 가시밭길의 방패가 되기로 결심한다. 가문의 이름이 과거의 누군가에게는 폭력이었으나 이제는 그녀의 신념을 지탱하는 보호막이 되길 바라는 헌신은 타자의 행동 속에 담긴 복잡한 신호를 정확히 파악하고 해석해낸 결과다.

이러한 희성의 태도는 "말없이 우리 곁을 지나치거나 우리 사이에 없는 듯 있는 천사와 같은 침묵의 위로자"[2]의 모습과 닮아 있다. 그는 자신의 존재를 강요하지 않으면서도 상대가 온전히 자신의 길을 갈 수 있도록 공간을 내어준다. 정혼자라는 지위를 유지하되 그 권리를 행사하지 않는 유예의 방식은 타자의 입장에서 사고하고 느끼는 고도의 정서적 기술이 발현된 형태다. 희성의 성숙한 태도는 마침내 자신의 가장 깊은 애착인 정혼을 스스로 끊어내는 파혼으로 완성된다. 가문이 짊어진 도덕적 결함을 직시한 희성은, 기득권 중 자신이 가장 아끼는 권리를 포기하며 가계의 업보와 결별하려 한다. 가장 간절히 원했던 자리를 제 손으로 도려내야 하는 자의 비애가 이 결단 속에 서려 있다. "할아버님께서 제게 주신 것들 중 가장 원했던 게 바로 이 정혼입니다. 그래서 이건 제가 누려선 안 되는 것입니다"(16화)라는 고백은 사랑조차 부채로 남은 현실에 대한 통렬한 자각이다. 희성은 이 정직한 슬픔을 딛고 부당한 유산과 작별하며, 자신의 명예를 스스로 구축하는 고독한 길에 들어선다.

이러한 희성의 변화는 유진이라는 거울을 통해 '속죄의 민낯'으로 거듭난다. 그는 가문의 잘못을 자백하기보다 자신을 향한 적의가 이미 삶의 일부임을 인정하며 유진과 마주 선다. 가해자의 후손과 피해자가 복수라는 낡은 굴레를 벗어나 인간 대 인간으로 서로의 진심을 알아보는 과정은 감정이입의 상징적 능력을 보여준다. 유진이 호선에게 "김희성과 난 복수에 멈춰 서지 않고 지나쳐 나아가겠소"(17화)라고 말한 것은 희성이 부모의 죄를 감당하려 애쓰는 고통의 무게를 충분히 인식했기에 가능한 지지이다. 또한, 사과는 굴욕적인 항복이 아니라 자신의 가문을 객관화하고 타인의 상실을 온전히 공감할 수 있는 자만이 도달하는 존엄한 고백이다. 희성은 18화에서 유진에게 조부와 부모를 대신해 진심 어린 사과를 건넨다. 그리고 자신이 정혼을 깨고 애신에게 자유를 주었 듯 유진 또한 자신의 모든 것을 걸고 그녀를 지키려 한다는 사실을 받아

---

2) 미셸 세르, 『헤르메스』, 민음사, 1999, p.42.

들인다. 그는 자신의 사랑이 실패했음을 인정하는 데서 그치지 않고 자신이 사랑하는 여인을 가장 잘 지킬 수 있는 상대가 유진임을 인정하며 그를 동무로서 존중한다.

나를 싸게 팔지 않는 법은 자신에게 주어진 부당한 안락함을 포기하고 그 자리에 타인의 고통을 채워 넣는 용기에 있다. 희성은 가문의 부를 지키는 자식의 도리 대신 진실을 기록하는 기록자의 의무를 택한다. 가문의 자원을 진실을 밝히는 잉크로 바꾸며 광장으로 나서는 행보는 조부의 시계가 멈춘 곳에서 새로운 역사의 시간을 흐르게 하려는 마지막 저항이다. 김희성이 도달한 명예는 화려한 양복에 있지 않았다. 그것은 타인의 상처 앞에서 부끄러워할 줄 알고 불꽃으로 살고자 하는 이를 위해 자신의 자리를 기꺼이 내어준 고독한 결단 속에 있다. 그는 그렇게 가장 낮은 곳에서 자신을 가장 고결하게 지켜낸 '침묵의 위로자'로서의 삶을 완성한다. 그는 그렇게 자신을 가장 비싸게 지켜내고 타인의 고통을 외면하지 않는 정교한 감정이입의 기술로 김희성만의 명예로운 거리두기를 완성한다. 자신의 이름을 지우고 시대의 목소리를 새겨 넣은 그의 침묵은, 그 어떤 수사보다 깊은 위로가 되어 역사의 갈피에 남는다.

전략적 침묵의 시대에 김희성이 남긴 '부끄러움'이라는 유산

김희성의 삶을 오늘날의 관점에서 복기해 보면 우리 사회의 가장 고질적인 병폐 중 하나인 사과하지 않는 문화에 대한 통렬한 가르침을 얻을 수 있다. 현대 사회에서 사과는 흔히 '전략적 선택'이나 '법적 책임의 회피'로 전락한다. 잘못을 인정하는 순간 손해를 본다는 계산 아래 많은 이들이 "유감이다"라는 모호한 표현 뒤로 숨거나 아예 침묵을 선택한다.

그러나 희성은 달랐다. 그는 직접 저지르지 않은 조부의 죄까지 자신의 것으로 껴안았다. 유진 앞에서 건넨 사과는 굴욕이 아니라 타인의 상실을 온전히 공감할 줄 아는 인간만이 도달할 수 있는 존엄한 자백이다. 진정한 사과는 입술로 내뱉는 고백에 그치지 않는다. 희성이 기득권을 내려놓고 가장 아끼던 정혼을 스스로 포기했듯이, 자신의 가장 소중한 것을 기꺼이 내어놓는 책임의 과정이 뒤따라야 한다는 사실을 그는 몸소 보여주었다.

오늘날 우리에게 필요한 것은 화려한 변명이나 세련된 수사가 아니다. 미셸 세르가 말한 '천사와 같은 침묵의 위로자'처럼 타인의 고통 곁에 묵묵히 서서 자신의 책임을 통감하는 자세다. 희성이 자신의 이름을 지우고 시대의 아픔을 기록하며 역사의 갈피에 남았듯 진정한 명예는 자신이 누리는 안락함이 누군가의 눈물 위에 세워진 것은 아닌지 부끄러워할 줄 아는 마음에서 시작된다. 사과가 사라진 시대, 김희성이라는 인물은 우리에게 묻는다. 당신은 당신의 삶을 지탱하는 부당한 기득권과 결별할 용기가 있는가? 그리고 그 자리에 타인의 고통을 채워 넣을 준비가 되었는가? 자신의 존재를 낮추어 타인의 길을 밝힌 그의 고독한 결단은 무책임한 방관이 만연한 현대 사회에 가장 묵직하고도 고결한 울림을 던진다.

17장
역사의 증인이 되다:
김희성이 펜으로 일궈낸 가장 비싼 생애

김희성이 정혼을 깨고 가문의 안락함을 거부한 것은 개인적인 죄책감 때문이 아니다. 그것은 자신의 존재를 지탱해온 '김판서의 손자'라는 허울을 벗어던지고 역사의 거대한 흐름 앞에 선 한 명의 독립된 '증인'으로 거듭나겠다는 실존적 결단이다. 그는 이제 꽃을 든 한량이 아니라 펜을 든 투사가 되어 광장으로 나선다. 이러한 희성의 결단은 유재영 시인의 시조 「봉선홍경사갈비奉先弘慶寺碣碑」가 형상화한 '비석(碣碑)'의 운명과 깊이 공명한다.

왕비의 이빨조차 썩지 않는 불멸의 땅
옛 백제의 천안시 서북구 헹겡이벌
고려국 마지막 유민流民 멈춰 선 듯 돌비 하나

(중략)

– 「봉선홍경사갈비(奉先弘慶寺碣碑)」 부분, 『느티나무 비명(碑銘)』

시 속의 비석은 "비, 바람, 눈보라까지 획(劃)이며 운(韻)"이 되어 천년의 세월을 숨 쉬듯 버텨낸 역사의 산증인이다. 희성 역시 가문의 화려한 배경을 뒤로하고 시대의 비바람을 온몸으로 받아내며 진실을 기록하는 하나의 '돌비'가 되기를 자처한다. "정권은 부패했고 나라는 토탄이다 어쩌다 백성들 원성 여기까지 사무쳤나"라는 시조의 탄식은 희성이 신문 지면 위에 새겨 넣는 호외의 행간마다 흐르는 민초들의 눈물과 고스란히 겹쳐진다.

희성이 차린 신문사 이름은 없었으나 그의 마음속 간판은 명확했다. 송나라 시인 임포의 시 구절을 각색한 '점진풍정향소판(占盡風情向小板)'. 온갖 꽃이 진 뒤에도 홀로 정원의 운치를 독차지하는 매화처럼 모두가 외면하는 시대의 진실을 이 작은 신문 위에 남김없이 담아내겠다는 다짐이다. 희성은 이를 두고 "내 가는 길에 핀 유일한 꽃"(18화)이라 명명한다. 무용하고 아름다운 것들에 탐닉하며 꽃을 관상의 대상으로만 두었던 희성은 이제 그 꽃잎마다 서린 시대의 진실을 목숨 걸고 기록하는 기록자로 거듭난다. 그는 화려한 양복을 입고 호텔 베란다에서 달을 보는 대신 차가운 인쇄기 앞에서 망국의 길로 치닫는 조선의 맥박을 활자로

옮기기 시작한다. 비석에 새겨진 "정갈한 뜻"이 천년을 두고 숨을 쉬듯 희성이 기록한 문장들은 가문의 오욕을 씻어내고 조선의 슬픈 존엄을 증명하는 불멸의 기록으로 남을 것이다.

총구와 렌즈, 다른 도구로 완성하는 하나의 지향

기록이란 침묵을 강요하는 거대한 위력 앞에 선 단독자가 시대의 증언자로 남겠다는 존재론적 선언이다. 희성이 품은 언론인으로서의 자각은 구체적인 역사의 고통과 직면하며 비로소 그 결을 드러낸다. 조선의 정신을 지탱하던 유생들이 지부상소 끝에 투옥되는 참담한 광경은 그가 누려온 '무용한 안락'의 세계를 부수고 진실의 외침이 울려 퍼지는 광장으로 그를 이끈다. 신문사의 간판조차 달지 못한 채 발행한 전무후무한 '호외'는 정보의 복제를 넘어선 저항의 활자들이다. 그가 정성껏 찍어낸 종이 뭉치에는 조부로부터 대물림된 '자리의 논리'를 벗고 오직 기록의 무게만을 짊어진 한 사람으로 서겠다는 결연한 의지가 깃들어 있다.

이러한 희성의 존재에 처음 주목한 이는 일제의 대좌 모리 타카시였다. 다만 타카시는 희성의 내밀한 각성을 읽어낸 것이 아니라 조선 내 여론을 통제하기 위해 이용하기 좋은 적임사로 도쿄 유학생 출신인 김판서의 손자를 지목했을 뿐이다. 타카시는 간판도 없는 영세한 신문사의 처지를 거론하며 자금력과 작위로 그를 회유하려 든다. 그러나 희성은 특유의 능청스러움과 가문의 위세를 방패 삼아 이를 비웃는다. "내겐 한성에서 제일 고운 간판이 있소. 다시 와서 보시오! 하나 더, 나는 조선에서 황제 다음으로 돈이 많소. 달세는 나의 허영이오."(18화) 이는 자신을 회유해서 얻을 정치적 이득이 없음을 주지시키는 고도의 심리전이자 한량의 가면을 빌려 제국주의의 탐욕을 조롱하는 행위다. 위협이 극에 달한 순간에도 방탕한 모습으로 일관하는 그의 태도는 역설적으로 그가 쥔

펜이 일제에 얼마나 위협적인 무기인지를 증명한다.

애신과의 관계 역시 새로운 국면을 맞이한다. 유약한 약골 사내가 품었던 개인적인 연모는 시대의 참상을 기록하고 알리는 언론인으로서의 사명감이 더해지며 비로소 숭고한 동지적 연대로 도약한다. "글도 힘이 있소. 누군가는 기록해야 하오. 애국도 매국도 모두 기록해야 하오. 그대는 총포로 하시오. 내가 기록해 주겠소."(20화) 이 말은 파괴하는 힘(총)과 보존하는 힘(기로기)이 만난 숭고한 결합이다. 그는 애신에게 자신의 방을 은신처로 내어주고 가문의 권위를 휘둘러 일본군을 호통쳐 쫓아내며 세속적 자원을 영적인 방패로 바꾼다. 특히 유진과 애신의 위조 혼인 증명서를 목격하며 건넨 "거짓이어도 이리 연을 맺는구려"(21화)라는 축복은 시대의 파도에 휩쓸린 연인들을 위해 자신의 자리를 미련 없이 지워버리는 고차원적인 환대이자 사랑의 완성이다. 그 대가처럼 그에게는 깊은 슬픔이 남는다.

희성의 내면을 관통하는 슬픔은 전당포에 남겨진 의병의 낡은 신발을 마주할 때 극대화된다. 주인 잃은 신발을 보며 "누군가 맡긴 물건이 유품이 되기도 하겠구려"(21화)라고 읊조린 통찰은 곧 자신에게 닥칠 운명에 대한 예감이다. 그는 조부의 시계를 맡겨 가문의 안락을 완전히 걷어내고 스스로 고난의 길을 자처한다. 유유자적하던 사내가 시계(시간)까지 전당포에 내놓고 기록에 매달리는 모습은 자신의 생을 마감해 진실의 시간을 기록하려는 비장한 선택이다.

또한, 유진이 보내온 카메라는 희성에게 '당신의 기록 또한 나의 총구만큼 정당하다'는 연대의 응답이다. 이러한 유진의 응답에 희성 역시 "그의 총구는 늘 옳은 방향으로 겨누어지는구려."(22화)라고 화답해서 서로의 투쟁 방식을 향한 깊은 신뢰의 표현을 보낸다. 희성은 유진이 보내준 카메라로 친일파들의 추악한 얼굴을 박제하고 일본군의 만행을 기록하며 관찰자를 넘어선 시대의 고발자가 된다. 특히 이완용 일당의 사진을 찍으며 "자, 찍읍시다. 대대로 기억되셔야지요."(24화)라고 읊조리는 대목은 역사의 심판대에 그들을 영원히 세워두겠다는 지식인의 준엄한 경고이자 반어적 화법이다. 이러한 희성의 고독한 행보는 이규보의 시[1] 구절을 떠올리게 한다.

> "구구한 나라가 어찌 자네를 포용할 수 있겠는가. 자네를 위해 천지만큼 큰 세상을 만들어야지." (區區一國詎能容 爲子須營天地籠)

망국의 위기에 처한 "구구한 나라"는 희성이라는 경계 없는 지식인의 기개를 담아내지 못한다. 희성은 펜과 렌즈를 들고서 스스로 "천지만큼 큰 세상", 즉 진실을 담아 영원히 살아 숨 쉬는 기록의 세계를 창조한다. 그가 세운 이 광활한 기록의 영토는 시대의 폭력에 밀려난 존재들이 비로소 이름을 얻고 머물 수 있는 유일한 망명지가 된다. 가문의 죄를 기록하며 업보를 씻어내던 그의 펜 끝은, 이제 유진이 남긴 불꽃들을 기록의 품으로 거두어들이는 온기가 된다. 무관학교 학도의 누나인 연주를 지키기 위해 선택한 위장 혼인은, 그가 창조한 '큰 세상'이 단지 종이 위의 활자가 아니라 구체적인 삶의 자리를 마련하는 환대의 실천임을 보여준다. 특히 그들을 보호해 달라며 부모에 머리를 숙이는 모습은 지식인의 책임을 넘어 타인의 고통을 자신의 서사 안으로 온전히 껴안으려는 한 인간의 거룩한 구걸이자 숭고한 실천이다. 이로써 희성은 무력한 국가가 차마 품지 못한 생애들을 위해 스스로 '천지만큼 큰' 지붕이 되어 기록하는 자가 도달할 수 있는 가장 인간적인 풍경을 완성한다.

---

1) 이규보의 「증초상인(贈楚上人)」이라는 시의 일부.

영광과 비극 사이, 명예로운 마침표

저항의 길 위에서 끝내 마주하게 되는 고립은 지식인이 감내해야 할 가장 가혹한 형벌 중 하나다. 그러나 그 고립의 끝에서 확인하는 연대의 흔적은 비극적 운명조차 '영광'이라는 이름으로 치환하는 강력한 힘이 된다. 매일 아침 죽음을 각오하며 써 내려간 희성의 글은 홀로 남기는 유서에 가까웠다. 그러나 이 고독한 기록이 같은 뜻을 품은 이들의 이름과 맞닿는 순간, 그의 문장들은 비로소 역사의 한 페이지를 채우며 생생하게 살아 움직이기 시작한다.

언론 통제가 극에 달한 여름밤, 유진, 동매와 마주 앉아 나누는 술잔은 홀로 고행길을 걷던 기록자가 동무들에게 건네는 순수한 위무이자 고백이다. "내 그간 마음이 없어서 안 산 것이 아니오. 그대들이 없었지. 내 몹시 기다렸는데."(24화)라는 말은 재회에 대한 반가움만은 아니다. 그것은 함께 비극의 정점을 통과할 '동행자'들을 마침내 마주했다는 안도감이요, 동시에 이 만남이 각자의 생애를 마감할 마지막 정거장이 되리라는 서글픈 확신이다. 희성은 조선의 비극을 공유한 이들의 종착지가 결국 영광과 파국 사이 어디쯤임을 직감하면서도 자신이 뿌린 활자들이 누군가의 가슴에 불꽃을 지피고 있음을 믿으며 묵묵히 걸음을 옮긴다.

체포의 순간이 다가오자 희성은 자신이 사랑하고 기록했던 아름다운 사람들의 흔적을 대지 속에 깊이 묻는다. "무용하던 내 삶에 그대들은 영광이었소. 안 들키고 오래 숨어 있다가 꼭 발견되거라."(24화)라는 당부는 평생 가문의 부끄러움 속에 살았던 사내가 도달할 수 있는 자부심의 정점이다. 마침내 고문실의 차가운 바닥에서 피투성이가 된 희성은 자신을 윽박지르는 고문관들이 내뱉는 동무들의 이름을 나직이 되뇌며 "참으로 아름다운 이름들이구려."(24화)라고 읊조린다. 그 미소는 죽음이라는 무용한 결말을 알면서도 불꽃으로 살았던 이들과 '한패'가 됨으로써 얻은 지고의 명예를 상징한다.

째깍거리는 시계 소리가 멎는 순간, 조부로부터 상속된 약탈의 시간은 막을 내리고 희성이 펜으로 일궈낸 진실의 시간이 역사 속으로 흐르기 시작한다. 가문의 부를 지불하고 지식인의 존엄을 산 그의 죽음은 가장 비참한 곳에서 피어난 가장 고결한 꽃이다. 김희성의 생애는 '부끄러움'에서 시작해 '영광'으로 끝난다. 나를 싸게 팔지 않는 법은 부당한 안락을 포기하고 그 자리에 타인의 고통과 진실을 채워 넣는 용기에 있다는 사실을 그는 온몸으로 보여준다. 가문의 자원을 진실의 잉크로 바꾼 그의 행보는 조부의 시간이 멈춘 곳에서 새로운 역사를 흐르게 한 위대한 저항이자, 심장이 뜯겨 나간 이들 곁에 서서 기꺼이 자신을 비워준 고독한 결단으로 남는다. 그는 그렇게 가장 낮은 곳에서 자신을 가장 비싸게 지켜낸 김희성만의 명예로운 마침표를 찍는다.

김희성의 명예가 오늘날 우리에게 건네는 호외

김희성이 남긴 삶의 자취는 낡은 사진첩 속에 멈춰 있는 과거에 불과하지 않다. 그것은 오늘날 우리가 상실한 인간적 품격과 존엄이 무엇인지, 그리고 어떻게 스스로를 가치 있게 지켜낼 수 있는지를 묻는 실존적인 질문이다. 그가 보여준 마침표의 미학은 메마른 관계와 책임의 부재가 일상이 된 현대 사회에 다음과 같은 성찰의 계기를 마련해 준다.

현대 사회에서 부와 권력은 종종 자신을 방어하고 타인을 배제하는 수단으로 사용된다. 그러나 희성은 가문의 막강한 자원을 철저히 타자를 위한 방패로 전환했다. 그는 자신이 누리는 안락함이 정당하지 않은 토대 위에 있음을 자각하고 그 기득권을 사회적 투사들의 은신처로 제공한다. 이는 오늘날 사회적 기득권층이 자신의 자원을 사적 이익이 아닌, 공동체의 안녕이나 사회적 약자를 보호하는 공적 자산으로 내어놓는 실천적 모델이 된다. "나를 싸게 팔지 않는 법"은 결국 자신이 가진 자산을 공공의 선을 위해 재배치하는 결단에 있음을 시사한다.

또한 수많은 정보가 넘치지만, 진실은 파편화된 사회에서 희성이 견지했던 기록자의 태도는 시사하는 바가 크다. 그는 주관적 감정보다 객관적 진실을 수호하려 했으며 이는 역사의 심판대에 정직한 사실을 올리려 한 지식인의 고투였다. 총과 칼이 닿지 못하는 역사의 심연까지 렌즈를 밀어 넣은 그의 행보는 왜곡된 정보가 넘치는 세상에서 객관적 사실을 수호하는 일이 얼마나 고독하고 숭고한 투쟁인지를 보여준다. 각자가 미디어가 된 오늘날, 김희성처럼 '후손들을 위해 기록을 남기겠다'는 책임감을 지니는 것은 시민의 중요한 덕목이다.

김희성이 도달한 명예는 타인과 일정한 거리를 두면서도 상대가 필요할 때 기꺼이 자신의 자리를 내어주는 성숙한 연대에 있다. 이는 타인의 삶을 지배하려 하지 않으면서도 고통받는 이의 곁을 묵묵히 지키는 '침묵의 위로'가 필요한 우리 시대에 반드시 회복되어야 할 미학이다. 자신의 이름을 지우고 시대의 목소리를 새겨 넣은 그의 고독한 결단은 무책임한 방관이 만연한 이 시대에 우리가 어떻게 자신을 '비싸게' 지켜낼 수 있는지에 대한 가장 고결한 답안이 될 것이다.

PART 5.

슬픔을 넘어선 존엄: 나를 잃지 않고 강하게 사는 법

18장
품격 있는 강함:
유연하면서도 흔들리지 않는 중심

현대 사회에서 '강함'은 종종 타협하지 않는 고집이나 흔들리지 않는 확신으로 오해받곤 한다. 그러나 어제의 정답이 오늘의 오답이 되는 유동적인 세계에서 나를 잃지 않고 품격을 지키며 산다는 것은 단단해지는 것과는 차원이 다른 문제다. 너무 단단한 것은 외부의 충격에 쉽게 부서지지만 유연한 것은 휘어질지언정, 부러지지 않는다. 이러한 유연한 강함의 실체를 이해하기 위해 우리는 고정된 운명에 매달리는 대신 상황에 따라 자신의 언어를 재구성하여 타인과 연대하는 '아이러니스트'[1]의 태도에 주목한다. 『미스터 션샤인』의 인물들이 보여준 고귀한 행보를 이 렌즈로 투영할 때, 우리는 비로소 현대적 의미의 '품격 있는 강함'이 무엇인지 깨닫게 된다.

모든 인간은 자신을 정의하기 위해 사용하는 '마지막 어휘'를 가지고 있다. 삶의 막다른 골목에서 자신을 정당화하기 위해 꺼내 드는 최후

---

1) 리처드 로티, 김동식, 이유선 역, 『우연성·아이러니·연대성』, 민음사, pp.19-25.

의 보루와 같은 단어들이다. 보통은 이 어휘를 숙명으로 받아들인다. 그러나 품격 있는 강함을 가진 자들은 이 어휘를 끊임없이 의심하고 스스로 새롭게 써 내려간다. 『미스터 션샤인』 속 인물들에게 세상이 강요한 첫 번째 마지막 어휘는 ‘신분’이라는 굴레다. 이 가혹한 운명의 문법 안에서 누군가는 자신을 정당화할 최소한의 언어조차 박탈당한 ‘결핍’을, 누군가는 가문이 부여한 명예와 권리라는 ‘과잉’의 무게를 감당한다. 특히 ‘노비’와 ‘백정’이라는 굴욕적인 낙인을 얻은 유진과 동매에게 조선의 언어는 곧 생존의 위협이었다. 이들은 자신들을 짓밟은 조선의 문법을 부정하고자 외래의 언어를 탈출구로 삼는다. 유진이 조국을 거부하고 검은 머리 미국인이 되어 복수를 꿈꾸는 것이나 구동매가 일본 낭인의 겉옷을 입고 폭력의 언어로 생존을 도모하는 행위는 모두 이 결핍된 존재들이 선택한 실존적 방어기제다.

반면 애신과 희성은 사대부 가문의 ‘안락’과 ‘기득권’이라는 과잉된 담장 안에 놓인다. 하지만 이들은 그 언어에 순응하지 못하고 끊임없이 불협화음을 낸다. 애신은 총을 들고 일찍이 ‘의병’이라는 투쟁의 언어를 제2의 어휘로 선택한다. 하지만 유진이라는 이방인을 마주하며 그녀의 신념은 흔들린다. 자신이 지키려는 조선이 누군가에게는 굴욕의 땅일 수도 있다는 사실을 깨닫는 고통스러운 시간을 통과한다. 이 과정을 거쳐 그녀의 언어는 ‘사대부의 조선’에서 ‘백성이 주인이 되는 나라’로 확장된다. 희성 역시 기득권의 언어를 향유하기보다 가문의 업보가 남긴 오욕을 견디는 쪽을 택한다. 그는 ‘아름답고 무용한 것들’에 탐닉한다. 이는 가문의 그늘에서 도망치기 위한 위악이자 삶을 유예하는 방식이다. 하지만 유진이 겪은 가계의 죄악을 직시한 순간, 그는 방관자의 언어를 버리고 비로소 ‘기록자’의 길을 걷는다. 자신의 안락을 스스로 파괴하고 가계의 죄악을 고발하는 언론인으로 거듭나는 것이다.

주목할 점은 이들이 각자의 출발점과 방어기제는 달랐을지언정, 자신을 지켜주던 최후의 보루마저 깨뜨리는 지점에서 서로 조우한다는 사실이다. 결핍을 메우려던 이들과 과잉을 덜어내려던 이들이 '존엄'이라는 단하나의 언어를 향해 교차하는 지점이다. 이렇듯 마지막 어휘마저 내던지며 매 순간 존재를 갱신하는 이들의 실존적 분투는 장승구라는 인물을 통해 더욱 집약적으로 드러난다. 신미양요 당시 아버지를 버린 국가를 향해 "역적이 되겠다"고 다짐한 그에게도 조선은 조국이 아니라 부숴야 할 대상이다. 하지만 그 역시 증오라는 마지막 어휘에 자신을 고정하지 않는다. 대신 시대가 요구하는 더 거대한 가치를 향해 자신을 개방한다. 역적의 언어를 버리고 나라를 지키는 '총관'의 언어를 선택하기에 이르는 것이다. 가장 먼저 적진을 향해 나아가는 그의 경이로운 행보는 평생을 붙들고 있던 증오라는 가장 강력한 보루를 스스로 허물어뜨린 주체적 결단이다. 역적이 되려던 이가 국가의 최전선에서 전사하는 이 숭고한 아이러니! 이는 진리가 외부에서 발견되는 것이 아니라 자신의 어휘를 끊임없이 수정해 나가는 주체의 의지에 의해 새롭게 창조되는 것임을 입증한다.

결국, 유진과 동매, 애신과 희성, 그리고 승구가 각자의 폐허 위에서 길어 올린 품격 있는 강함의 실체는 여기에 있다. 그것은 세상이 부여한 형식과 담장을 깨뜨리고 타인과 연대할 수 있는 새로운 언어를 찾아 나선 용기다. 출발점은 모두 달랐으나 자신의 마지막 어휘를 끊임없이 갱신했다는 점에서 이들의 삶은 하나의 지점으로 수렴한다. 어제와 다른 나를 정립하며 타인의 고통 앞에 비겁해지지 않는 것. 그것이 『미스터 션샤인』의 인물들이 2026년을 사는 우리에게 건네는, 부러지지 않는 진정한 중심의 의미다. 현대인에게 필요한 강함 역시 이와 같다. 사회가 주입한 성공의 기준이나 과거의 상처가 만들어낸 편견이라는 어휘에 갇히지 않는 것. 내가 믿어온 신념조차 더 나은 가치를 위해 수정할 수 있다는 유연함, 어제의 나를 부정하고 오늘의 나를 다시 세우는 용기야말로 부러지지 않는 진정한 중심의 실체다.

이러한 주체적 유연함은 필연적으로 타인을 향한 다정함으로 이어진다. 자신의 신념이 절대적이지 않음을 인정하는 마음의 틈새로, 비로소 타인의 고단한 삶이 스며들기 때문이다. 내가 붙든 진실이 유일하지 않다는 감각은 나만큼이나 절실하게 자기 생을 버티고 있는 타인의 세계를 향해 조심스럽게 곁을 내어주는 다정함의 시작이 된다. 그러므로 진정한 자유주의는 잔인성을 삶의 가장 나쁜 일로 규정하는 태도에서 시작된다. 이때의 잔인성이란 물리적 가해에 국한되지 않는다. 타인이 생의 보루로 삼는 마지막 어휘를 비웃고 그를 공동체 밖으로 밀어내어 존재적 굴욕을 주는 모든 행위가 곧 잔인성이다.『미스터 션샤인』의 인물들이 각자의 안락한 담장을 넘어 타인의 고통 곁으로 다가간 이유는 바로 이 잔인성의 세계와 결별하기 위해서다. 고애신은 사대부 애기씨라는 견고한 세계 속에 살았으나 그 세계가 타인에게 얼마나 잔인한 언어로 구성되어 있는지를 깨닫는 순간 스스로 담장 밖을 나선다. 그녀는 백정과 노비에게도 조선의 자리가 있는지를 묻는 유진의 질문을 인정하며 그들의 자리를 만들기 위해 노력한다. 이는 타인의 고통을 자신의 언어 안으로 끌어들이는 연대의 행위다.

특히 이러한 고통은 때로 비언어적이다. 극심한 고통 속에 있는 자는 자신의 상황을 설명할 언어조차 잃어버리기 때문이다. 억압받는 자들의 목소리는 존재하지 않는 것이 아니라 기존의 언어 체계 안에서 작동하지 않을 뿐이다. 이때 강한 자의 품격은 그들의 비명과 신음을 읽어주고 대신 말해주는 과정에서 발생한다. 유진이 노비였던 과거를 고백하며 애신과 수평적인 관계를 맺고, 희성이 가문의 악행을 기록하며 이름 없이 사라진 의병들의 존재를 복원하는 행위는 모두 타인에게 가해지는 잔인성을 제거하려는 노력이다. 현대 사회의 '갑질'이나 익명성 뒤에 숨은 '혐오'는 모두 이러한 잔인성의 전형이다. 진정으로 강한 사람은 타인을 짓밟아 우월함을 증명하려 하지 않는다.

이렇듯 품격 있는 강함은 흔들리지 않는 바위 같은 상태가 아니라, 바람에 유연하게 흔들리면서도 뿌리를 깊게 내린 나무에 가깝다. 자신의 신념이 절대적이지 않음을 알기에 아이러니스트는 늘 타인의 생각에 열려 있다. 유진이 미국 해군 대위라는 신분과 조선인이라는 혈통 사이에서 끊임없이 흔들리면서도 끝내 존엄을 지킬 수 있었던 것은 그가 어느 한쪽의 논리에 함몰되지 않았기 때문이다. 그는 미국인으로서의 냉철함과 조선인으로서의 뜨거움을 동시에 품는다. 그리고 자신의 어휘가 가진 한계를 인식하는 동시에 그 어휘를 위해 기꺼이 목숨을 거는 숭고한 모순을 보여준다. 이러한 태도는 정치적 진영 논리에 갇힌 현대인들에게 큰 시사점을 준다. 내가 옳다는 확신이 타인을 향한 잔인함으로 변질될 때 우리는 품격을 잃는다. 서로 다른 어휘를 가진 사람들이 서로에게 잔인해지지 않으면서 공존하는 세상, 그것이 우리가 2026년이라는 경계 위에서 지켜내야 할 존엄의 풍경이다.

'품격 있는 강함'은 결국 자신에게는 끊임없이 질문하는 아이러니스트가 되고 타인에게는 한없이 다정한 자유주의자가 되는 것이다. 유진과 동매, 희성과 승구가 그러했듯 우리 역시 처음의 다짐과는 전혀 다른 길을 걷게 될지도 모른다. 복수하러 왔다가 사랑하게 되고, 역적이 되려다 나라를 지키게 되는 그 아이러니한 발자취야말로 삶이 우리에게 주는 우연성의 선물이다. 타인에게 잔인해지지 않으려는 노력, 나의 부족함과 모순을 인정하는 유연함, 그리고 무너진 폐허 위에서도 다시 나만의 단어를 골라 문장을 다시 시작하는 용기. 이 유연하면서도 흔들리지 않는 중심이야말로 우리가 이 거친 시대를 건너 존엄에 이르는 길이다.

19장
실패의 미학:
잃음 속에서 배운 자만이 얻는 철학적 이익

우리는 흔히 실패를 무언가를 잃어버리거나 중단되는 상태로 여긴다. 특히 현대 사회에서 실패는 가성비가 떨어지는 행위, 혹은 피해야 할 수치스러운 오점으로 취급받기 일쑤다. 그러나 『미스터 션샤인』이 우리에게 보여주는 실패는 전혀 다른 얼굴을 하고 있다. 주인공들은 모두 비극적인 결말을 향해 뚜벅뚜벅 걸어간다. 그들은 나라를 구하지 못했고 사랑하는 이와 평범한 행복을 누리지도 못했다. 객관적인 결과로만 보자면 이들의 생은 완벽한 패배다.

하지만 우리는 왜 이들의 비극을 보며 위로를 얻고 심지어 그 모습이 아름답다고 느끼는가? 이 해답을 찾기 위해 다시 니체의 목소리를 빌려본다. 니체는 실패와 고통이 자신을 파괴하는 것이 아니라 오히려 삶을 가장 뜨겁게 긍정하게 만드는 재료라고 말한다. 우리는 드라마 속 인물들처럼 장렬하게 전사할 일은 없겠지만 그들이 실패를 대하는 태도를 통해 실패해도 나의 '고유한 존엄성'은 사라지지 않는다는 정서적 순화와 철학적 이익을 얻을 수 있다.

　『미스터 션샤인』 속 구동매의 마지막 장면은 강렬하다. 수많은 적에게 둘러싸여 이미 만신창이가 된 몸으로 그는 비틀거리면서도 결코 자신의 자리를 이탈하지 않는다. 그가 외친 '한 명만 더!'라는 갈망은 누군가를 해치겠다는 살의가 아니다. 자신을 무너뜨리려는 거대한 운명의 압력 앞에서 단 1초라도 더 '나 자신'으로 버티겠다는 실존적인 외침이자, 생의 마침표를 스스로 찍겠다는 주체적 의지다. 이 순간 그가 보여주는 기개는 압도적인 고통과 파멸조차 기꺼이 긍정하는 자만이 도달할 수 있는 비극적 숭고함의 극치다. 무서운 운명에 굴복하는 대신 그것을 예술적으로 억제하며 자신의 삶을 하나의 완성된 작품으로 빚어내는 태도[1]이기도 하다. 구동매는 죽음이라는 절대적 실패 앞에서 도망치거나 비굴해지지 않는다. 오히려 그 운명을 정면으로 응시하며 마지막 순간까지 자신에게 부여한 역할을 묵묵히 수행한다. 이렇듯 죽음마저 자신의 의지 안으로 끌어들여 생을 완성하는 주체들의 모습은 인물들이 각자의 어휘를 갱신하며 도달한 '품격 있는 강함'의 실체를 다시 한번 증명한다.

　진정한 의미의 예술가란 단순히 캔버스 앞에 서는 이가 아니다. 자신에게 주어진 삶이라는 투박한 원석을 끊임없이 깎아내어 기어이 하나의 완벽한 작품으로 빚어내는 주체야말로 생의 예술가[2]라 할 수 있다. 작품 속 인물들 역시 바로 이 지점에서 스스로 자기 삶의 주인이 된 이들이다. 이들은 타인이 규정한 성공의 잣대에 자신을 맞추지 않는다. 대신 무너져가는 시대의 폐허 속에서 오직 자신만의 관점으로 새로운 가치를 창조한다. 김희성은 가문이 보장하던 안락한 부와 기득권을 스스로 폐기한다. 대신 그는 '진실을 기록하는 자'라는 숭고한 이름을 얻어 자기 생

---

1) 임성훈, 「"예술은 긍정한다": 니체 미학에 나타난 숭고의 계기」, 『미학』 제59집, 2009, pp.106-108.

2) 이선, 「니체의 위대한 예술가」, 『대동철학』 제94집, 2021, pp.306-309.

의 주인이 된다. 유진 역시 미국인이라는 안전한 신분과 보장된 미래를 내던진다. 하지만 그는 그 상실의 자리에서 '이방인 의병'이라는 독보적인 정체성을 길어 올린다. 세상의 눈으로 볼 때 이들은 소중한 모든 것을 잃어버린 실패자들이다. 그러나 자신의 삶을 시대의 한계 너머로 밀어붙여 전무후무한 가치를 창조했다는 점에서, 이들은 누구보다 성공적으로 자기 삶을 조각해낸 예술가들이다. 겉으로 드러나는 성패의 논리를 넘어서 스스로 부여한 의미로 생을 꽉 채워낸 이들의 행로는 우리에게 실패조차 무너뜨리지 못하는 주체적 자존의 힘을 보여준다.

이러한 철학적 사유는 오늘을 사는 우리에게 매우 실질적인 힘이 된다. 우리가 삶에서 마주하는 상실은 사실 '나'라는 원석을 정교하게 깎아내는 정(鑿)의 예리한 흔적과 같다. 고통과 실패는 기존의 낡은 사유방식을 무너뜨리는 파괴적인 경험인 동시에, 그 폐허 위에서 생을 새롭게 긍정하게 만드는 변용의 체험이기 때문이다. 그러므로 실패는 개인의 무능을 낙인찍는 성적표가 아니다. 오히려 타성에 젖어 있던 비본질적인 자아를 해체하고 더 단단하고 고유한 '진짜 나'를 세우기 위해 반드시 거쳐야 할 필연적인 산고다. 우리가 무언가를 잃어버린 그 텅 빈 자리는 역설적으로 가장 순수한 자기만의 가치를 채워 넣을 수 있는 창조의 공간이 되는 것이다. 정 끝에 깎여 나간 원석의 부피만큼 존재의 밀도는 더욱 촘촘해진다. 그리고 그 상실의 통증을 통과한 뒤에야 인간은 비로소 누구도 흉내 낼 수 없는 자신만의 유일한 형상을 얻는다.

우리의 전장은 기차 위나 거친 산등성이가 아니다. 우리는 매일같이 타인의 시선이라는 파편에 상처 입고 사소한 성패의 부침 속에 밤잠을 설치며 각자의 고요한 전쟁을 치른다. 유진이나 애신처럼 역사의 전면에 나서지는 못해도, 우리 역시 저마다의 삶이라는 험로를 위태롭게 통과하는 중이다. 『미스터 션샤인』은 우리에게 그런 영웅이 되라고 강요하지 않는다. 다만, 우리가 실패를 대할 때 느끼는 수치심과 공포라는 감정을 조금 더 거시적이고 아름다운 시선으로 바라보게 도와준다. 니체가 강조했듯 "삶은 그 자체로 정당화가 필요 없는 긍정의 대상"이다. 드라마의 주인공들이 시청자의 가슴에 남는 이유는 그들이 결국 승리해서가 아니라 오히려 실패할 것을 알면서도 그 과정 자체를 생의 에너지로 꽉 채웠기 때문이다. 이를 통해 우리는 실패를 인생의 중단이나 낙오가 아닌 나라는 존재가 가장 선명하게 드러나는 결정적 장면으로 받아들이는 미적 감각을 배운다.

실패해도 우리의 존엄은 훼손되지 않는다. 오히려 그 실패의 자리에서 다시 일상의 루틴을 지키고 나만의 원칙을 고수하려 애쓰는 그 마음 자체가 이미 우리 삶을 하나의 위대한 작품으로 만든다. 잃음 속에서 우리가 얻는 가장 큰 철학적 이익은 바로 실패조차 내 삶의 풍경으로 수용할 수 있는 넉넉한 마음의 근육이다. 19장이 말하는 실패의 미학은 결국 상실을 대하는 관점의 대전환을 의미한다. 결과적으로 잃어버리는 것에만 매몰되면 삶은 비극으로 끝나지만, 그 잃어버리는 과정에서 내가 끝까지 포기하지 않았던 나의 태도에 집중하면 삶은 예술이 된다.

구동매가 마지막까지 자신의 자리를 지켰던 것은 적을 모두 멸하기 위해서라기보다 자신이 누구인지를 스스로에게 증명하기 위해서였다. 우리도 마찬가지다. 세상이 우리를 넘어뜨리려 할 때, 비록 다시 쓰러질지언정 내 삶의 주인은 여전히 나라는 사실을 잊지 않고 묵묵히 오늘을 살아내는 그 평범한 투쟁이 우리를 위대하게 만든다. 니체의 말처럼 예술은 삶을 긍정한다. 그리고 그 예술의 가장 훌륭한 재료는 바로 우리의 눈물과 실패다. 상실의 고통을 겪어본 사람만이 타인의 아픔을 이해하는 깊은 시선을 갖게 되며 무너져본 사람만이 다시 일어설 때 느껴지는 생의 중력을 이해한다. 잃음 속에서 우리가 얻는 것은 그 어떤 성공으로도 살 수 없는 단단해진 영혼의 무늬다. 그것이야말로 삶이 우리에게 주는 가장 고귀한 '철학적 이익'이라 할 수 있다.

20장
회복의 기술:
묵묵히 기다려주는 나 자신을 향한 다정함

회복은 시련을 단숨에 박차고 일어나는 강인한 의지의 전유물이 아니다. 오히려 진정한 의미의 회복은 무너진 자리에 주저앉은 자신을 따뜻하게 응시하는 관용의 시선에서 시작된다. 고통을 힘으로 억누르기보다 그 아픔의 자리를 가만히 보듬는 다정함이야말로, 인간을 다시 일어서게 하는 가장 단단한 동력이다. 이때 관용이란 타인의 허물을 덮어주는 자비이기 전에 상처 입은 나의 초라한 뒷모습을 비난하지 않고 묵묵히 기다려주는 나 자신을 향한 다정함이다. 『미스터 션샤인』의 인물들이 우리에게 준 위로는 그들이 고통을 극복했다는 결과보다, 그 고통의 한복판에서 스스로를 어떻게 대접하며 무너진 존엄을 수습해 나갔는지를 보여준 데 있다.

어린 유진이 부모의 죽음을 뒤로하고 미국행 배를 향해 달렸던 순간을 떠올려 보자. 그것은 훗날의 복수를 설계하는 거창한 행보가 아니었다. 흙먼지를 뒤집어쓴 채 숨이 턱 끝까지 차오르는 공포 속에서, 오직 살기 위해 발버둥 치던 한 아이의 절박한 도주였을 뿐이다. 우리는 고통스러운 과거를 떠올릴 때, 그 비참했던 순간의 자신을 수치스러워하거나 무력했던 스스로를 질책하곤 한다. 시련을 딛고 일어서기 위해 반드시 대단한 성취로 그 과거를 덮어야 한다는 강박에 시달리기도 한다. 하지만 진정한 회복은 과거의 나를 증명해내는 성공이 아니라 무너지고 비겁해질 수밖에 없었던 당시의 나를 비난하지 않는 '자신에 대한 관용'에서 시작된다. 유진이 낯선 땅에서 끝내 무너지지 않았던 것은 도망치던 그 어린 소년의 뒷모습을 오점이 아닌 생을 향한 가장 정직한 몸부림으로 받아들였기 때문이다. 자신의 상처를 억지로 도려내거나 미화하지 않고 상처 입은 채로 비틀거렸던 자신을 있는 그대로 환대하는 태도. 이러한 자기 관용이야말로 차가운 현실 속에서도 오늘의 할 일을 묵묵히 수행하게 하는 가장 따뜻한 회복의 동력이 된다. 결국, 회복의 첫 단추는 강인한 의지가 아니라, 주저앉은 나를 향해 내미는 다정한 손길이다.

비극이 닥쳤을 때 우리는 즉각적으로 '인생이 끝났다'고 결론짓기 쉽다. 하지만 성숙한 회복의 지혜는 그 판단을 잠시 미루는 데 있다. 슬픔이 우리 삶에 예고 없이 찾아올 때, 그것을 즉각적으로 거부하기보다 잠시 내 삶의 손님으로 머물게 하는 여유가 필요하다. 이는 "차 한 잔 비우고"[1] 담담하게 자신의 상처를 다독이며 감정의 폭풍이 지나가길 기다리는 마음의 관대함이다. 고애신이 사랑하는 이들을 차례로 떠나보내면서도 기품을 잃지 않았던 것은 자신의 슬픔을 즉각적인 절망으로 치환하지 않았기 때문이다. 그녀는 시련이 삶의 깊은 무늬가 될 때까지 충분히 기다릴 줄 알았다. 이러한 판단의 지연은 우리에게도 절실하다. 당장 실패한 것 같아 조바심이 날 때 그 시련이 내 인생이라는 전체 지도에서 어떤 새로운 경로를 그려나가고 있는지 가만히 지켜봐 주는 것, 그 기다림 자체가 이미 치유의 시작이다.

---

1) 한영옥, 『슬픔이 오시겠다는 전갈』, 「뚝 그치고」, 2018, 문학동네, p.20.

　이렇듯 회복의 과정에서 우리를 지탱하는 가장 강력한 힘은 자기 존중이다. 세상이 나를 어떻게 규정하든 혹은 상처가 나를 얼마나 작게 만들든 ‘나는 여전히 나를 존중할 이유가 있다’고 자신에게 말해줄 수 있어야 한다. 여기서 말하는 관대함은 타고난 성품이 아니라 내가 내 삶의 주인으로서 자유로운 의지를 사용하고 있다는 자각에서 나오는 힘이다. 넘어졌을 때 우리를 일으켜 세우는 것은 외부의 손길이 아니라 나는 여전히 나의 삶을 선택할 수 있는 주체적인 존재라는 믿음이다. 나 자신을 자유로운 행위자로 긍정할 때, 관용은 비로소 실질적인 회복의 기술로 작동한다.

　진정한 회복은 내 안의 가장 부끄럽고 나약한 모습까지도 나의 일부로 포용할 때 완성된다. 인간의 내면은 하나의 일관된 모습이 아니라 수많은 모순된 감정들이 교차하는 무대와 같다. 우리는 밝고 긍정적인 모습만 나라고 믿고 싶어 하지만 내면 깊숙이 자리 잡은 슬픔과 비겁함 같은 어두운 그림자 또한 나를 이루는 소중한 조각들이다. 김희성이 가문의 부끄러운 과거를 부정하지 않고 자신의 일부로 받아들였듯 우리 역시 자신의 부족함을 타인처럼 따뜻하게 환대할 줄 알아야 한다. 자신에게 관대해진다는 것은 완벽함을 지향하는 것이 아니라, 상처 입고 모순된 나를 있는 그대로 수용하는 성숙함을 의미한다. 이러한 자기 이해의 확장은 우리가 다시 일어설 때 이전보다 훨씬 더 깊고 넓은 시야를 선물한다.

　20장이 말하는 회복의 기술은 시련이 없던 평온한 상태로 되돌아가는 마법이 아니다. 그것은 무참한 현실 속에서도 ‘나’라는 주체가 무너지지 않도록 스스로를 대접하는 태도의 변화다. 드라마 속 인물들이 보여준 가장 뜨거운 회복은 비극적인 운명에도 자신을 방치하지 않고 끝내 자신의 자리를 지켜냈다는 점에 있다. 이러한 회복의 기술은 김희성이라는 인물에 이르러 가장 너그럽고 다정한 얼굴을 띠게 된다. 조부와 부모의 업보 앞에서 그가 보여준 '아름답고 무용한 것들'을 향한 탐닉은 언뜻 부유한 자의 한가로운 유희처럼 보일지도 모른다. 그러나 그 유유자적함의 실체는 숨 가쁜 가문의 내력에 영혼이 잠식당하지 않도록 자신에게 허락한 최소한의 여백이다. 그는 자신을 짓누르는 부끄러움이라는 형벌 속에서도, 자신만은 끝내 '아름다운 것을 알아채는 사람'으로 남겨두기로 결정한다. 그가 누린 최고의 사치는 가문의 부가 아니라, 상처 입은 자아를 몰아세우지 않고 묵묵히 기다려준 다정한 시간이다. 스스로를 아무것도 선택하지 않는 사람이라 자조하면서도 끝내 펜을 들어 진실을 기록했던 그의 행보는, 자기 안의 존엄이 기지개를 켤 때까지 충분한 그늘이 되어준 환대의 결과물이다. 이렇듯 자신을 에워싼 척박한 배경 속에서도 스스로를 친절하게 대접하기를 포기하지 않았던 그 너른 마음이야말로, 우리가 주목해야 할 가장 품위 있는 회복의 기술이다.

"슬픔이 오시겠다는 전갈"[2]을 보낼 때 도망치지 않고 그를 손님처럼 맞이했던 그들의 넉넉한 마음. 비록 그들의 육체는 불꽃처럼 사라졌을지언정, 그들이 남긴 자기 존엄의 근육은 오늘날 시련 앞에 선 우리에게 말해준다. 회복이란 결국, 어떤 무참한 순간에도 '나는 여전히 내 삶의 기록자이며 주인'이라는 사실을 잊지 않고 기다려주는 넉넉함이라고 말이다. 넘어짐은 끝이 아니라 비로소 나 자신에게 가장 관대해져야 할 결정적인 순간이다.

---

2) 한영옥 시집 『슬픔이 오시겠다는 전갈』 제목.

21장
모두가 조금씩은 이방인인 세상에서: 경계인의 감각으로 타인을 이해하기

필자는 『미스터 션샤인』의 인물들을 남다른 생의 의지를 지닌 사람들의 서사로만 남겨두기보다 그들이 각자의 삶에서 견뎌온 외로운 싸움을 찬찬히 들여다보고 싶다. 그들은 처음부터 원대한 뜻을 품고 태어난 투사들이라기보다 저마다의 삶에 놓인 무게를 감당하며 살아가다 어느덧 역사의 경계선 위에 서게 된 이방인들이다. 노비의 자식으로 태어나 살기 위해 조국을 등져야 했던 유진 초이, 백정의 아들로 태어나 매서운 세월을 버텨낸 구동매, 친일파 아버지의 욕심에 떠밀려 일본인의 미망인이 된 쿠도 히나, 그리고 조부와 부모의 죄업을 짊어진 채 '아름답고 무용한 것들' 뒤로 숨어야 했던 김희성까지. 이들은 비록 훗날 강대국의 장교가 되거나 무신회 수장, 호텔의 주인, 혹은 부유한 집안의 도련님이라는 이름을 얻었을지라도 그 마음속에는 여전히 어느 곳에도 온전히 속하지 못한 경계인의 쓸쓸함을 품고 있었다. 심지어 조선 최고의 명문가 영애인 고애신조차 예외는 아니다. 겉보기에 그녀는 사회의 가장 높은 중심부에 서 있는 인물이지만, 실상은 안온한 사대부 여인의 삶을 버리고 이름 없는 의병의 길을 선택해서 자발적인 경계인이 된 인물이다. 이렇듯 주인공들은 저마다 처한 상황은 달라도 기존의 질서 안에 안주하기를 거부하거나 그 밖으로 밀려나며 자신만의 '이방인의 감각'을 채워 나간다.

기차에 탄 승객에게는 분명 티켓에 인쇄된 목적지가 존재한다. 유진 역시 미군 대위라는 신분을 입었을 때, 그의 목적지는 명확해 보였다. 누군가에게는 '조선으로의 귀환'이고 누군가에게는 '제국주의의 대리인'이라는 임무였다. 하지만 그 목적지는 유진이 스스로 선택한 삶의 지향점이라기보다, 시대와 국가라는 거대한 운행 시스템이 그에게 강제로 쥐여 준 티켓에 불과하다. 그가 도착한 조선은 부모를 죽인 원수의 땅이었고 돌아가야 할 미국은 여전히 그를 이방인으로 취급하는 냉소적인 정거장이었다. 목적지는 분명히 존재했으나 그 어디에도 유진이 온전히 내릴 수 있는 '집'은 없었던 셈이다. 이러한 유진의 역설은 현대인의 삶에서 더욱 선명하게 반복된다. 우리 역시 대학, 취업, 승진이라는 명확한 목적지를 향해 기차에 몸을 싣는다. 사회가 정해준 궤도를 이탈하지 않기 위해 안간힘을 쓰며 다음 역을 향해 달려간다. 하지만 막상 그 목적지에 도착했을 때 우리가 마주하는 것은 진정한 안식이 아니라, 곧바로 다음 역으로 떠나야 한다는 새로운 티켓의 압박이다. 결국, 우리를 고독하게 만드는 것은 목적지의 부재가 아니라 내가 결정하지 않은 목적지를 향해 끊임없이 실려 가야만 하는 '주체적 경로의 상실'이다.

어느 쪽으로도 온전한 소속감을 허락받지 못한 이방인의 눈에, 세상은 가끔 기차 창밖으로 흐르는 파노라마처럼 비친다. 기차 창가에 기댄 유진이 마주하는 풍경들은 아름답지만, 기차의 속도에 밀려 이내 뒤로 사라지고 마는 만질 수 없는 세계다. 그 풍경 속으로 걸어 들어가 나무를 만지거나 흙을 밟기보다는 유리창이라는 투명한 경계에 가로막힌 채 흘러가는 세계를 그저 바라보아야 하는 시간이 유진에게는 더 익숙했을 것이다. 풍경과 나 사이의 좁혀지지 않는 거리, 그 스쳐 지나가는 세계의 흐름을 관조하는 일은 경계인이 감내해야 하는 고독의 한 형태이기도 하다. 이러한 '파노라마적 소외'는 현대인이 맺는 관계의 지형도와도 닮아 있다. 우리는 수많은 사람과 연결되어 있고 타인의 일상을 실시간으로 목격하지만 정작 그들의 삶 속으로 깊숙이 침투하거나 진정한 온기를 나누는 일에는 서툴다. 타인의 삶은 화면 속을 빠르게 지나가는 파노라마처럼 존재할 뿐, 내가 머물고 쉴 수 있는 실재가 되지 못할 때가 많다. 풍경은 풍경일 뿐 집이 되지 못하고 인맥은 인맥일 뿐 위로가 되지 못하는 이 지독한 거리감은 수많은 이웃 사이에서 오히려 더 깊은 갈증을 느끼는 우리 시대의 고립을 보여준다. 유진이 느낀 고조된 외로움은 혼자 있어서가 아니라, 세상이라는 거대한 풍경 속에 있으면서도 그 흐름과 단단하게 결속되지 못한 채 경계에 머물러야 했던 자의 쓸쓸함이다. 우리가 서로를 향해 손을 뻗으면서도 문득 이질감을 느끼는 이유는 각자가 저마다의 기차에 올라타 서로를 파노라마처럼 스쳐 보내고 있기 때문인지도 모른다.

이러한 경계인의 정서는 김희성에게서도 고스란히 발견된다. 그는 조선에서 손꼽히는 부잣집 도련님이었으나 집안의 업보를 피해 십 년을 일본에서 유유자적하는 한량처럼 머물렀다. 귀국 후에도 그는 가문의 품으로 돌아가 안주하는 대신 호텔 방에 머물며 스스로를 방관자의 자리에 세운다. 가장 화려한 중심에 설 수 있었던 그가 호텔이라는 임시 거처에 머물며 기록자의 길을 걷는 모습은, 안락한 기득권의 궤도에서 스스로 내려와 경계의 자리를 지키고자 하는 쓸쓸한 뒷모습과 닮아 있다. 그에게 호텔 방은 언제든 떠날 수 있고 누구와도 깊게 얽히지 않아도 되는, 앞서 살핀 유진의 기차 창가 자리처럼 세상과 거리를 두는 유예된 공간이었을 것이다.

쿠도 히나 역시 자신의 의지와 상관없이 타국을 떠돌다 돌아와 삶의 궤도가 수정된 존재다. 그녀가 거머쥔 화려한 부와 영향력은 자신을 지키기 위한 견고한 방어벽이었으나 동시에 그녀를 세상으로부터 격리하는 외로운 섬이기도 했다. 생존을 위해 모든 관계를 전략적으로 맺어야 했던 그녀는, 글로리 호텔의 주인이라는 화려한 가면 뒤에서 누구에게도 온전한 진심을 보일 수 없는 정서적 고립을 겪었을 것이다. 조선인이면서 일본인의 미망인으로 살아야 했던 그녀의 정체성은 그 화려함이 더해질수록 오히려 그녀가 발 디딜 땅을 좁게 만드는 역설을 낳았다.

이방인의 감각이란 바로 이런 정서다. 세속적인 부나 겉으로 드러나는 영향력과는 별개로, 내가 어느 곳에도 온전히 수용되지 못하고 있음을 예감하며 매 순간 긴장감을 안고 살아가는 일 말이다. 유진을 가두었던 멈추지 않는 기차와 같은 삶의 궤적, 희성이 머무는 임시 거처인 호텔 방, 히나가 걸친 화려하지만 무거운 드레스는 모두 세상이라는 풍경 속으로 온전히 침투하지 못한 채 경계 위를 부유하는 이들이 각자의 방식으로 견뎌낸 고독의 흔적들이다.

이렇듯 홀로 경계의 시간을 견뎌본 자들에게는 타인의 고독을 알아보는 예민한 주파수가 생긴다. 나 자신이 세상의 중심에서 밀려나 본 이방인이기에 중심에서 비껴나 있는 또 다른 존재를 발견하는 일에 능숙해지는 것이다. 하지만 이들은 자신의 상처를 앞세워 상대를 성급하게 위로하거나 판단하지 않는다. 우리는 종종 타인의 고통을 쉽게 '이해한다'고 말하며 그를 나의 세계 안으로 끌어들이려 한다. 그러나 진정한 이해는 함부로 이해한다는 말을 내뱉기보다 그 슬픔이 잦아들 때까지 곁에서 가만히 기다려주는 '세상에 대한 예의'를 갖추는 데서 시작된다. 『미스터 션샤인』의 인물들이 서로를 바라보는 방식 또한 이와 같다. 유진과 동매, 히나와 애신은 서로가 가진 신분의 높고 낮음을 떠나 상대의 눈빛에 담긴 깊은 고독을 알아본다. 그들이 나누는 마음에는 거창한 이념이나 논리가 끼어들 자리가 없다. 대신 '당신도 나와 같은 경계의 시간을 견디고 있구나'라는 무언의 긍정이 흐를 뿐이다. 이는 어떤 원칙을 앞세우지 않고도 각자의 결핍을 안은 채, 그저 '함께-있음'의 상태를 받아들이는 연대다. 그들은 서로를 완전히 구원할 수는 없었지만 적어도 서로의 아픔 속에서 길을 잃지 않도록 묵묵히 지켜봐 주었다.

그러므로 드라마 후반부, 다양한 사람들이 의병이라는 이름으로 모여드는 과정은 영웅들의 집결이라기보다 저마다의 상처를 안고 버텨온 숨결들이 느슨하게 이어지는 과정이다. 사대부 영애부터 백정, 노비 출신에 이르기까지 이들이 하나로 묶일 수 있었던 것은 거창한 국가관 때문만이 아니라, 서로의 고통에 서서히 눈을 맞추며 다가갔기 때문이다. 이들은 세상을 통째로 바꾸겠다는 거창한 포부 이전에 지금 내 곁의 동료를 지키겠다는 구체적인 삶에 집중한다. 유진이 마지막 순간 자신을 희생하며 기차 칸을 분리한 것은 단순히 적을 막아내거나 전세를 뒤집기 위한 계산이 아니었다. 그것은 자신이 사랑한 사람, 그리고 자신과 닮은 이방인들이 잠시나마 숨을 쉴 수 있는 최소한의 공간과 시간을 마련해주기 위한 선택이었다. 이러한 자기희생은 비극 속에서도 일종의 성스러운 온기를 만들어낸다. 가장 쓸쓸하고 연약한 자들이 맺은 이러한 연대는 역설적으로 그 어떤 강한 권력보다 깊은 울림을 주는 인간애의 증거가 된다.

우리는 이제 이방인을 '나와 다른 사람'이나 '불쌍한 약자'로만 규정하는 시선에서 벗어나야 한다. 급변하는 환경 속에서 현대인들은 어느 정도 자신의 본래 모습으로부터 소외된 경계인의 마음을 안고 살아간다. 『미스터 션샤인』이 우리에게 남긴 질문은 '당신은 누구의 편인가?'가 아니라, '당신은 곁에 선 이방인의 고독을 어떤 눈으로 마주하고 있는가?' 일 것이다. 타인의 고통을 나의 잣대로 재단하지 않는 것, 그가 가진 결핍이 나의 것과 다르지 않음을 인정하는 것. 그것이 가장 쓸쓸하고도 연약한 연대의 시작이다. 영원한 안식처를 찾지 못해 불안해하는 대신 서로의 공간에 잠시 머물며 온기를 나누는 찰나의 순간들을 허락할 때, 이 메마른 세상 속에서도 곳곳에 숨겨진 작은 천국을 발견할 수 있을 것이다. 우리 모두는 조금씩 이방인이며 바로 그 연약함이야말로 우리가 서로를 이해하고 보듬어야 할 가장 소중한 이유이기 때문이다.

우리 각자의 선샤인
슬픔이 준 생의 의지, 당신의 빛을 지키는 법

『미스터 선샤인』의 긴 여정을 마무리하며 우리 곁에 남는 것은 역사책에 남을 법한 거창한 성과나 기록이 아니다. 오히려 우리가 마주하는 것은 각자의 자리에서 자신만의 빛을 지켜낸 이들의 담담한 뒷모습, 그리고 그들이 통과해온 시간의 깊은 여운이다. 그들은 역사의 거대한 흐름 속에 놓여 있었지만, 단순히 그 물결에 떠내려가는 수동적인 존재가 아니었다. 오히려 자신에게 주어진 고통과 슬픔을 재료 삼아, 누구도 대신 써줄 수 없는 '자기만의 삶'을 예술처럼 엮어 나간 이들이었다.

우리는 흔히 슬픔이 사람을 무기력하게 만들고 생의 의지를 꺾는 부정적인 감정이라고 생각한다. 하지만 진짜 삶은 거짓 없는 슬픔 속에 있다. 평온하고 안전한 일상이 지속될 때 우리는 삶의 이면에 붙어 있는 위기와 상실의 가능성을 잊고 살지만, 어느 날 불쑥 찾아온 슬픔은 우리가 무덤덤하게 누려왔던 것들의 소중함을 비로소 일깨운다. 위기와 불안은 안전한 일상만을 소유하고픈 소망의 이면에 붙어 있는 생의 온전한 모습이며 슬픔은 당연하게 누려왔던 일상에 대해 정당한 애도를 불러일으키는 역할을 하기 때문이다. 그러므로 슬픔은 우리를 파괴하는 독이 아니라, 오히려 무뎌졌던 감각을 깨워 내게 남겨진 생의 시간을 다시 정면으로 응시하게 만드는 가장 정직한 동력이 된다.

『미스터 션샤인』 속 인물들이 겪은 지독한 슬픔 역시 마찬가지였다. 그들의 고통은 단순히 견뎌내야 할 짐이 아니라 내면에서 가장 진한 정수를 우려내기 위해 스스로를 뜨겁게 정화하는 과정과 같았다. 생의 깊은 맛을 내기 위해 슬픔을 내면에서 발효시키는 과정은 삶의 고통스러운 순간들을 하나하나 마주하며 견디는 고된 단련이다. 온전히 삭아 내려앉은 기억들이 비로소 생명의 문장이 되듯 그들은 자신의 슬픔을 연민과 용기로 바꾸어 놓았다. 슬픔은 그들을 무너뜨린 것이 아니라 오히려 가장 깊은 농도로 우려낸 삶을 태어나게 한 모태가 된 것이다.

이처럼 슬픔이라는 뜨거운 통과의례를 거친 이들은 비로소 자신의 삶을 스스로 기술할 자격을 얻는다. 타인이 멋대로 규정한 '비극'이나 '패배'라는 마침표에 굴복하지 않고 발효된 슬픔의 힘으로 생의 다음 장을 직접 써 내려가기 시작하는 것이다. 그들은 의도하지 않았을지 모르나 결과적으로 누구보다 예술적인 삶을 살았다. 여기서 예술적이라는 것은 화려한 기교를 부리는 일이 아니라 기성 세계가 제안하는 고정된 언어에 갇히지 않고 자신만의 은유로 삶의 모양을 빚어 나가는 일을 의미한다. 세계는 스스로 말하는 법이 없다. 우리가 세계를 어떤 언어로 기술하고 서사화하느냐에 따라 무의미했던 풍경은 비로소 운명이나 역사라는 이름을 얻어 그 실체를 드러내기 때문이다. 따라서 인간은 타인이 설계한 완성된 문장에 머무는 존재가 아니라, 상처 입은 자신의 감각을 동력 삼아 스스로의 삶을 고유한 문체로 다시 써 내려가는 능동적인 창조자가 된다.

특히, 유진이 자신의 죽음 앞에서 슬퍼하며 오열하는 고애신에게 남긴 문장, "이것은 나의 역사이자, 나의 러브스토리요"(24화)라는 고백은 자기 삶에 대한 독자적인 서술이 가장 아름답게 빛나는 순간이다. 그는 타인이 규정한 '미군 대위'나 '이방인'이라는 낡은 어휘에 자신의 운명을 맡기지 않는다. 죽음을 앞둔 절박한 순간에도 그는 자신의 생애를 관통하는 단어로 '나의 역사'와 '나의 러브스토리'를 선택하고 비극적인 운명을 주체적인 예술로 승화시킨다. 인간은 자신만의 은유로 삶을 서술할 때 비로소 전승된 세계의 질서에서 벗어나 참신한 자아를 형성할 수 있다. 유진의 이 마지막 선언은 그가 그저 역사의 소용돌이에 휘말린 희생자가 아니라 스스로 자기 생의 의미를 결정하고 명명한 언어의 창조자였음을 보여준다.

그들은 무미건조하게 흘러가는 세상의 물리적 힘 앞에서도 이렇듯 자신만의 진실한 문장을 발화한다. 오로지 주어진 길을 걷다 사라지는 존재가 아니라, 매 순간 참신한 인간적 가치를 탄생시키는 창조자가 되는 것이다. 죽음마저도 자신의 역사라고 명명할 수 있었던 유진의 용기는 우리에게 삶이 단순한 생존을 넘어 하나의 독창적인 작품이 될 수 있다는 사실을 보여준다. 이들의 삶이 지닌 참된 가치는 그들이 어떤 이념이나 이론을 완벽히 이해하고 실행했다는 데 있지 않다. 로티의 통찰[1]처럼 역사적 진보를 창조한 사람들은 그들이 가능케 했던 바가 무엇인지 당대에는 직시하지 못했을 수 있다. 애신과 유진, 그리고 이름 없는 의병들은 거창한 대의를 실현하겠다는 거시적인 기획자이기보다 각자에게 닥친 우연한 고통과 사랑에 응답하며 저마다의 삶을 버텨낼 도구를 창안했을 뿐이다. 하지만 나중에 온 우리는 그들이 남긴 도구를 통해 형성된 지금의 문화와 양심을 바탕으로, 그들의 분투를 '더 나은 미래'를 위한 서사로 재서술한다. 그들이 미처 깨닫지 못했던 행동의 의미는 비로소 후대의 우리에 의해 우리가 공유하는 다정한 연대의 언어로 명명되

---

1) 리처드 로티, 김동식·이유선 옮김, 『우연성 아이러니 연대성』, 민음사, 1996, p.118.

는 것이다.

우리는 이제 안다. 애신이 끝내 포기할 수 없었던 조선의 어느 조용한 아침과 의병들이 내디딘 이름 없는 발걸음이 결국 우리의 양심과 문화, 그리고 지금의 생활 양식을 가능케 한 토대였음을 말이다. 그들은 각기 다른 자리에서 고독하게 분투했으나 결코, 헛되지 않은 삶을 발명해 낸 창안자들이었으며, 그 산물이 바로 지금의 '우리'다. 『미스터 션샤인』을 지켜본 우리는 그들이 다하지 못한 문장을 완성하고 그 시절 그토록 쓸쓸했을 그들의 노력이 지금 여기의 우리와 어떻게 연결되는지 비로소 명확히 짚어낸다.

어휘 선택의 기준을 객관적 지표가 아닌 자신의 의지와 느낌으로 대체할 때, 인간은 지루한 세계 속에서 소멸을 기다리는 무기력에서 벗어난다. 슬픔이 길어 올린 생의 의지를 붙잡고 나만의 빛을 지켜내는 것. 그것이야말로 이 시대를 살아가는 우리 각자가 완성해야 할 가장 눈부신 '션샤인'이다. 각자가 품은 그 작은 빛들이 모여 현실을 견뎌낼 생기가 될 때, 우리의 삶은 비로소 서로의 다름을 환대하는 독창적이고도 열린 이야기가 된다.

P.S.

우리는 지금 '길의 끝에는 아무것도 없었다'[2]는 시인의 뒤늦은 깨달음을 너무 일찍 빌려와 쓰고 있는지도 모른다. 하지만 그 허망한 진실에 닿기 위해서라도, 우리에겐 칼도 경전도 없이 맨몸으로 부딪혔던 그 '생략할 수 없는 한 걸음'이 먼저 필요하다. 애신과 유진, 그리고 그 모든 이방인이 남긴 것은 그 정직한 발걸음의 자취다. 이 글을 쓰며 그들의 걸음을 끈질기게 뒤쫓으려고 노력했다. 비록 그 끝이 아득한 공허일지라도, 단 한 걸음도 생략하지 않고 걸어온 자만이 비로소 길의 부재를 슬퍼하지 않을 힘을 얻는다. 길은 미리 놓여 있는 것이 아니라, 오직 지나온 발자국 뒤에서만 조용히 빛나기 때문이다.

"지금 나에게는 칼도 經도 없다. 經이 길을 가르쳐주진 않는다. 길은, 가면 뒤에 있다. 단 한걸음도 생략할 수 없는 걸음으로"

— 황지우, 「503.」, 『나는 너다』 부분

---

2) 황지우시집 『게 눈 속의 연꽃』 중 「눈보라」라는 시의 "가면 뒤에 있는 길은 길이 아니라는 것을" 의미함.